Friedrich Meister
Der Spuk auf der Hallig
Eine Seegeschichte

Friedrich Meister
Der Spuk auf der Hallig
Eine Seegeschichte

1.Aufl.
Taschenbuch – Literatur - Klassiker
Herausgeber Frank Weber, Marburg
Bibliografische Information der Deutschen Nationalbibliothek:
Die Deutsche Nationalbibliothek verzeichnet diese Publikation in der Deutschen
Nationalbibliografie; detaillierte bibliografische Daten sind im Internet abrufbar über
http://dnb.dnb.de
© 2020 Friedrich Meister
ISBN: 9783754322581
Herstellung und Verlag: BoD – Books on Demand, Norderstedt

1. Kapitel.

Das Pfarrhaus zu Westerstrand. – Im Rettungsboot. – Die Schiffbrüchigen.

»Hast du soeben den Kanonenschuß gehört, Vater? Horch! Noch einer! Und noch einer! Da ist ein Schiff ausgelaufen! Bei diesem Nordweststurm kann es nur auf den Muschelsand geraten sein, und wenn es da sitzt, dann ist es verloren. Adieu, liebste Mutter, ich muß mit in das Rettungsboot! Halte alles bereit für die Schiffbrüchigen, die wir an Land bringen!«

»O Paul, bleibe hier!« flehte die Mutter. »Es sind genug Leute da ohne dich! Bleibe hier, mein Sohn, der Sturm ist fürchterlich!«

»Wieder ein Schuß! Ich muß hinaus! Adieu alle!«

Paul umarmte und küßte die Mutter, riß hastig Ölrock und Südwester von der Wand und eilte hinaus in die Sturmnacht, aus der in diesem Augenblick abermals ein Notschuß windverweht herüberdröhnte.

In den letzten Tagen des Jahres 1892 wütete in dem deutschen Meere, wie wir die Nordsee von Rechts wegen nennen müßten – die Engländer haben ihr längst diesen Namen gegeben – ein schreckliches Unwetter, das am Altjahrsabend am verderblichsten tobte. An den Küsten und auf den Inseln von Schleswig und Ostfriesland ist jene Sturmzeit noch heute unvergessen.

Wenn im Winter der Orkan mit Schnee und Schlossen über die nächtliche See schnaubt, an den Türen und Fensterladen rüttelt und klappert, durch den Schornstein herabfährt und Rauch und Funken aus dem offenen Herd in die Wohnungen der Menschen treibt, dann erinnert sich der und jener wohl noch des Silvesterabends von 1892, an dem man im trauten Familienkreise vor dem prasselnden Feuer des weiten Kamins gesessen und der Mitternachtsschläge vom Turme des Kirchleins geharrt hatte, um mit einem guten Wort das alte Jahr zu beschließen und mit gegenseitigen Segenswünschen das neue zu beginnen.

Draußen auf der See aber kämpfte zur selben Zeit gar manches Schiff im wilden Schneesturm mit dem schwarzen Verhängnis, und noch ehe der Morgen anbrach, hatten viele brave Seeleute ihre letzte Ruhe tief unter den zornigen Wogen gefunden.

Auch im Pfarrhause der Insel Westerstrand hatte an jenem Abend der Pastor Krull mit seiner Frau, seinen beiden Töchtern und seinem Sohne Paul, einem kräftigen Jüngling von über sechzehn Jahren, vor dem Kaminfeuer in der weiten Küche gesessen, die, nach der alten Sitte an unsrer Wasserkante, vielfach zugleich als Wohnraum diente.

Obgleich die Jahreswende Anlaß genug zu allerlei Betrachtungen bot, wollte eine Unterhaltung dennoch nicht recht zustande kommen, da alle mit Besorgnis dem donnernden Tosen der Brandung und dem Geheul und Geschmetter des Sturmwindes lauschten, der das alte Haus in seinen Grundfesten zu erschüttern schien. – Dann kamen die Notschüsse. Paul eilte hinaus, der Pastor versah sich gleichfalls mit Ölrock und Südwester, und nun schritten beide, mit aller Macht gegen den Sturm ankämpfend, zum Strande hinab, wo eine Anzahl Männer bereits im Begriff war, das Rettungsboot zu Wasser zu bringen. Draußen in der schwarzen Finsternis über der See, in der Gegend des Muschelsandes zeigte sich ein gelbes, verwehtes Licht, das Notsignal eines Fahrzeugs.

Als der Pastor und sein Sohn sich dem Bootschuppen näherten, erweiterte sich ihr Sehkreis ein wenig, weil der schneeweiße Schaum der Brandung einen gewissen Lichtschein verbreitete, der um so merkbarer war, als sich die Gischtmassen der donnernden Fluten bis weit in die See hinaus erstreckten.

Ein Teil der Rettungsmannschaft, die aus lauter Freiwilligen bestand, hatte seefertig ihren Platz in dem auf der Gleitbahn stehenden Boot eingenommen. Auch die Masten waren bereits aufgerichtet, was unter dem Dache des Schuppens nicht hatte bewerkstelligt werden können.

»Een Mann fehlt noch!« rief der Bootssteurer.

»He kümmt all!« antwortete Pauls kräftige Stimme. »He is all dor!«

»Wokeen is dat?« rief der Bootssteurer zurück.

»Uns' Pastohr sin Paul!« antworteten mehrere aus der Menge der am Strande Stehenden zugleich.

»De is good. Mak en beten to, Paul!«

Paul faßte des Vaters Hand.

»Auf Wiedersehen, lieber Vater,« sagte er. »Wir werden bald wieder zurück sein. Da, sieh, es ist nur eine kurze Strecke bis zu dem Schiffe.«

»Es geht um Leben und Tod, mein Sohn. Gott behüte dich!«

Gleich darauf saß Paul auf seinem Platz im Boote. Jetzt rief der Bootssteurer vorschriftsmäßig: »Alle Mann an Bord?«

»Alle Mann an Bord!« kam die kräftige Antwort.

»Alle Korkwesten an?« war die nächste Frage.

»Alle an!«

»Segel klar zum Heißen?«

»All klar!«

»Ankerleine klar?«

»All klar!«

»Dann in Gottes Namen – los!«

Unter dem Heck des Bootes stand ein Mann bereit, das Bändsel durchzuschneiden, welches das Fahrzeug noch an der Kette festhielt.

»Los is!« schrie der Mann.

Man hörte das Klirren der fallenden Kette, das Boot begann zu gleiten, erst langsam, dann schneller, endlich sauste es in rasender, aber geräuschloser Fahrt die Gleitbahn hinunter, während zu gleicher Zeit einige der Männer die Fock setzten, die übrigen aber sich bereithielten, an der Ankerleine zu holen, sobald das Boot sich im brandenden Wasser befinden würde. – Die dichtgereffte Fock schlug und knatterte, als müsse sie demnächst in dünnen Fetzen davonfliegen, während die Raa am Maste emporstieg; der Sturm schmetterte gellend in die betäubten Ohren der Bemannung, eine Wolke brüllenden Schaumes umtoste sie, als das Boot in die Brandung hineinschoß, im nächsten Moment saßen alle Mann knietief im Wasser, dann sprang das Boot auf die Höhe des nächsten Rollers, unwiderstehlich vorwärtsgerissen von den eisernen Fäusten der Männer von Westerstrand, die mit Macht an der Leine holten, die an dem weit draußen im tiefen Wasser liegenden Anker befestigt war. – Inzwischen war auch das dichtgereffte Großsegel gesetzt worden, die Männer ließen die Ankerleine los und das Boot schoß dicht am Winde über Backbordbug in die wilde See hinaus. –

Lange vorher schon war das Boot den Blicken des Pastors und der andern am Strande stehenden Leute in der Finsternis entschwunden gewesen. – »Laßt uns nach der Leeseite des Bootschuppens gehen und dort den Herrgott bitten, unsere Leute gesund wieder an Land zu bringen und auch den Schiffbrüchigen beizustehen,« sagte der Pastor zu den andern.

»Jowoll, Herr Pastohr, dat wüllt wi doon,« war die Antwort, und die kleine Schar, alte Männer, Frauen und Knaben, folgte ihrem Seelenhirten, der auf der windgeschützten Seite des Schuppens ein kurzes Gebet für die Bootsmannschaft und für alle in dieser schrecklichen Nacht um ihr Leben ringenden Seefahrer emporsandte.

Dann kamen lange und bange Stunden des Wartens. Nur wenige verließen den Strand; die meisten blieben in Lee des Bootschuppens und lauschten den Worten der alten Fischer, die gegenseitig ihre Vermutungen darüber austauschten, wie das Rettungsboot wohl mit dem Sturme fertig werde, welche Gefahren es zu bestehen habe, ob es überhaupt an das Schiff herankommen könne und ob zuletzt nicht alles doch vergebens sein werde.

Endlich begann es im Osten zu dämmern; der erste Morgen des neuen Jahres brach an. Das Boot war noch immer nicht zurück. Bald tönte die Glocke des Kirchleins durch den Wind. Pastor Krull hielt den Frühgottesdienst ab. Die andächtige Gemeinde war nur klein, einige alte Fischer und die Frauen derer, die im Rettungsboot auf der stürmischen See waren. – Gerade als der Segen gesprochen wurde, kam ein Mann in schweren Stiefeln und triefendem Ölzeug eilig in die Kirche herein, und rief mit schallender, freudiger Stimme: »De Boot is torügg! Se sünd all an Land!«

Da ward es lebendig in dem sonst so stillen Gotteshause. Einige Bänke fielen polternd um, und alles eilte in größter Hast hinaus. Der Pastor folgte schnellen Schrittes. Am Bootschuppen kam Paul auf ihn zugesprungen und faßte seine Hand.

»Prosit Neujahr, lieber Vater!« rief der Jüngling atemlos. »Weißt du, wen wir geborgen haben? Keppen Jaspersen, mit dem ich die letzte Reise gemacht habe. Ein glücklicher Zufall bei all dem Unglück, nicht wahr?«

»Ist sonst niemand gerettet?« forschte der Pastor bestürzt.

»Ja, noch ein Matrose, Keppen Jaspersen ist bedenklich verletzt, wie ich fürchte; er hat eine böse Kopfwunde. Laß ihn nur sogleich ins Pfarrhaus schaffen. Wenn ich etwas gegessen habe, erzähle ich dir alles. Der Matrose ist einer von der rechten Sorte, ohne ihn lebte der Kapitän jetzt nicht mehr. Auch er muß mit heim zu uns.«

Eine halbe Stunde später befand sich der Verwundete, Kapitän Jasper Jaspersen, Führer des gestrandeten Vollschiffes »Hammonia«, in sauberem Bett und wohldurchwärmtem Zimmer unter der sachkundigen und liebevollen Pflege der Frau Pastorin und ihrer ältesten Tochter Gesine. Auf Westerstrand war kein Arzt; daher hatte schon mancher kranke oder verletzte Schiffbrüchige in dem gastlichen Pfarrhause Hilfe und treue Pflege gefunden.

Der andere Überlebende, ein ostfriesischer Matrose namens Towe Tjarks, fühlte sich bald bei Speise und Trank in der Küche sehr wohl. Paul hatte den Mägden mitgeteilt, daß dieser des Kapitäns Lebensretter sei, und so bewunderten sie in dem kraushaarigen, rotbärtigen, herkulisch gebauten Manne, der etwa dreißig Jahre zählen mochte, einen Helden.

2. Kapitel.

Warum der Matrose Towe einen Eierhandel anfangen will. – Wie der Pastorsohn ein Schiffsjunge wurde. – An Bord des »Senator Merk«.

Eine Woche lang schwebte Kapitän Jaspersen in großer Gefahr; der von Husum herbeigeholte Arzt erklärte sich außerstande, für seine Wiedergenesung gutsagen zu können. Unter gewöhnlichen Umständen wäre die Kopfwunde nicht sehr gefährlich gewesen; der Patient hatte jedoch so lange Zeit in der bitteren Kälte und der salzigen Flut zubringen müssen, daß die Verletzung dadurch einen bösartigen Charakter angenommen hatte.

Für Towe Tjarks aber war diese Woche eine Reihe von Festtagen. Der Pastor hatte in dem Gasthause des Ortes ein Stübchen für ihn gemietet, in dem er sich wie ein Fürst vorkam, wenn er diesen behaglichen Aufenthalt mit dem dunklen, unsauberen und engen Matrosenlogis an Bord der unlängst in Trümmer gegangenen »Hammonia« verglich. Trotzdem aber brachte er den größten Teil seiner Zeit in der Küche des Pfarrhauses zu. Einen Vorwand, dorthin zu steuern, hatte er stets; mußte er sich doch täglich nach dem Befinden seines Kapitäns erkundigen. Paul aber und der Pastor kamen bald dahinter, daß der ehrliche Towe ein großes Wohlgefallen an Katje, dem netten Hausmädchen, gefunden hatte.

Und als endlich von der Reederei der »Hammonia« ein Schreiben einlief, in dem der Vollmatrose Towe Tjarks aufgefordert wurde, sich im Kontor zu Hamburg einzufinden, um seine Aussage über den Schiffbruch zu Protokoll zu geben, da suchte er den Pastor auf und erklärte ihm, daß er Katje heiraten wolle und diese damit einverstanden sei.

»Eine kleine Weil' kann dat ja noch duern, Herr Pastohr,« fügte er in seinem besten Hochdeutsch hinzu. »Denn sehen Sie, ich hab' ja all ein büschen Geld auf die Sparkass', aber zu einem Hühnerhof langt dat noch nich. Wi hewwt uns dat nämlich überlegt, so ein Eierhandel is ein gutes Geschäft, dabei verdient man ein bannig Stück Geld, mehr als bi de Seefohrt. Wenn ich nu noch eine Reis' machen tu', dann hab' ich sacht so viel beisammen, dat wi heiraten könt.«

Darauf dankte er dem Pastor warm und treuherzig für alles Gute, das dieser ihm und seinem Kapitän erwiesen, verabschiedete sich von Paul, der Frau Pastorin, den Töchtern und zuletzt von Katje, und machte sich von Husum aus auf die Eisenbahnfahrt nach Hamburg.

Vierzehn Tage später war auch Kapitän Jaspersen so weit wiederhergestellt, daß er sich zur Abwicklung seiner Geschäfte zur Reederei begeben konnte. Beim Abschied von seinen Wohltätern war sein männliches Auge feucht von Tränen. Man nahm ihm das Versprechen ab, ehe er seine nächste Fahrt antreten würde, das Pfarrhaus auf Westerstrand noch einmal zu besuchen; dann sollte Paul mit ihm gehen, um unter seinem Kommando die dritte seiner Seereisen zu machen.

Paul war des Pastors einziger Sohn. Auf Westerstrand geboren, war in dem Herzen des Knaben schon früh die Liebe zur See erwacht. Der Vater ließ nichts unversucht, ihn davon abzubringen. Er gab ihn tief im Binnenlande in eine Pension und ließ ihn dort die Schule besuchen, allein diese Verbannung fachte die Sehnsucht des

Knaben nach dem freien blauen Meere, dem windigen, schaumumkränzten Strande mit all den Booten und Fischkuttern nur noch heftiger an. Endlich gab der Vater nach. Er sagte sich, daß Paul auf der See ebensogut sein Glück machen und ein tüchtiger Mann werden könne wie in jedem andern Beruf, und daß das Vaterland gerade jetzt, wo die deutsche Marine einen so gewaltigen Aufschwung zu nehmen im Begriff war, gar nicht genug Seeleute haben könne.

Er fuhr mit dem Sohne nach Hamburg zu einem ihm bekannten Reeder, der den Knaben auf einem seiner Schiffe unterbrachte, zunächst als Kajütsjunge. Die erste Reise ging nach Valparaiso, die zweite, unter Kapitän Jaspersen, nach Kapstadt und über Westindien wieder heim. Während dieser Fahrt, die er als Decksjunge machte, hatte der Schiffer ihm viel Wohlwollen und Freundlichkeit erzeigt, und solch ein Junge vergißt in seinem ganzen Leben nicht die Güte, die ein Vorgesetzter ihm in der harten Lehrzeit entgegengebracht hat, ebensowenig aber auch die schlechte Behandlung, die er etwa hat erfahren müssen. Daher war auch Pauls Freude so groß, als er zur Rettung seines guten Kapitäns hatte beitragen dürfen.

Nach einigen Wochen traf Kapitän Jaspersen wieder im Pfarrhaus auf Westerstrand ein, allen seinen Insassen ein lieber und hochwillkommener Gast. Gleich am ersten Abend hatte der Pastor eine lange Unterredung in seinem Studierzimmer mit ihm.

»Die Reederei hat mir im nächsten Jahr ein neues Schiff versprochen, das ich als Kapitän führen soll,« berichtete der Schiffer im Laufe des Gesprächs. »Bis dahin ist eine Kapitänsstelle für mich nicht frei. Binnen kurzem aber wird der ›Senator Merk‹ seeklar sein, eine feine Bark, die auch Eigentum meiner Reederei ist. Die brauchte einen ersten Steuermann, da habe ich mich entschlossen, als solcher anzumustern. Die Reise geht nach Melbourne. Ohne Zweifel hätte ich bei einer andern Reederei einen Kapitänsposten gefunden, ich wollte aber meiner alten Firma, der ich nun schon seit meiner Schiffsjungenzeit diene, nicht untreu werden.«

»Das macht Ihnen Ehre, Kapitän Jaspersen. Und Sie meinen, daß Paul auch unter diesen veränderten Umständen zu Ihnen an Bord kommen könnte? Soll ich an die Reederei schreiben?«

»Das wird nicht nötig sein, Herr Pastor. Es wäre mir eine große Freude, Paul wieder bei mir an Bord zu haben. Ich habe bereits mit den Herren im Kontor darüber gesprochen und ihnen erzählt, welchen Anteil Paul an unserer Rettung gehabt hat. Ich denke, Sie werden nächster Tage ein Schreiben von der Firma erhalten.«

Dann brachte Jaspersen die Stellung zur Sprache, die Paul an Bord einnehmen sollte.

»Er fährt nun länger als zwei Jahre,« sagte er, »und hat in dieser Zeit schon so viel vom Schiffsdienst gelernt, daß er jetzt als Leichtmatrose anmustern kann. In einem weiteren Jahr ist er Vollmatrose, und wenn er fünfundvierzig Monate Fahrzeit aufzuweisen hat, kann er auf die Navigationsschule gehen. Hat er diese hinter sich und das Examen bestanden, dann ist er berechtigt, den Steuermannsdienst auf deutschen Kauffahrteischiffen jeder Größe zu verrichten und als Einjähriger in der Marine zu dienen.«

»Und wann kann er Kapitän werden?« fragte der Pastor.

»Wenn er vierundzwanzig Monate als Steuermann gedient haben wird.«

»Nun, möge Gott ihn und uns dies erleben lassen,« sagte der Pastor.

Schon am folgenden Morgen kam ein Brief aus Hamburg für Paul. Die Reederei schrieb ihm, wenn er willens sei, auf dem »Senator Merk« anzumustern, so möge er sich bereithalten; die Bark werde Ende der Woche in See gehen. Dann folgten Worte warmer Anerkennung für sein Verhalten beim Schiffbruch der »Hammonia«.

Paul reichte den Brief seinem Vater.

»Nett von den Herren,« sagte er. »Hoffentlich geben sie dem Koch auch die Weisung, mir zu Ehren jeden Sonntag extra ein paar Hände voll Pflaumen in den Sackkuchen zu tun.«

Jaspersen reiste nach wenigen Tagen wieder ab, da der erste Steuermann an Bord sein muß, sobald das Einnehmen der Ladung beginnt. Er muß genau wissen, wo alles verstaut wird, und dabei hat er noch vielerlei andere Dinge zu überwachen, wie das Unterbringen der Proviantvorräte, der neuen Segel, des Tauwerks und all der andern für die Reise notwendigen Waren und Gegenstände.

Die nächsten Tage verstrichen allen Bewohnern des Pfarrhauses sehr schnell. Die Zeit vor einem Abschiednehmen scheint immer Flügel zu haben. –

Wir finden Paul an Bord des »Senator Merk« wieder. Es ist acht Uhr früh. Der Schleppdampfer, der das Schiff aus der Elbe hinausbugsierte, hat die Trossen losgeworfen und wendet sich zur Rückfahrt. Eine günstige Brise füllt die Segel des stolzen Fahrzeugs, das auf westlichem Kurse in das deutsche Meer hinaussteuert.

Es gibt nicht leicht einen schöneren Anblick, als ein großes Vollschiff, das unter allen Segeln mit einem frischen Backstagswind über die leichtbewegte See dahinrauscht, auf der weißen, schimmernden Leinwand die lichte Morgensonne, und jede Leine, jedes Stag und jede Pardune in der frostklaren Atmosphäre scharf abgezeichnet auf dem Hintergrunde der hellen Luft. Die Passagiere eines vorbeikommenden großen Ozeandampfers hatten Verständnis dafür, sie standen in langen Reihen an der Reling und folgten dem Schiffe mit bewundernden Blicken, solange es deutlich in Sicht war. – Der »Senator Merk« hatte einen Rauminhalt von tausendsechshundert Registertonnen Registertonne = 100 engl. Kubikfuß. Einheitsmaß für den gesamten Raumgehalt eines Handelsschiffes. Die Bezeichnung stammt, wie viele deutsche Schiffsausdrücke, aus England. und führte eine Besatzung von achtzehn Vollmatrosen, zwei Leichtmatrosen und zwei Jungen. Einer der Leichtmatrosen war unser Paul. Er, Towe Tjarks und noch sieben andere Matrosen gehörten zur Backbordwache, die von dem Obersteuermann befehligt wurde.

Das Schiff hatte das im Monat Februar seltene Glück, die Nordsee und den Kanal mit einem stetigen Nordostwind und bei bestem Wetter zu passieren, und da die Brise auch dann noch günstig blieb, gelangte es bald aus dem rauhen nordischen Klima in eine wärmere Gegend. Hier schralte der Wind jedoch nach Süden herum; man mußte die Raaen scharf anbrassen, die Bulinen ausholen und »bei dem Winde« segeln.

Die Mannschaft bestand fast gänzlich aus Seeleuten von unserer nordischen Wasserkante, Hamburgern, Schleswig-Holsteinern,

Friesen und Pommern; nur zwei Ausländer befanden sich darunter, ein Norweger und ein Grieche. Solange nicht zu viel fremde Elemente im Logis sind, kann man immer auf ein gutes Einvernehmen und auf eine gemütliche Reise rechnen; zuweilen reicht freilich ein einziger Störenfried hin, eine ganze Mannschaft in Aufregung und Unbehaglichkeit zu erhalten. Man kann nie wissen, wie die Dinge an Bord sich gestalten werden, ehe man nicht einige Wochen in See ist, denn dann erst beginnen sowohl die Offiziere wie auch die Leute einander recht zu verstehen und zu beurteilen.

Obersteuermann Jaspersen behandelte Paul genau so wie alle andern und ließ durch nichts erkennen, daß er ihm näher stand. Nur zur Nachtzeit, wenn Paul seine zwei Stunden am Ruder zu stehen hatte und das Wetter es erlaubte, plauderten sie von dem lieben Pfarrhause auf Westerstrand und allen seinen Bewohnern, wobei der Steuermann oft wie ganz zufällig das Gespräch auf Fräulein Gesine, seine treue Pflegerin, zu bringen wußte.

3. Kapitel.

Vom Glasenschlagen. – Ein Dieb im Logis. – Vor Gericht. – Das Urteil.

Nach einer Fahrt von vier Wochen gelangte der »Senator Merk« in den Nordostpassat. Der Wind war mäßig, trotzdem lief das Schiff, das jetzt alle Leesegel stehen hatte, eine gute Fahrt, und jeder Tag brachte es in wärmeres Wetter. – Paul und Towe hielten zusammen wie Kletten, was eigentlich auch nicht zu verwundern war. Während der Nachtwachen, in denen es, solange man in der Passatgegend ist, fast nichts zu tun gibt, hockten sie fast immer beieinander, entweder auf der Back, oder auf der Vorluk, oder auf den Reservespieren an der Reling. Towe ward nie müde, von den schönen Tagen zu reden, die er im Pfarrhause verlebt hatte, und dabei kam er auf dem kürzesten Wege stets auf Katje und die Hühnerzucht, die er mit ihr betreiben wollte, wenn sie erst verheiratet wären.

So saßen sie auch in einer sternklaren Nacht auf dem vorderen Ende der Spieren auf der Steuerbordseite. Es war in der ersten Wache, von acht bis zwölf, und soeben hatte es drei Glasen geschlagen.

Zur Aufklärung für diejenigen meiner jungen Leser, die den Ausdruck Glasen nicht verstehen, sei hier folgendes eingeschoben: Glas ist ein Schlag an die Schiffsglocke, der den Ablauf einer halben Stunde seit Beginn der Wache bedeutet und für den Dienst an Bord maßgebend ist; die Wache dauert vier Stunden, ist also um acht Glasen zu Ende. In früherer Zeit dienten Halbstunden-Sandgläser als Zeitmesser, daher rührt der Name.

Die Glockenklänge waren kaum verhallt, da sahen unsere Freunde einen Mann aus der Logiskappe kommen, dessen Gebaren ihnen auffiel. Er sah sich lauschend und wie scheu um, schlüpfte mit langen hastigen Schritten zum Ankerspill und versteckte etwas unter einem Pallen. In der Mitte der achteckigen hölzernen Welle des Ankerspills befindet sich ein starker gußeiserner Ring, der Pallkranz, außen mit Zähnen versehen, in welche die Pallen oder Sperrklinken eingreifen, um beim Aufhieven des Ankers die Rückwärtsdrehung der Welle zu verhindern. Towe stieß Paul an und flüsterte ihm zu, sich schlafend zu stellen. Der tat wie ihm geheißen, obgleich er nicht wußte, was Towe im Sinne hatte. Der Mann stieg dann auf die Back hinauf und fragte den daselbst am Fockstag lehnenden Ausguck, ob es schon drei Glasen geschlagen habe. Als er Bescheid erhalten hatte, sagte er mit stark ausländisch klingender Betonung: »Ich hatte nichts gehört; um vier Glasen beginnt mein Rudertörn; ich habe auf der Vorluk geschlafen. Jetzt will ich mir noch eine Pfeife anzünden, ehe ich achteraus muß.« Er sprang von der Back herab und ging wieder ins Logis.

»Junge, Junge!« sagte Towe und schlug sich erregt auf das Knie. »Dat is de verdammte Griek! Ick heww mi dat dacht; ick will aber nix nich seggen, ehr ick dat nich genau weten do.«

»Wat hest du?« fragte Paul erstaunt.

»Ick vertell di, wenn de Keerl achterut is. Nu mußt du aber ümmer noch so tun, als ob du slafen tätest, dormit dat he nix nich marken doon deit.«

Als es vier Glasen schlug, wurden der Mann am Ruder und der auf dem Ausguck abgelöst.

»Nu is't Tid,« sagte Towe und stand schnell auf. »Mensch, Paul, ick heww dat jo all lang wußt! Du schast sehn, ob ick nich recht heww.«

»Mensch, Towe, du sprichst in Rätseln.«

»Ach wat, Snack! Du mit din Hochdütsch! Weetst du nich ebenso good as ick, dat so lang as wie nu all in See sünd, binah jeden Dag een von uns wat verloren un nich wedderkregen het, hüt de un morgen de? Weetst nich, wo oft dor Zank un Strid nah kamen is? Toerst wer den Sleswiger sin gollen Ring weg; dünn verlör de Flensburger sin engelsches Taschenmetz; nahsten wer den annern sin fine nickelsche Tobaksbüß tom Düwel. Dunn säd ick to mi, dat is een von de Utlandschen, de de Sacken stahlen het.«

»Und du meinst –?« begann Paul.

»Ja, ich mein', Herr Krull,« spottete Towe, »wenn ick doch mit Gewalt Hochdütsch reden soll. An Bord von deutschen Schiffen ist man nicht gewohnt, seine Seekist' zuzuschließen, dat doon de Engländers, de Spaniolen un so'n Volk. Der Spitzbube hat's daher bei uns bequem gehabt.«

»Und du meinst, der Gazzi sei der Spitzbube?«

»Dat mein' ick nich, dat weet ick.«

»Dann laß uns nachsehen, was er da auf dem Spill versteckt hat.«

»Töw noch en beten, Paul. Wir müssen noch einen Zeugen haben. Ick gah' un hol' Heik Weers, de just von den Utkiek kamen is. To em het de Griek seggt, dat he up de Vörluk slapen harr.«

Heik Weers erschien an Deck, und jetzt gingen die drei zum Ankerspill.

»Nu föhl mal ünner de Pallen,« sagte Towe zu Paul, »verlich finnst du da wat.«

Paul tastete hin und her, dann rief er mit unterdrückter Stimme: »Hier habe ich etwas!« und brachte eine silberne Taschenuhr zum Vorschein.

»Dat is Julius Lassen sin',« sagte Heik Weers. »Probeer mal, ob dor nich noch mehr verstaut is.«

Nach kurzem Suchen holte Paul noch eine Uhrkette, einen Ring und mehrere andere Gegenstände hervor.

»Heww ick dat nich seggt?« rief Towe. »Wat makt wi nu mit düssen slechten Menschen?«

»Uphangen!« entschied Heik Weers.

»Ower Bord smieten,« sagte Towe.

»Wenn ich hier raten kann, dann berichten wir die Sache dem Obersteuermann; der mag mit dem Kaptein darüber reden,« sagte Paul.

Man kam überein, die Gegenstände vorläufig wieder unter die Palle zu legen, darauf sollte Paul achteraus gehen und dem Steuermann mitteilen, was er wußte.

Jaspersen stand bei der Besanswant und schaute in Gedanken versunken über die nächtliche See hinaus. »Nun, was gibt's?« fragte er, als Paul in zwei Sprüngen die Achterdeckstreppe heraufkam. Dann hörte er ruhig an, was dieser ihm zu berichten hatte.

»Hm,« sagte er, »Towe Tjarks müßte eigentlich wissen, was da zu tun ist. Er kennt doch das Verfahren, das in solchen Fällen zur Anwendung kommt. Durch solch ein Volksgericht an Bord wird dem Kerl viel wirksamer Ehrlichkeit beigebracht, als durch ein Jahr Gefängnis an Land. Ein Dutzend oder zwei mit dem Tamp und dann für den Rest der Fahrt das Großboot als Koje. Natürlich muß zuvor seine Schuld durch ein regelrechtes Verhör festgestellt werden.«

»Das wird Towe schon bestroppen,« nickte Paul.

»Wartet damit aber bis es Tag geworden ist,« gab Jaspersen dem Abgehenden noch mit auf den Weg. »Während der Nacht will ich keinen Lärm an Deck haben.«

Paul setzte die beiden Matrosen, die ihn auf der Vorluk sitzend erwarteten, von dem Vorschlag des Steuermanns in Kenntnis.

»So is dat good un richtig,« sagte Heik Weers befriedigt. »Un Julius Lassen, den de Uhr tohören doot, de schall de Richter wesen, un wi annern wi sünd de Gesworenen. So kümmt allens in de Reih'.«

Dem Griechen sollte, wenn er um acht Glasen vom Ruder kam, nichts von dem gesagt werden, was über ihm schwebte. Julius Lassen aber wurde geweckt und aufgefordert, in seiner Kiste nachzusehen, ob ihm etwa seine Uhr fehle.

»Meine Uhr?« fragte er, und klappte den Deckel auf. »Wahrhaftig, Lüd, se is weg! Junge, Junge! Twintig Johr fohr' ick nu all to See, un noch nie nich het mi een wat stahlen! De Griek, seggt ji, is dat west? Den brek ick de Knaken, sowie he von't Roor kümmt!«

»Nee, Julius,« sagte Towe, »dat lat man nah, töw man ruhig bet morgen fröh Klock söben, dünn ward Gerichtssitzung afhollen. Dennso schast du din Recht woll kregen.«

Die ganze Steuerbordwache war damit einverstanden. Nach Ablauf seines Rudertörns kam der Grieche in das Logis. Er ahnte nicht, wovon hier soeben noch geredet worden war, und kroch mit größter Seelenruhe in seine Koje. Hier tastete er eine Weile am Kopfende des Lagers herum, wo er, nach Matrosenart, allerlei von seinen Habseligkeiten verstaut hatte. Endlich stieß er eine Verwünschung aus und sagte:

»Da hat mir einer meinen Tabak gestohlen, ein ganzes Pfund! Hören die Diebereien an Bord dieses Kastens denn gar nicht auf? Ich wollte nur, ich könnte den Kerl fassen! Der sollte noch lange an mich denken!«

»Morgen früh kannst du uns mehr dorvon vortelln, Maat,« knurrte Towe. »Jetzt wüllt wi slapen.«

Gleich darauf schnarchten alle Mann der Backbordwache in schönster Harmonie. – Kurz vor sieben Glasen wurden sie durch Julius Lassens grimmige Stimme, der wie ein wütender Löwe im Logis herumrumorte, aus dem Schlafe geweckt.

»Dunnerlüchting, Mann, wat schall dat bedüden?« rief ihm einer der andern ärgerlich zu. »Holl din Snut, süs kriegst 'n Seestäwel an Kopp!«

»So? Min Snut holln schall ick, wenn een von de Backbordwach' min goode sülwerne Uhr stahlen het?« entgegnete Lassen giftig.

»So? Een von de Backbordwach' seggst du? Kann dat nich ok een von ju Stüerbordwach' west sin? Dor is de Griek, den hewwen se hüt nacht en Pund Tobak stohlen, as he seggen ded. Dat kann doch man een von ju dahn hewwen, in de Tid, wo he sin Roortörn wohrnehmen ded. He seggt ok, he müßt de Mann, de't dahn het.«

»Denn büst du woll so good, Gazzi, un nennst uns düssen Mann,« wendete Lassen sich jetzt an den Griechen. »Meine Frau hat mich die Uhr mitgegeben, darum muß ich ihr wiederhaben. Also wer is dat west?«

»Das kann ich nicht sagen,« erwiderte Gazzi. »Ich habe nur so meinen Verdacht.«

»Du, Julius,« nahm jetzt Towe Tjarks das Wort, »ick kenn' de Spitzbow.« –»Wokein is he?« riefen alle auf einmal.

Towe sprang mit einem langen Satz auf den Griechen zu, packte ihn am Halse und zog ihn aus der Koje. –»Düsse is't!« rief er.

Gazzi riß sein Messer aus der Scheide, ehe er aber davon Gebrauch machen konnte, hielt Heik Weers ihm den Arm fest.

»Nee, min Jung',« sagte er. »So wat is auf deutschen Schiffen nich Mode.«

Man band dem tückisch die Zähne fletschenden Menschen die Hände zusammen und stieß ihn die Treppe hinauf an Deck, wo sich inzwischen die gesamte Mannschaft versammelt hatte.

Eine umgekehrte Waschbalje diente als Richterstuhl, aus dem Julius Lassen, als der am meisten Geschädigte, Platz nahm.

»Man führe den Gefangenen vor!« befahl er ernst und streng.

Zwei Matrosen brachten den Delinquenten herbei.

»Bekennst du di schüllig ore nichtschüllig?« fragte der Richter.

Der Grieche schwieg verstockt.

»Na töw man, min Jung', wir werden dich die Zunge schon noch lösen. Towe Tjarks, mach' deine Aussage.«

Towe berichtete, was er in der vergangenen Nacht beobachtet hatte; darauf wurde der Ausguckmann vernommen und zum Schluß mußte auch Paul sein Zeugnis abgeben.

»Ihr habt alles gehört, Maaten,« wendete der Richter sich jetzt an die Geschworenen, die im Halbkreise herumstanden; »wat seggt ji? Is der Angeklagte schüllig, ore is he nicht schüllig?«

»Schüllig!« riefen alle wie aus einem Munde.

»Hest du dat hört, Maat?« sagte der Richter zu dem Delinquenten. »Deine Schiffsmaaten haben dir schüllig befunden. Jetzund muß ich dein Urteil sprechen. Am liebsten täte ich dir kielholen lassen, aber dat darf ich nich, un so verurteile ich dir hiermit zu drei Dutzend, die dich mit dat End von den Klüverneerholer aufgezählt werden sollen. Außerdem darfst du dir niemals wieder ins Logis sehen lassen. Wenn du aber gestehen tust, dennso soll dich ein Dutzend erlassen werden.«

Er wartete auf die Antwort des Verurteilten, der aber blieb hartnäckig stumm. –»Fort mit ihm, Maaten!« rief der Richter.

»Lascht em äwer dat Spill! Wi wüllt em sin Lex gewen, he schall sick nich wedder an uns' Eigendum vergriepen!«

Der Grieche wurde von vier Matrosen gepackt, über das Ankerspill gezogen und darauf festgebunden. Jetzt ergriff ihn die Angst, er flehte laut jammernd um Gnade, er wolle auch in seinem ganzen Leben nicht wieder stehlen.

»Aha,« sagte Lassen, »ick heww dat jo mußt, dat de Vogel noch ganz fein singen kunn. Also weil er bekannt hat und auch nie nich wieder stehlen will, so soll ihm ein Dutzend erlassen werden. Wat seggt ji, Maaten?«

»Einverstanden!« antwortete Towe für alle. »Twee Dutz sünd ok reichlich noog.« – Zwei Mann, die Matrosen Geert und Hajung wurden zu Profosen ernannt und vollzogen die Exekution mit bestem Willen und Nachdruck. Der Grieche heulte erbärmlich, aber es half ihm nichts.

Darauf warf man sein Bettzeug und was ihm sonst noch gehörte aus dem Logis, und befahl ihm, in dem mittschiffs stehenden Großboot, über dem die Jolle wie eine Art Dach festgezurrt war, Quartier zu machen.

Während der ganzen Zeit war der Kapitän mit dem zweiten Steuermann auf der Luvseite des Achterdecks auf und ab geschritten; beide hatten von dem, was da vorn vorging, gar keine Notiz genommen. Bei solchen Vorkommnissen wird die Mannschaft in ihrem Tun niemals gestört.

Es schlug acht Glasen; der Rudersmann wurde abgelöst, die Backbordwache ging an ihre Arbeit, die Steuerbordwache holte sich ihr Frühstück aus der Kombüse und suchte dann die Kojen auf.

4. Kapitel.

Die »Hallig Hooge«. – »Irgendwo steckt hier ein Geheimnis«. – Was im Logbuch zu lesen war. – Abschied vom »Senator Merk«.

Der Nordostpassat brachte den Senator bis auf einen Grad an den Äquator heran. Hier geriet er in die sogenannten Mallungen, das zwischen beiden Passaten liegende Gebiet der Windstillen und der leichten, veränderlichen und meist ungünstigen Winde. Es gelang ihm jedoch, diese bei den Seefahrern wenig beliebte Gegend bald hinter sich zu bringen und dann den willkommenen Südostpassat zu erreichen. Unter dem achtzehnten Grad südlicher Breite kam er in eine Windstille, die zwei Tage anhielt, dann machte sich eine frische nordwestliche Brise auf, die Raaen wurden vierkant gebraßt, und nun segelte das Schiff aus den Regionen des warmen Sonnenscheins hinunter in den rauhen Ozean, dessen sturmgepeitschten Fluten das Kap der Guten Hoffnung umbranden, das nicht mit Unrecht auch das Kap der Stürme genannt wird.

Seit der Bestrafung des Griechen war das Leben im Mannschaftslogis ruhig und friedlich; mit dem Verbannten verkehrte man nur, wenn der Dienst dies erforderte. Bei mildem Wetter konnte dieser über sein Quartier im Großboot nicht klagen, die Aussicht aber, auch beim Passieren des Kaps darin zubringen zu müssen, war keine angenehme. Die Mannschaft war jedoch fest entschlossen, ihn nicht wieder im Logis aufzunehmen. Seine Diebereien hätten die Leute ihm verziehen, aber dafür, daß er das Messer gegen einen Schiffsmaaten gezückt hatte, gab es keine Vergebung.

Eines Morgens kam Land in Sicht, ein kleines, kaum erkennbares Fleckchen auf Steuerbord voraus. Alle Mann schauten eifrig danach aus, war es doch das erste Land seit man den Kanal verlassen hatte. »Dat is dat Eiland Tristan da Cunha,« sagte Towe zu Paul. »Nu ward de Ohl de Kurs mehr östlich setten. Paß up, nu giwwt dat bald slecht Wedder un fixe Bris'.«

Tristan da Cunha kam bald wieder aus Sicht. Towes Prophezeiung erfüllte sich jedoch nicht; die Brise flaute immer mehr ab, das Wetter wurde zwar kälter, blieb aber schön.

Als die Backbordwacht am nächsten Morgen an Deck kam, fand sie dort alles in Aufregung. Der Senator war in die Nähe eines großen Fahrzeugs gekommen, das sich so sonderbar benahm, daß niemand aus ihm klug werden konnte. Bald standen seine Segel voll, bald wieder schlugen sie back; es schien sich willkürlich nach allen Strichen der Windrose zu drehen.

»Junge, Junge,« sagte Heik Weers, nachdem er das Fahrzeug lange betrachtet hatte, »dor sünd jo woll Apen und Boren staats Seelüd an Bord. De Kasten denkt wohrschinlich, dat he noch in de Mallungen is. Verlich is dor ok gor keen Mensch an Bord.«

»Wat schall dor woll keen Mensch an Bord wesen!« entgegnete der Matrose Hajunk. »Alle Seils stahn, un ok fünften is allens in Ordnung, soveel as ick man sehn kann.«

Der Kapitän ließ die Flagge heißen, in der Erwartung, daß auch der fremde Segler sich zu erkennen geben würde. Der aber achtete nicht darauf und gierte nach wie vor so planlos im Winde umher, als sei kein menschliches Wesen auf seinem Deck.

Inzwischen kam der Senator dem andern Fahrzeug immer näher. Der Kapitän befahl, das Schiff beizudrehen und dann ein Boot klar zu machen. Die Fahrzeuge waren jetzt ungefähr eine Viertelseemeile voneinander entfernt. – »Gehen Sie an Bord von dem Kasten, Steuermann,« sagte der Kapitän zu Jaspersen, »sehen Sie sich das Ding mal an und sagen Sie mir dann, was mit ihm los ist.«

»Jawoll Kaptein,« antwortete der Angeredete, dann rief er: »Veer Mann in de Boot! Towe Tjarks, Heik Weers un –«

»Un ick, Stüermann!« meldete sich Paul eifrig.

»Ja, Paul Krull un – o, dor is jo all een in de Boot – de Keerl, de Griek! Na, lat em. Fier' weg!«

Das Boot hing in seinen Davits, den kranartig gekrümmten eisernen Trägern. Gazzi war hineingeklettert, um es für die Fahrt herzurichten; auch die andern drei kletterten hinein, es wurde ins Wasser hinabgefiert, der Steuermann sprang, an einer der Taljen hinuntergleitend, leichtfüßig in die Sternschoten, den hinteren Teil des Bootes, und ließ abstoßen.

Von kräftigen Riemenschlägen getrieben schoß das kleine Fahrzeug schnell über die tiefblaue Flut. Bald hatte es den fremden Segler, der eine große Bark war, in Rufweite.

Der Steuermann stand auf, legte die Hände an den Mund und rief: »Bark ahoi!«

Er erhielt keine Antwort, auch zeigte sich niemand oberhalb der Reling.

Nach wenigen Minuten lag das Boot langseit; Jaspersen schwang sich in die Großrüst, kletterte über die Reling und entschwand den Blicken seiner Leute. Gleich darauf aber erschien er wieder und hieß Paul, Tjarks und Weers an Bord kommen. Gazzi mußte im Boote bleiben, um es von der Schiffsseite freizuhalten.

»Junge, Junge, wo unheimlich dat hier utsüht,« sagte Weers, indem er die Augen nach allen Seiten über das verödete Deck schweifen ließ. »Wat dat Aug' nich sehn tut, macht dat Herz kein' Schmerz nich, aber richtig is dat nich mit düsse Bark. Wenn dat man keen Gespensterschipp is, so een as de fleegende Holländer west wer.« Alles an Bord der Bark befand sich in bester Ordnung.

»Wenn hier noch lebendige Menschen an Bord wären, dann müßten sie gehört haben, wie wir hier umhertrampeln, und schon zum Vorschein gekommen sein,« sagte Jaspersen zu Paul. »Von den Booten fehlt kein einziges; die Besatzung kann das Fahrzeug also nicht im Stich gelassen haben. Unbegreiflich!« – »Die Bark heißt ›Hallig Hooge‹,« sagte Paul, »der Name steht an den Pützen und auch an den Booten.«

»Uns' Maat Ocke Hinrichsen ischo up een von de Halligen to Hus,« bemerkte Towe, »ick glöw sogar up de Hallig Hooge.«

Der Steuermann ließ zunächst die Raaen backbrassen und auf diese Weise die Bark beidrehen, damit sie auf einer Stelle blieb, und dann schickte er Weers und Tjarks nach vorn mit der Weisung, das Logis zu untersuchen. »Paul und ich gehen achteraus in die Kajüte,« sagte er.

Die Matrosen machten sich zögernden Schrittes auf den Weg. Sie trauten der Sache nicht und fürchteten, unter Deck auf einen schrecklichen Anblick zu stoßen. Nicht umsonst erzählen sich die Seeleute während ihrer Freiwachen allerlei Geschichten von grausigen Begebenheiten auf der weiten, einsamen See, unter denen die eine oder die andere wohl auch auf Wahrheit beruht.

»Irgendwo steckt hier ein Geheimnis,« sagte Jaspersen zu Paul. »Wenn ein Boot fehlte, dann könnte man an eine Meuterei denken; aber dafür spricht nichts. Es ist übrigens ein feines Fahrzeug. Lange kann es noch nicht verlassen sein; in diesen Breiten gibt es häufig schwere Böen, die ihm sonst längst die oberen Segel und auch die Stengen weggerissen hätten.« – Sie fanden den Deckel der Kajütskappe zugeschoben. Jaspersen stieß ihn zurück. – »Nun mach' dich auf alles gefaßt, Paul,« sagte er; »man kann nicht wissen.«

Sie stiegen die Kampanjetreppe hinab. Unten angelangt, blieben sie erstaunt stehen. Die Tafel in der Kajüte war weiß gedeckt und mit

Geschirr für zwei Personen besetzt. In der Mitte stand eine Schüssel mit einem großen Stück gekochten Salzfleisches und eine andere mit weißen Hartbroten, die von den Seeleuten »Beschüten« (Biskuits) genannt werden.

»Das Geheimnis wird immer undurchdringlicher,« sagte der Steuermann. »Ein Tisch fix und fertig für zwei gedeckt, und keine Seele an Bord! Guck' in die Kammern, Paul, ich will mir das Logbuch holen.«

Auch in den Kammern fand sich alles in bester Ordnung; das Bettzeug in den Kojen war sauber und glatt, viel einladender als der oft sehr fragwürdige Decken- und Matratzenkram in den Schlafbuchten der Matrosen vorn im Logis. Die einzige Unsauberkeit zeigte sich bei der kleinen Luke, die in den Vorratsraum hinabführte. Die Luke war offen und neben ihr lagen einige Strohstückchen, als ob man Proviant heraufgeholt und den Platz nicht wieder gesäubert hätte. Da der Raum dort unten natürlich stockfinster war, fragte Paul den Steuermann, ob er mit einer Lampe oder Laterne hinabsteigen solle.

»Jetzt nicht, mein Junge,« sagte Jaspersen. »Ich glaube, dem Geheimnis auf die Spur gekommen zu sein und zwar durch dieses Logbuch. Die letzte Eintragung ist vor acht Tagen gemacht. Sie rührt von der Hand des ersten Steuermanns her. Der größte Teil der Besatzung lag am gelben Fieber danieder, einige waren bereits gestorben, darunter auch der Kapitän und der zweite Steuermann. Schau' her, hier steht's:

»Letzte Nacht sind abermals drei von den Leuten gestorben; bleiben nur noch fünf Arbeitsfähige. Während ich dies niederschreibe, fühle ich, daß das Fieber auch mich ergriffen hat. Gott erbarme sich der armen Dora, wenn ich nicht mehr bin!«

»Er ist in banger Sorge um seine Frau daheim gestorben,« fügte der Steuermann hinzu. »Jetzt wollen wir hören, was Weers und Tjarks vorn gefunden haben, und dann dem Senator signalisieren und anfragen, was weiter geschehen soll.« – Sie gingen an Deck. Die beiden Matrosen waren soeben aus dem Logis heraufgekommen.

»Wat hewwt ji dor neeren entdeckt?« fragte Jaspersen.

»Nich veel, Stüermann,« antwortete Towe. »De Bettenkram is ut de Kojen reeten, de Seekisten sünd kentert un all, wat dorin wer, rünsmeten. En halwen Schinken von den Kajütsproviant liggt ok dor, un en lüttes leddiges Faß, wat nah Win rüken ded. Ick denk' mi, dat de Lüd sick erst noch mal lustig makt hewwen, ehr se von Bord gahn deden. Woans wer dat in de Kajüt', Stüermann?«

Jaspersen erzähle, was wir bereits wissen und schloß dann:»Wie der letzte Mann über Bord gelangt sein mag, das ist mir ein Rätsel. Vielleicht ist er gar nicht krank gewesen; vielleicht konnte er bloß die schreckliche Einsamkeit nicht ertragen und ist einfach ins Wasser gesprungen. Es scheint der Steward gewesen zu sein, weil er vorher noch so sorgsam den Tisch deckte. Ja, aber für wen?« setzte er hinzu.

»De Senator signaleseert,« rief Heik Weers.

Jaspersen nahm das Teleskop, das ordnungsgemäß in den Klampen innerhalb der Kajütskappe lag, und entzifferte das Signal. Es lautete:

»Sogleich zurückkommen und Bericht erstatten.«

»Vorwärts, in de Boot, Lüd,« sagte er.»Ich denke, die ›Hallig Hooge‹ wird uns einen hübschen Batzen Bergelohn einbringen, wenn es uns gelingt, sie in einen Hafen zu schaffen.«

Bald befanden die fünf sich wieder an Bord des»Senator Merk«. Der Steuermann teilte seine Wahrnehmungen und Vermutungen dem Kapitän mit, während Towe, Heik und Paul die Neugierde der übrigen Mannschaft befriedigten. – Der Schiffer war hocherfreut über die Aussicht, ein so wertvolles Fahrzeug bergen zu können.

»Ich will Ihnen was sagen, Stüermann,« schmunzelte er und rieb sich die Hände.»Sie gehen an Bord und bringen die Bark nach Kapstadt. Mehr als vier Mann kann ich Ihnen freilich nicht mitgeben, aber Sie sollen sich die besten aussuchen. Also welche wollen Sie haben?«

»Ich behalte drei von denen, die mit mir im Boote waren. Für den vierten, den Gazzi, bedanke ich mich.«

»Warum, Stüermann?« entgegnete der Schiffer.»Nehmen Sie ihn nur mit; der Mann ist durchaus brauchbar, das wissen Sie, und hier an Bord führt er ein Hundeleben. Sie können ihn ja in Kapstadt abmustern.«

»Nun, meinetwegen. Es wäre ja ohne Zweifel eine Wohltat für ihn. Gazzi, kommen Sie mal eben achteraus!«

Der Grieche kam in dienstfertiger Eile herbeigelaufen. »Hören Sie, Gazzi,« sagte der Steuermann, »der Kapitän hat mich beauftragt, die Bark nach Kapstadt zu bringen. Wenn Sie wollen, nehme ich Sie mit. Aber das merken Sie sich, wenn Sie sich schlecht betragen, dann mache ich kurzen Prozeß mit Ihnen.« Der Mann machte ein vergnügtes Gesicht und versprach, sich allezeit so aufzuführen, wie es einem braven Seemanne gezieme. »Gut, halten Sie sich bereit und sagen Sie auch Towe Tjarks, Heik Weers und dem Leichtmatrosen Paul Bescheid, damit sie ihre Sachen ins Boot schaffen. Aber schnell, wir haben keine Zeit zu verlieren.« Da die Seekisten des Steuermanns und der andern vier, sowie die Bettstücke und die übrigen Habseligkeiten eine Ladung ausmachten, die für das Boot zu groß war, so mußte man zweimal nach der Hallig fahren. Der Abschied war kurz, aber herzlich. Die kleine Barkbesatzung wurde von den Zurückbleibenden im stillen beneidet, da sie von Kapstadt aus viel eher wieder in der Heimat sein konnten, als die Senatorleute aus dem fernen Melbourne, des Bergelohnanteils, der auf jeden der vier entfallen mußte, gar nicht zu gedenken. Der Grieche war, so hatte der Kapitän bestimmt, von dem Gewinn ausgeschlossen; der konnte froh sein, wieder in einer Koje schlafen und mit seinen Schiffsmaaten auf gleichem Fuße verkehren zu dürfen.

Als alles an Deck der Hallig geschafft war, ließ Jaspersen die Segel trimmen und schickte Paul ans Ruder. Bei der noch immer schwachen Brise begann die Bark langsam ihre Fahrt nach dem Kap der Guten Hoffnung. – »Die Senatorleute ins Boot!« rief der Steuermann, dem wir jetzt als selbständigem Schiffsführer, den Kapitänstitel wieder verleihen wollen. Während die Leute das Fallreep hinabkletterten, warf Paul die Fangleine los; das Boot trieb achteraus ins Kielwasser, und die letzte Verbindung zwischen unseren Freunden und dem »Senator Merk« war abgeschnitten.

5. Kapitel.

An Bord der Hallig. – Warum Towe und Heik nicht an der Kapitänstafel speisen wollten. – »Da vorn ist jemand!« – Warum Paul in Angst nach Towe rief.

Paul hatte den ersten Rudertörn. Die andern schauten dem Boote so lange nach, bis es bei dem Senator langseit war und binnenbords geheißt wurde. – »Na denn ok adjüs, ohl Senater,« sagte Heik Weers, indem er die rote Flagge mit den drei Türmen – auch die Hallig Hooge war ein Hamburger Schiff – zum dritten Male dippte, »adjüs ok. Wi ward uns woll nich weddersehn. Aber de Kaptein ward sick woll melln, wenn dat Bergegeld klimpern doon deit.«

Fünf Mann waren eine winzige Besatzung für ein so großes Schiff; bei gutem Wetter konnten sie es wohl regieren, allein wenn eine starke Brise aufkam, dann mußte ihre Lage sehr ernst werden. Kapitän Jaspersen aber hatte guten Mut und festes Vertrauen zu seiner eigenen wie auch zu seiner Leute Tüchtigkeit.

»Wenn wir nur noch ein wenig mehr Brise kriegen, dann können wir in acht Tagen in Kapstadt zu Anker gehen,« sagte er. »Es wird am besten sein, wenn alle Mann in die Kajüte ziehen, da sind Kammern und Kojen genug, und zwar tipp, topp Aus dem englischen tip, Spitze, Äußerstes, und top, Höchstes, Oberstes, Gipfel; bedeutet soviel wie tadellos, in bester Ordnung.. Und an Proviant fehlt es auch nicht, soviel ich bis jetzt gesehen habe. Um die Wachen wollen wir losen. Sollte das Wetter schlecht werden, dann bleiben wir natürlich alle zusammen an Deck.«

Er nahm vier Endchen Kabelgarn in die Hand, zwei kurze und zwei lange. Die kurzen für die Backbordwache, die langen für die Steuerbordwache. – »Hier, Tjarks, ziehen Sie zuerst.«

Der Matrose zog ein kurzes. »Backbord,« sagte er. »Jüst as up den Senator.«

»Nun Sie, Weers.«

Der zog ein langes. »Stüerbord,« sagte er.

»Nun Sie, Gazzi.«

Der Grieche zog. »En langes!« rief Heik Weers. »Süso, Maat, nu hewwt wi beid' de Wach' to Koj', nu könt wi slapen gahn. Is dat nich so, Kaptein?«

»Nee, Kinners,« lachte Jaspersen, »so gemütlich gaht dat hier denn doch nich to! Erst müssen wir vorn und achtern alles in die Reihe bringen. Ihr beide schafft das Bettzeug aus dem Logis und schmeißt alles über Bord. Zuerst aber könnt ihr Feuer in der Kombüs' machen. Wir werden bald Hunger kriegen.«

»Jowoll, Kaptein,« sagte Weers. »Ick heww all glöwt, dat Se dat Wichtigst von de ganze Sak vergeten hadden. Nahsten kam ick bi Se achterut un hal wat för de Pött.«

Bald war das Feuer im Gang und ein dicker Qualm stieg aus dem Schornstein auf. – »Junge, Junge,« grinste Weers, »de Senator denkt nu, de Hallig wer en Stiemboot. Süso, Griek, dat Füer brennt un de Pött stahn up de Maschin'; un lat uns de Bedden öwer Bord smiten, dormit dat keen von uns dat Fieber kriegt.«

Das Logis mit den leeren Kojen sah unheimlich aus. Das Ölzeug der ehemaligen Mannschaft hing allenthalben an der Wand und schwang mit der Bewegung des Schiffes leise raschelnd hin und her. Die beiden Matrosen hielten sich bei ihrer Arbeit nicht unnütz auf. Der auf dem Fußboden liegende Wirrwarr, die Kleidungsstücke und Seestiefel, die Kisten, das Weinfäßchen und sogar der halbe Schinken, alles flog über Bord.

»Mich is dat so, als tat' in jeder Koje ein Geist sitzen,« sagte Weers zu dem Griechen, der nur Hochdeutsch zu reden verstand. »De Hallig is en Spukschipp, Griek, du sollst mal sehn, dat ich recht haben tu'.«

Die Kajüte mit den anstoßenden verödeten Kammern machte auf Kapitän Jaspersen und Towe Tjarks denselben unheimlichen Eindruck, wie das Matrosenlogis auf die beiden andern. Zu verwundern war dies nicht. Auf diesem großen Schiffe, das sicher eine Besatzung von mehr als zwanzig Mann gehabt hatte, befanden sich jetzt nur fünf Leute; dazu kam das düstere Geheimnis, das über dem Verschwinden jener andern hing. So oft Towe eine Kammern öffnete, steckte er immer erst vorsichtig den Kopf hinein, in der Erwartung, etwas Schreckliches in dem dumpfigen Raume zu entdecken.

Der Kapitän holte eine Laterne aus der Pantry Kammer zum Anrichten der Speisen für die Kajüte und zur Aufbewahrung des Tischgeschirrs. Aus dem Englischen; sprich »Päntri«. und stieg dann mit seinem Gefährten hinunter in den Vorratsraum. Hier sah er mit einem Blicke, daß das Schiff auf das reichlichste mit Proviant ausgerüstet war.

»Na, Towe,« sagte er lächelnd zu diesem, »hungern brukt wi up de Hallig nich, soveel seh ick all; wi könt hier lewen as de Prälaten.« »Dat is woll richtig, Kaptein,« antwortete der Matrose. »Aber mine Mag is all vull von den Grugel; ich glöw, mit min Apptit ward dat nu woll för eenige Tid vörbi wesen.«

»Dummer Schnack, Maat. Dat giwwt sick. Un mang fief lebendige Lüd is nix to grugen. Dor is 'n schönen Schinken, den nehmt wi mit nah baben, ok de Fleischkonserven un de Büchsenspargel, ok Mehl un Rosinen; Weers het mi seggt, dat he ganz uterwählt feinen Pudding maken kann.«

»Dat kann he,« sagte Towe. »Un nu, wo Se von Pudding reden doon, is mi de Grugel ok mit eins wedder ut de Mag rut. Wenn't nu man erst acht Glasen un Middagstid wer.«

Den ganzen Tag über arbeitete die kleine Mannschaft unermüdlich, und als es Abend wurde, war alles gründlich gesäubert, gescheuert, gewaschen und gelüftet – »hydrogenisch« gemacht, wie Towe sich ausdrückte, der manchmal Bildungsanfälle bekam; er wollte sagen hygienisch.

Das Wetter schien sich halten zu wollen, und da das Barometer hoch blieb, hielt der Kapitän es nicht für nötig, für die Nacht Segel wegzunehmen. Bei Sonnenuntergang waren vom Senator nur noch die Masten in Sicht, das Unterschiff lag bereits unter der Kimmung. Bald wurde es finster. Klar funkelten die leuchtenden Sterne auf den friedlichen Ozean hernieder, über den die »Hallig Hooge« fast geräuschlos dahinglitt. In der Kombüse klapperte Heik Weers verheißungsvoll mit Schüsseln und Pfannen. Der Grieche stand am Ruder. Paul und Towe guckten über die Reling in das phosphorisch blinkende Wasser und plauderten von der Heimat. Keppen Jaspersen saß auf der Kajütskappe und hing seinen Gedanken nach. Ein leichter Nebel zog herauf und die Luft wurde ein wenig unsichtig, so daß die Gegenstände an Deck in undeutlichen und verschwommenen Umrissen erschienen.

»Wir wollen die Seitenlaternen ausbringen,« rief der Schiffer und stand auf.

»Jowoll, Kaptein,« antwortete Paul, lief in die Kajüte und erschien gleich darauf wieder mit den angezündeten Laternen an Deck.

»Da, Towe, nimm du die grüne steuerbordsche, ich bringe die rote backbordsche aus.«

Während die beiden ihre Laternen sorgfältig an den dazu bestimmten Brettern in den unteren Wanten festzurrten, trug Weers das Abendbrot in die Kajüte. – »Kommt, Leute!« rief Jaspersen ehe er hinabging, »laßt das Essen nicht kalt werden!«

Paul folgte ihm, die beiden alten Janmaaten, Towe und Heik, zögerten.

»Wird's bald?« rief der Schiffer von unten. »Wo bleibt ihr?«

»Entschuldigen Sie, Kaptein,« sprach Towe die Kampanjetreppe hinunter, »Heik un ich, wir haben uns überlegt, dat wir lieber nahsten schaffen wollen, wenn Sie un Paul dormit klor sünd. Dat schickt sich so besser für uns.«

»Torheit, Towe!« rief der Kapitän zurück. »Disziplin muß sein, wo sie hingehört; jetzt aber ziehen wir hier alle den gleichen Strang und können uns auf Zeremonien nicht einlassen. Also kommt dal, Lüd.«

Den alten Gesellen blieb nun nichts übrig, als zu gehorchen. Sie gingen hinab, nahmen linkisch auf den Sesseln Platz und speisten zum erstenmal in ihrem Leben an einer Kajütstafel. Gazzi versah inzwischen an Deck die Posten eines Rudersmannes, Ausgucks, Wachhabenden, kurz einer ganzen Wachmannschaft.

Das Mahl verlief sehr einsilbig. Die Matrosen fühlten sich beklommen; das Bewußtsein des Unterschieds zwischen vorn und achtern lag ihnen trotz der kameradschaftlichen Offenherzigkeit und Freundlichkeit des Schiffers noch zu sehr in den Gliedern, und dazu kam, daß jeder der Tischgenossen fortwährend an die denken mußte, die zuletzt hier zu Tisch gesessen hatten, noch vor ganz kurzer Zeit, und die nun sämtlich nicht mehr am Leben waren.

Ein gellender Schrei des Griechen schreckte alle aus ihren Betrachtungen auf. – Blitzschnell sprang der Schiffer an Deck hinauf.

»Was gibt's?« fragte er.

»Da vorn ist jemand!« antwortete Gazzi mit unterdrückter, angstvoller Stimme; er bebte am ganzen Leibe.

»Schwatzen Sie keinen Unsinn; außer uns ist hier niemand an Bord. Hüten Sie sich, Mann, mir die andern unnötig zu beunruhigen; es könnte Ihnen übel bekommen.«

»Kaptein, ich schwör's Ihnen, ich habe es mit meinen Augen gesehen und mit meinen Ohren gehört, daß da vorn jemand über das Deck ging!«

»Geträumt haben Sie. Ich wiederhole Ihnen, außer uns fünfen ist hier keine Seele an Bord. Um Ihnen das zu beweisen, will ich selber nach vorn gehen und nachsehen.«

Er sprang die Achterdeckstreppe hinab auf das Hauptdeck und ging festen Trittes dem vorderen Teile des Schiffes zu. Obgleich er überzeugt war, daß der Grieche nur in krankhafter Einbildung etwas gesehen haben könne, so war ihm selber doch etwas eigentümlich zumute, als er so allein über das dunkle, öde Deck hinschritt. In der Kombüse glühte noch das Feuer; er blickte einen Moment hinein und setzte dann seinen Weg fort, dem ausgestorbenen Matrosenlogis zu. An der offenstehenden Kappe angelangt, hemmte er den Schritt.

»Da 'runterzugehen hat keinen Zweck,« sagte er zu sich selber. »Besonders ohne Laterne. Es war ja auch bloß eine dumme Phantasie des Esels.« – Er machte kehrt und ging eilfertiger zurück, als er gekommen war, wobei er einigemal ganz unwillkürlich hinter sich sah. Als er das Kampanjedeck wieder erreicht hatte, atmete er erleichtert auf.

»Nichts zu sehen und zu hören,« sagte er zu Gazzi. »Also keine Gespensterseherei mehr, das bitte ich mir aus. Jetzt gehen Sie schaffen; ich nehme das Ruder.«

Der Kapitän stand seinen regelrechten Törn Das Wort stammt aus dem Englischen und hat mannigfache Bedeutung. Rudertörn ist der Zeitabschnitt, während dessen ein Mann am Ruder zu stehen, das Schiff, zu steuern hat. »Törn« bedeutet auch eine einmalige Umwicklung eines Gegenstandes mit einem Tau (Rundtörn). »Eintörnen« heißt sich in die Koje legen; »austörnen« heißt aus der Koje kommen, auch jemand an Deck rufen. »Törn to!« Ruf an die Mannschaft, sich zur Arbeit zu wenden. und wurde nach zwei Stunden von Paul abgelöst. Jetzt erteilte er seiner kleinen Mannschaft einige Instruktionen.

»Solange das Wetter fein bleibt, hat der Mann am Ruder die Aufsicht über das ganze Deck,« sagte er. »Von nun ab gehen wir Wache um Wache. Towe Tjarks und Paul bleiben an Deck bis Mitternacht und werden dann von Weers und Gazzi abgelöst. Ich selber werde jederzeit bereit sein, an Deck zu kommen. De Stüerbordwach' kann nu intörnen; slapt en düchtigen Vorrat tosammen, dat ji kregel sünd, wenn ji brukt ward.«

Heik Weers und Gazzi gingen unter Deck, der Schiffer und Towe spazierten auf der Kampanje hin und her. – »Hat der Grieche euch was von einem Gespenst erzählt, das er gesehen haben will?« fragte Jaspersen.

»Jowoll, Kaptein. As he dalkem, was he so witt as'n doten Nigger. Wi frogen em ja nu, wat em wer. ›Hest woll de Geister von all de Lüd sehn, de du de Hals' afsneden hest?‹ seggt Heik. ›Ich habe keinem den Hals abgeschnitten,‹ seggt he. ›Dat lat man,‹ seggt Heik, ›versokt hest du dat aber, un seker nich blot eenmal. Towe Tjarks lewte hüt ok nich mehr, wenn du ihm heddst an't Lif kamen könt mit din Metz.‹ Dunn säd Paul, dat wi dorvon stillschwegen un alte Sachen nich wieder aufrühren sollten. ›Aber sag' uns doch, Gazzi,‹ säd he, ›warum hast du eigentlich so geschrien, daß der Kaptein an Deck kommen mußte?‹ Dunn säd de Griek, ›he hadd vörn wat lopen sehn, dat künn he beeidigen.‹ Doröwer lacht Heik un säd, dat kem von sin slechtes Gewissen, un he schull sin Damlichkeiten man vör sick beholln.«

»Entsetzlich bange ist er gewesen, das weiß ich,« sagte der Schiffer. »Ich bin nach vorn gegangen, habe aber natürlich nichts gefunden. Wenn außer uns noch jemand an Bord wäre, dann hätte der uns längst mit Freuden willkommen geheißen. Jetzt will ich ein wenig schlafen. Ruft mich, wenn der Wind herumgehen sollte.«

Als er in die Kajütskappe hinabgetaucht war, rollte Towe sich achter dem Scheilicht Aus dem englischen » skylight«, Oberlichtfenster der Kajüte. wie ein großer Hund zusammen und war im Nu eingeschlafen. Jetzt war Paul der allein noch Wachende an Bord.

Da das Schiff nur geringe Fahrt lief, erforderte das Steuern nicht viel Aufmerksamkeit. Obgleich kein Mond am Himmel stand, so war es dennoch nicht ganz finster, da die prächtig funkelnden Sterne einige Helligkeit verbreiteten. Das Meerleuchten durchschimmerte wolkenähnlich die schwarze Flut und verwandelte das Kielwasser in eine lichte Gasse wirbelnden Silbers. Der Nebel, der bei Sonnenuntergang eingetreten war, hing noch immer dünn über See und Schiff, so daß das Vorderteil wie mit einem leichten Schleier verhängt erschien. Bei der Stille, die ringsum herrschte, war es Paul, als wäre er der einzige Mensch an Bord; und doch lag Towe Tjarks nur wenig Schritte entfernt von ihm an Deck, bereit, bei dem geringsten Anlaß aufzuspringen. »Ich wollte, ich hörte einen schnarchen,« sagte er zu sich selber, »dann wäre doch nicht alles so tot.« Plötzlich vernahm er vorn ein Geräusch, ein Klappern, als ob eine Leine von einem der Koffeenägel Hölzerner oder eiserner Pflock zum Belegen (Festlegen) von Tauwerk, auch Kovei-, Koffein-, Kovelje-, Kavilien-, Kavel-, Kraveelnagel genannt. Aus dem italienischen» caviglia«, Pflock, Keil. Diese Pflöcke stecken in den Nagelbänken längs der Reling. herabgeworfen worden wäre; dem folgte das Rasseln eines Blockes und ein leichtes Segelflattern. Unserem Freunde schlug das Herz bis in die Kehle, und er rief laut nach Towe.

»Wat is?« fragte dieser aufspringend.

»Horch! Da vorn!« sagte Paul erregt.

Beide lauschten angestrengt, hörten jedoch nichts.

»Da hat einer ein End losgeworfen; ich habe es ganz deutlich gehört!« flüsterte Paul.

»Ach so,« sagte Towe. »Gazzi het di woll ansteckt mit sin Dummheiten. Wenn dor aber en End von de Nagelbank smeten is, dennso möt dat unnersökt warn.« – Damit begab er sich nach vorn.

»Nicht um tausend Mark ginge ich allein dorthin,« dachte Paul erschaudernd. – Towe kam bald zurück.

»Hast recht gehabt, Sohn,« sagte er. »Dat Vor-Reuel-Fall is losgeschmissen, oder het sick von sülben von den Koffeenägel aflöst, un de Raa het sick dalfiert. Wi möt dat Segel wedder upheißen. Ick wer de Ohl utpurren.«

Er lief die Kampanjetreppe hinunter und kam gleich darauf mit dem Kapitän wieder an Deck.

»Was gibts denn?« fragte dieser und warf einen forschenden Blick über das Deck.

»Dat Vor-Reuel-Fall is losgekommen un nu müssen wir die Raa wieder aufheißen,« antwortete Towe.

»Das Fall ist von jemand losgeworfen worden,« fiel Paul ein. »Ich habe genau gehört, wie es an Deck fiel, ganz genau! Und dann hörte ich auch wie die Raa 'runterkam und das Segel flatterte.«

»Merkwürdig,« sagte der Schiffer. »Du willst wohl mit Gazzi Kompagnie-geschäfte machen? Das Fall war nicht ordentlich belegt, das ist der ganze Witz. Ich hätte vor dem Dunkelwerden das ganze laufende Gut untersuchen sollen. Wir wollen die Raa wieder heißen, Towe.«

Das Stück Arbeit wurde besorgt, und das kräftige Aussingen Towes, als er mit dem Schiffer im Takt an dem Fall riß, stärkte unserem Paul Herz und Nieren. Es war ihm, als nähmen ihm die fröhlichen, männlichen Töne eine Last von der Seele.

Die Nacht verging ohne weitere Aufregung. Sobald es Tag war, wurde Paul in den Saling des Großtopps hinaufgeschickt, um nach dem Senator auszuschauen. Das Schiff war nicht mehr in Sicht. Das Wetter schien gut bleiben zu wollen, was der kleinen Besatzung der Hallig nur angenehm sein konnte, wenngleich sie sich wohl ein wenig mehr Wind gewünscht hätte. Dem von der Reling herabspringenden Paul trat Towe Tjarks mit einem großen Blechtopf voll heißen Kaffees entgegen.

»Da is en Barg Butter un en grote Kiste voll feine Beschüten in de Pantry,« sagte er. »Junge, Junge, auf so ein verlassenes Fahrzeug lebt Janmaat jüst as'n Passeschier erster Klasse. Funfzehn Jahr' fahr' ich nu all zur See, aber noch niemals hab' ich so bong gelebt as hier up düsse ohle Hallig. Drink den Kaffee mit Verstand, Sohn, dat is echt türkschen.«

»Echt türkschen?« lachte Paul. »Wieso?«

»Wieso, fragst du? Ick heww dat Kaffeekocken in Türkisch-Marokko lehrt, wo ick dunntomalen gefangen seten heww.«

»Davon hast du mir noch nichts erzählt. Ist das schon lange her?«

»Ja; du worst damals woll kaum up de Welt. Ick vertell di dat woll noch. Jetzt muß ich ans Ruder. De Kaptein will'n Forschungsreise dör dat Logis maken un sehen, wo de Spukgeister sitten.«

Jaspersen nahm Paul auf seine Entdeckungsfahrt mit. Sie durchsuchten das ganze vordere Schiff, fanden aber keine Spur von einem lebenden Wesen, einige Ratten ausgenommen, die blitzschnell in ihren Schlupflöchern verschwanden.

6. Kapitel.

Von der Bugpumpe und dem gebildeten Towe. – Warum dem Kapitän, Heik, Towe und Paul das Blut in den Adern erstarrte.
»Das hat ein Geist getan!« – Die Ratte.

Die Brise, die bisher nur schwach, aber gleichmäßig gewesen war, flaute am Nachmittag gänzlich ab, so daß die »Hallig Hooge« schließlich in einer Windstille lag. Kapitän Jaspersen ging auf dem Kampanjedeck mißmutig auf und ab und ließ dabei zuweilen ein langes leises Pfeifen hören, das den Wind wieder herbeibringen sollte. In diesem Punkte ist fast jeder Seemann abergläubisch.

Towe Tjarks sagte, er habe noch nie erlebt, daß das Pfeifen geholfen hätte, er wäre aber mal mit einem Schiffer gefahren, der immer mit dem Finger an den Besanmast geklopft hätte, wenn er daran vorbeikam, und das sei auch ein ganz sicheres Mittel, Wind zu schaffen. Allein, Keppen Jaspersen und Towe Tjarks mochten pfeifen und klopfen soviel sie wollten, kein Lüftchen rippelte die spiegelglatte See und die Hallig lag so regungslos »wie ein gemaltes Schiff auf einem gemalten Ozean«.

»Heute gibt's keine Brise mehr,« sagte der Schiffer, als man beim gemeinschaftlichen Abendessen in der Kajüte saß. »Windstillen in diesen Breiten gefallen mir nicht, weil es in der Regel hinterher um so härter zu wehen pflegt. Das Barometer steht jedoch so hoch, daß wir vorläufig noch keine Segel wegnehmen wollen.«

Ein lauter Ruf des Griechen, der den Rudertörn hatte, ließ alle plötzlich aufhorchen.

»De het wohrscheinlich all wedder en Gespenst to sehen kregen,« sagte Towe, und alle begaben sich in einiger Hast an Deck.

»Was ist nun wieder, Gazzi?« fragte der Schiffer.

»Jetzt höre ich nichts mehr, Kaptein,« antwortete der Mann, »vorhin aber, als ich rief, da war jemand vorn auf der Back bei der Bugpumpe; ich hörte die Spake auf und nieder gehen.«

»Ich hatte Ihnen doch befohlen, die Dummheiten zu unterlassen!«
fuhr der Kapitän heftig auf ihn ein. »Wer sollte da vorn gepumpt
haben?«

»Aber die Pumpenspake hat ganz deutlich gequietscht, wie sie noch
stets gequietscht hat, wenn einer pumpte.«

»Die Ratten werden gequietscht haben,« entgegnete Jaspersen.
»Lauf, Paul, hol' die Laterne aus der Pantry; wir wollen diesem
Manne beweisen, daß seine erbärmliche Furcht ihn wieder einmal
genarrt hat.«

Die vier machten sich auf den Weg nach vorn; Paul ging mit der
Laterne voran. Sie trappsten laut über das einsame Deck. Vor der
Back machten sie halt und betrachteten die kleine Pumpe dort
oben.

»Hier is keen Gespenst to sehn,« sagte Towe. »Wokein het hüt
morrn bi't Deckwaschen hier pumpt?« – »Ich,« antwortete Paul.

»War die Pumpspake nach oben oder nach unten gerichtet, als du
davongingst?« fragte der Schiffer. »Erinnerst du dich dessen
vielleicht noch?«

»Nach unten,« antwortete Paul.

»Ganz gewiß?«

»Ganz gewiß, Kaptein.«

»Nu staht de Spak aber nah baben,« sagte Towe. »Dat Gespenst het
wohrschinlich Zimmergrimassen bedrewen.« – »Wat, Towe?« rief
Paul und sah dem alten Seefahrer belustigt in das ehrliche Gesicht.

»Na denn Zimmergrimastik, wenn dat richtiger is, du wittnäsige
Bengel.«

»Gymnastik meinst du wohl, Zimmergymnastik. Ja ja, ohl Towe,
so'n beten Bildung makt sick ganz wunnerschön.«

»Kommt, kommt, jetzt wollen wir uns im Logis umsehen,« rief der
Schiffer, nahm Paul die Laterne aus der Hand und stieg die kurze
steile Treppe in den finstern Raum hinunter. Die andern folgten.

Das dumpfe Schweigen hier unten war bedrückend. Die leeren
Kojen erschienen der Phantasie unserer Seefahrer bei dem
schwachen und ungewissen Scheine der Laterne offenen Särgen
nicht unähnlich, die auf ihre stillen Schläfer warteten.

»Hier kann een den Grugel in de Mag kregen,« brummte Towe. »Aber dat helpt nich. Lüchten Se en beten hierher, Kaptein; dor schint mi wat in de Eck to liggen – en Bündel Tüg oder sowat.« Er ließ sich auf die Knie nieder und langte mit der Hand unter die vorderste Koje. In diesem Augenblicke schlug oben die Türe heftig zu. Towe fuhr zurück, sprang auf und stieß dabei so gewaltsam gegen den Schiffer, daß dieser die Laterne fallen ließ, die zu Scherben zerklirrte und erlosch. Jetzt befanden sich alle in pechschwarzer Finsternis.

»Das ist ein Streich von dem Griechen!« rief Jaspersen. »Die Treppe muß gerade vor euch sein. Tastet euch an den Kojen entlang!«

Da hörten sie plötzlich ein lautes, schreckliches Wehklagen, das ihnen das Blut in den Adern erstarren ließ.

»Worauf wartet ihr noch, Leute?« schrie der Schiffer aus aller Lungenkraft, um die grauenerweckenden Laute zu übertönen. »Vorwärts, an Deck! Die Treppe werde ich gleich haben!« Er tastete jedoch vergeblich. »Hat keiner Zündhölzer bei sich?« Wieder begann das Klagen, wehevoll, herzzerschneidend, um zuletzt in einem schrillen Aufschrei zu enden. Unsere Seefahrer, die im wildesten Verzweiflungskampf mit den rasenden Elementen nie auch nur die leiseste Spur von Furcht empfunden hatten, sie standen jetzt zitternd in abergläubischem Entsetzen, den kalten Angstschweiß auf den Gesichtern.

»Hier ist die Treppe!« rief Jaspersen, sprang die Stufen hinan, stieß die Tür auf und stürzte an Deck hinaus, die andern in eiligster Überstürzung hinter ihm drein. – »De Düwel schall mi halen, wenn ick noch eenmal an Bord von so'n verlatenes Schipp gahn do!« sagte Heik Weers. »Nee, nich för'ne ganze Welt vull Bergelohn!«

»Dat werd't Ji Jug woll noch en beten äwerlegen, Maat,« entgegnete Keppen Jaspersen. »Dat de Dör tofeel, was'n Tofall, wider nix.«

»En schönen Tofall!« entgegnete Weers. »Slengert dat Schipp verlich so bannig? Nee, Kaptein, de ohle Hallig staht so ruhig un fest, as 'ne Kirch' an Land; Se könt en Ei up de Nock von den Klüverbohm balangseeren laten. Nee, Kaptein, düsse Dör is nich von Menschenhänden zugeschlagen worden. Das hat ein Geist getan!«

Heik Weers verstieg sich nicht oft zu hochdeutscher Rede, wenn er's aber tat, dann war das ein Zeichen dafür, daß er in sehr ernster Stimmung war.

»Ick mein', de Griek het dat dahn,« sagte Towe. »Wülln em uns mal ankeeken.«

Sie gingen achteraus, wobei sie sich dicht beieinander hielten. Sie fanden Gazzi in einem Zustand größter Aufregung. Er hatte sowohl das Zuschlagen der Logistüre wie auch die Klagetöne gehört. Seine Furcht war so unzweifelhaft echt, daß sogar Towe den Gedanken, er habe ihnen einen Schreck einjagen wollen, aufgab.

»Nee,« sagte er, »den Geist het he nich speelt, aber he is hier de Jonas, um dessen Schand- und Mordtaten willen up de ohl Hallig so'n Spök in de Gang is. Wat seggt ji, Maaten? Hievt wi em äwer Bord? Jonassen möt in't Water smeten warn, dat staht all so in de Bibel.«

»Genug davon,« sagte der Schiffer streng. »Schämen Sie sich, Tjarks, von einem Schiffsmaaten so zu reden!« Damit ging er, gefolgt von Paul, in die Kajüte hinunter. Towe und Heik lehnten sich bei der Besanwant an die Reling und unterhielten sich noch weiter von der Heimsuchung der Hallig durch die unsichtbaren Gespenster.

»Ick will di wat seggen, Towe. Ick heww noch niemals keen Furcht nich kennt un wer nu up mine ohlen Dagen nich mehr dormit anfangen. Ich sage dir, ich bün imstande un hol die Latern' aus das Logis, die wir da haben liegen lassen. Du mußt aber mitkommen un aufpassen, daß die Tür nich wieder zufallen tut, wenn ich unten bün.«

»Is good, Heik. Ick gah mit dir. Min ohlen Schippsmaat verlat ick nich. Wi nehmt ein von de Kompaßlampen mit, süs könt wi de halbe Nacht in Düstern rümgrawweln.«

Und so stiegen die beiden alten Gesellen einmütig abermals in das unheimliche Logis hinunter.

»Hier is der Schauplatz des Trauerspiels un da liegt die Laterne,« sagte Heik Weers ernst. »Jetzt kenne ich keine Furcht mehr. Wat seggst du, Towe?« – »Ich ok nich,« antwortete Towe.

Kaum hatte er dies gesagt, da erhob sich ein trappelndes und krabbelndes Geräusch in einer der Kojen, eine große Ratte sprang heraus und lief über die Planken des Fußbodens einem entfernten Winkel zu. Towe hob eine vor ihm liegende Holzleiste auf und warf damit nach dem widerwärtigen Tier. Ein kreischendes Gequietsch' folgte.

»De heww ick!« rief Towe, bückte sich und nahm die erschlagene Ratte beim Schwanze vom Boden auf. »Junge, Junge, dat Beest is so grot as ne Katt!«

Die Ratte mußte sehr alt gewesen sein; ihr Fell war fast haarlos, sie hatte nur noch zwei Zähne, die unverhältnismäßig lang waren und weit aus dem Maule ragten. – »Dat is de Spuk west,« sagte Heik. »Ick denk', nu ward he Ruh' gewen.«

»Seid ihr da unten, Towe und Heik?« erscholl eine Stimme oben an der Luke. Die beiden Männer fuhren zusammen.

»Wat heww ick 'n Schreck kregen!« rief Towe. »Jowoll, Kaptein, wi sünd hier. Wi hewwt jüst in düssen Ogenblick den Geist bannt.«

Der Schiffer und Paul kamen herab und betrachteten die erlegte Ratte mit neugierigem Interesse.

»Das ist ja ein wahres Ungeheuer,« sagte der erstere. »Die hat gewiß schon manche lange Reise auf der Hallig gemacht, und tüchtig 'rangehalten hat sie sich auch, wenn aufgetafelt wurde. Smit dat Deert äwer Bord, Towe.« – Alle vier gingen wieder an Deck.

»Ich glöw, he is dat ok west, der de Dör toslahn het. Grot und stark genug wer eh jo dorto. Meenst nich ok, Heik? Dor gaht he hen! Wenn he den Hai, de em dalsluk, nich vergiften doon deit, dennso is dat en Wunder. He süht verdammt ungesund ut.«

Die Nacht verlief ohne weitere Störung. Das Schiff lag ganz still, nur wenn in langen, regelmäßigen Abständen die Dünung dahergerollt kam, dann wälzte es sich träge zuerst ein wenig nach Backbord und dann wieder nach Steuerbord hinüber, wobei die Segel gegen die Stengen und Stagen schlugen und scheuerten, die Reffzeisinge sacht gegen die Leinwand trommelten und klapperten und die Blöcke leise kreischten und quiekten.

7. Kapitel.

Sturm. – »Loggen!« – Warum dem Schiffer unheimlich zumute wurde. -Eine furchtbare Woge. – Greuel der Verwüstung. – Warum Heik Weers wie ein fauler Landlubber liegen muss. – Was Paul in der Kombüse sah.

Wie Keppen Jaspersen und die beiden alten erfahrenen Matrosen Heik und Towe vorausgesehen hatten, war das schöne Wetter nicht von langer Dauer. Am nächsten Morgen, ehe die Sonne aufging, stand der ganze östliche Himmel in blutrotem Feuer, das von der glatten See dunkelglühend widergespiegelt wurde. Als der gewaltige Ball des Tagesgestirns über den Horizont emporstieg, erschien er wie von einem dünnen schwarzen Schleier verhüllt.

»Das sieht windig aus,« sagte der Schiffer. »Ich denke, wir tun gut, Segel zu bergen, solange dies noch bequem geschehen kann. Ist der Wind erst da, dann soll uns das schwer werden.«

Da das Schiff keine Fahrt hatte, brauchte niemand am Ruder zu stehen; die gesamte Backbordwache war daher für das Segelbergen disponibel. Sie bestand, wie wir wissen, aus Towe und Paul. Gegenwärtig wurde sie noch durch den Schiffer verstärkt.

»Also ans Werk, Maaten!« rief dieser. »Gei auf Vor- und Großreuel, Vor- und Großbramsegel und hol' nieder Außenklüver und die Bram- und Stengenstagsegel!«

Alle Mann sprangen an die Geitaue und Niederholer, der Schiffer voran; Towes schallendes »Holioho!« ertönte, und bald waren die Kommandos ausgeführt.

»Jetzt nach oben!« rief der Schiffer wieder. »Towe macht den Vorreuel, das Vorbramsegel und die Stagsegel fest, ich besorge dasselbe im Großtopp, Paul beschlägt den Außenklüver und nimmt dann noch das Gaffeltoppsegel weg und macht es fein säuberlich fest. Wenn die Steuerbordwache an Deck kommt, soll sie ihre Freude an unserer Arbeit haben.«

Bei der Windstille war das Bergen der Segel eine leichte Mühe; bei auch nur mäßiger Brise hätte das Festmachen eines der Bramsegel die ganze Kraft von zwei Mann erfordert.

»Wenn nun der Wind kommt, dann kann er uns vorläufig nicht viel Schaden tun,« sagte der Schiffer, als er mit Paul die Leinen wieder über die Koffeenägel hing. Towe bereitete unterdessen in der

Kombüse das Frühstück. – Um sieben Glasen weckte Paul die andere Wache.

»Is dor all Wind?« fragte Heik und richtete sich in seiner Koje auf.

»Jawoll, dat weiht mächtig,« antwortete Paul. »Ümmer von baben dal. Wi hewwt all twee Reewen in den Schorsteen von de Kombüs' steken un den Kock sin Pött fastmakt.«

»Danke för de gütige Auskunft,« sagte Heik mit großem Ernst. »So was Ähnliches hatte ich mich auch gedacht. Nu büst du woll noch so freundlich un bringst mich 'n Pott Kaffee dal.«

Während Paul das Frühstück aus der Kombüse holte, steckte der alte Matrose seinen grauen, zerzausten Kopf aus der Kampanjeluke und schaute sich um.

»Wir werden bald unser Ölzeug nötig haben,« sagte er zu Gazzi, als er wieder unten war. »Die Backbordwach' hat gut gewerkt un Segel geborgen, ohne uns auszupurren. Dat sünd brave Maaten.«

Als um acht Glasen das Barometer noch immer hochstand, wurden die weiteren Segelkürzungen, die der Kapitän geplant hatte, noch aufgeschoben. Paul und Towe gingen zur Koje und schliefen ungestört bis zum Mittag. Um zwölf Uhr maß der Kapitän die Sonnenhöhe, und als er das Besteck ausgerechnet hatte, teilte er seinen Leuten mit, daß das Schiff in den letzten vierundzwanzig Stunden keine fünf Mill gelaufen sei. Towe murmelte etwas von einem Jonas an Bord in den Bart, schwieg aber als der Schiffer ihn scharf und vorwurfsvoll ansah.

Im Laufe des Nachmittags sammelten sich im Nordwesten schwere dunkle Wolkenmassen. Jaspersen sah nach dem Barometer; es fiel schnell. Die Wache wurde ausgepurrt, und die kleine Mannschaft arbeitete mit Aufbietung aller Kraft auf den Raaen, um die Obermarssegel wegzunehmen, die Fock-, das Großsegel und den Besan zu reffen. Nachdem noch der Klüver geborgen war, blieb den Leuten nichts mehr übrig, als zu warten, bis der Sturm losbrechen würde.

Kapitän Jaspersen schritt auf dem Kampanjedeck hin und her. Er war erregt und voll schwerer Besorgnis. Die Hallig war ein Fahrzeug von mehr als tausend Tonnen; ein solches in einem mäßigen Sturme mit einer Besatzung von fünf Mann zu regieren, grenzte bereits an das Unmögliche; was dort aber heraufgezogen kam, war kein gewöhnliches Unwetter. Alle Nerven des in zahllosen Stürmen erprobten Mannes waren qualvoll angespannt. Das Bewußtsein der auf ihm lastenden Verantwortlichkeit drückte ihn fast nieder. Er sehnte sich nach Befreiung aus der schrecklichen Ungewißheit, nach dem endlichen Losbrechen des Orkans.

Die Leute saßen und lagen um die Kombüse her, schauten nach dem schwarzen Nordwesten und warteten.

»Pass' acht!« schrie der Kapitän plötzlich. »Pass' acht, da kommt er!«

Ein furchtbares Brüllen erfüllte auf einmal die ganze Atmosphäre, mit sausendem, heulendem, pfeifendem Toben raste der Orkan daher. Er fuhr mit gewaltigem Stoß in die Segel und trieb das Schiff sogleich mit großer Schnelligkeit durch die sich im Nu hoch empor- türmenden Wogen. Wäre die Hallig nicht so trefflich vorbereitet gewesen, und hätten Heik und Towe, die mit Windeseile ans Ruder gesprungen waren, das Fahrzeug nicht so gut als möglich platt vor dem Winde gehalten, dann wären die Masten gleich in der ersten Minute über Bord gegangen.

Die Wogen gingen immer höher und stärker, die Farbe des Wassers war hart und bleigrau geworden. Beim Schlengern legte die Bark sich bis zum Schandeckel auf die Seite, die schäumenden und brausenden Bugwasser erreichten in Lee die Höhe der Reling.

Immer wütender schnob der Sturm. Der Druck der wenigen Leinwand war so mächtig, daß das Fahrzeug die Wogen tief, und fast auf gleicher Linie durchschnitt; es schob wie ein Schneepflug durch den weißen, hoch vor dem Buge sich auftürmenden Schaumberg, der das ganze Vorgeschirr und die Back zeitweise völlig begrub, sich dann an den Seiten mit schwindelnder Schnelligkeit und einem Tosen wie von hundert Mühlrädern nach hinten zog und hier gleich einem blendenden, fast unübersehbaren Schneefelde zurückblieb.

Ab und zu erhob sich der schwarze, schlanke Rumpf hoch aus dem schaumigen Bade, und dann glich das schöne Schiff einem Seevogel, der auf dem Gipfel einer Woge die Schwingen ausbreitet und schüttelt, ehe er von neuem in die Tiefe taucht.

Der Orkan wurde stärker. Dem Schiffer stiegen Bedenken auf, ob die Untermarssegel, obgleich aus gutem, neuem Segeltuch, dem ungeheuren Drucke noch viel länger würden Widerstand leisten können. Er hätte gern das Schiff beigedreht; es lag auf südöstlichem Kurse, und wenn der von achtern kommende Sturm noch lange anhielt, dann wurde es in die südlichen kalten Regionen getrieben, und von dort aus wieder nördlich aufzukreuzen war eine Aufgabe, der die kleine Mannschaft der Größe des Schiffes wegen nicht gewachsen war.

Die Hallig gehorchte dem Ruder mit Leichtigkeit auch bei diesem wilden Wetter; Towe hatte das bald erkannt und die Handhabung des Rades Heik Weers allein überlassen.

»Loggen!« brüllte jetzt der Schiffer durch das Getöse des Sturmes vom Kampanjedeck herab, unter dessen überragender Brüstung Paul, Gazzi und zuletzt auch Towe Schutz gegen den peitschenden Regen gesucht hatten. Er wollte die Fahrgeschwindigkeit der Hallig feststellen.

Dies geschieht durch das Log, das aus einer auf eine Haspel (Logrolle) gewickelten Leine besteht, an deren Ende ein dreieckiges Brettchen (Logscheit), an einer Kante mit Blei beschwert, befestigt ist. An der Logleine sind in Abständen von je 7,202 Meter Schnur- oder Lederstückchen (Knoten) eingedreht. Beim Loggen wird das Logscheit über das Hinterteil des Schiffes ins Wasser geworfen, wo es aufrecht stehen bleibt und durch den Wasserdruck auf nahezu derselben Stelle gehalten wird, während das Schiff weitersegelt und die Logleine von der Haspel abrollt. Die Sache dauert genau vierzehn Sekunden, welcher Zeitraum vermittelst einer kleinen Sanduhr gemessen wird. Man holt nunmehr die Leine wieder ein und zählt dabei die abgelaufenen Knoten; die Hallig lief deren zehn. Sie hatte also in 14 Sekunden zehnmal 7,202 = 72,02 Meter zurückgelegt, und mußte daher in der Stunde bei gleichmäßiger Geschwindigkeit 3600:14 = 257 x 72,02 = 18 520 Meter laufen. Da 1852 Meter eine Seemeile sind, so hatte die Hallig also gegenwärtig eine Fahrgeschwindigkeit von zehn Seemeilen (Mill) in der Stunde.

Außer diesem Log verwendet man auch noch ein Patentlog, bei dem eine im Wasser nachgeschleppte kleine Flügelschraube ihre Umdrehungen auf ein Zifferblatt überträgt, aus der Umdrehungszahl ergibt sich die vom Schiffe gelaufene Strecke.

Auf des Schiffers Ruf hatten Heik und Paul Logrolle und Sanduhr achteraus gebracht. Heik hielt die Rolle empor, Paul das Glas. Der Schiffer warf das Logscheit über die Heckreling.

»Törn!« rief er. Paul stürzte das Glas um; der Sand begann zu laufen. Als das letzte Körnchen aus der oberen Halbkugel in die untere gefallen war, rief er: »Stopp!«

Der Schiffer hielt die Leine fest und sah nach dem Knoten.

»Zehn,« sagte er. »Leine einholen!«

Eine Logleine ist nur eine Schnur, trotzdem aber hatten alle Mann, mit Ausnahme von Towe, der am Ruder stand, vollauf zu tun, sie wieder binnenbords zu holen. – Die ganze Nacht wütete der Sturm mit unverminderter Heftigkeit. Gegen sechs Glasen in der Mittelwache wurde im Großtopp ein Knattern wie von Flintenschüssen wahrnehmbar.

»Der Großreuel hat sich losgerissen!« rief der Schiffer. »Hinauf zwei von euch und macht ihn wieder fest. Nehmt ein paar Nockbändsel als Extrazeisinge mit.«

Towe und Paul machten sich unverzüglich auf den Weg zur Großwant. Der Aufstieg ging nur langsam vor sich, da der Wind sie so fest gegen die Want drückte, daß sie sich zeitweise nicht zu rühren vermochten. Sie mußten dann warten, bis das Schiff nach Steuerbord überholte, wodurch sie wieder etwas loskamen. Die Wanten waren abwechselnd bald so straff wie Eisenstangen, bald so schlaff wie ein Netz.

Auf der Reuelraa angelangt, hatten sie einen heftigen Kampf mit dem wild schlagenden Segel zu bestehen, wobei sie sich noch um Leib und Leben an die Raa klammern mußten, um von der ungebärdigen Leinwand nicht hinabgeworfen zu werden.

Endlich war die Arbeit bewältigt, und sie stiegen wieder abwärts. Als Paul von der Reling herunter in das fußhoch das Deck überspülende Wasser sprang, vernahm er einen schrillen, durchdringenden Schrei, der das Tosen des Sturmes und das Brausen der See übertönte. Instinktiv eilte er nach vorn, von wo der Schrei gekommen war. In der Nähe der Logiskappe angelangt, sah er in der Finsternis eine unbestimmte Gestalt, die aber sogleich wieder verschwunden war.

Towe war ihm gefolgt, und nun standen beide vor der Logiskappe und sahen einander an. – »Sollen wir 'runtergehen?« fragte Paul.

»Nee, Paul; woto? Dat is en Geist west, mit den is nix nich antofangen.«

»Hast recht, Towe. Auch dürfen wir uns nicht aufhalten. Es könnte da achtern was zu tun geben.«

Die auf dem Kampanjedeck hatten den Schrei auch, aber weniger deutlich, vernommen. Jaspersen fragte Towe danach.

»Jowoll, Kaptein,« sagte dieser. »Un nich blot hört heww ick em, ick heww den Geist ok sehn. Un Paul ok.«

Dem Schiffer wurde nun doch etwas unheimlich zumute; er war fest davon überzeugt, daß außer ihm und seinen Leuten kein menschliches Wesen an Bord sein konnte; was sollten also Towe und Paul, die beide so ehrlich und zuverlässig, und dabei so verständigen und klaren Sinnes waren, anders gesehen haben, als etwas Übernatürliches? Er war nicht abergläubisch, aber was für eine Annahme blieb ihm hier übrig?

Jetzt hatte er jedoch keine Zeit, sich über Geister den Kopf zu zerbrechen. Er mußte alle Gedanken darauf richten, zu verhüten, daß die Hallig zu weit nach Süden getrieben wurde. Die Nacht verstrich und der Tag brach an. See und Luft sahen so drohend und gefährlich aus, daß auch das Herz eines Schiffers, der über eine vollzählige Besatzung verfügte, dadurch schwer bedrückt werden konnte.

Obgleich die Bark unter die größten Fahrzeuge ihrer Klasse zu zählen war, so war sie doch gegenüber den an Größe und Gewalt immer noch wachsenden Wogen ziemlich wehrlos. Sie rollte und stampfte und arbeitete fürchterlich; bald fuhr sie vorn in die Höhe, bis ein dreißig Fuß langes Stück ihres Kiels frei emporragte, dann wieder fiel sie auf die Seite, bis die Nock der Großraa ins Wasser tauchte und die über die Reling hereinbrausende See die Großluk überflutete.

Ein Blick auf die Wogenberge sagte dem Schiffer, daß er nicht daran denken dürfe, das Schiff beizudrehen; er mußte damit warten, bis der Wind nachließ. Da er Towe Tjarks als einen intelligenten und erfahrenen Seemann kannte, beschloß er, mit ihm die Lage zu beraten und forderte ihn auf, mit ihm in die Kajüte zu kommen.

Hier holte er die Karte hervor und breitete sie auf dem Tisch aus. »Sehen Sie her, Towe,« sagte er und setzte den Finger darauf. »Wir befinden uns jetzt hier, soweit das unter den obwaltenden Umständen zu bestimmen ist. Hält dieser Wind an, dann werden wir, fürchte ich, bald in kalte Breiten kommen.« – Towe schaute bedächtig auf die Karte.

»Je weiter südlich wir kommen, desto sicherer können wir erwarten, dat düsse Wind bald nach Westen 'rumholen wird. Anluven lassen können wir dat Schipp gegenwärtig nich. Dat könnte uns de Segel kosten. Ick mein', wi laten de Hallig noch 'ne Wil vör de Wind lopen. Dabei können wir wenigstens nich de Masten verlieren. Eenmal möt de Storm jo nahlaten, un dennso kamt wi woll sacht wedder up nördlichen Kurs.«

»Ich glaube nicht, daß der Sturm so bald vorüber sein wird,« entgegnete der Kapitän. »Im Gegenteil, ich fürchte, daß wir seine ganze Stärke noch gar nicht zu kosten bekommen haben. Wer besorgt das Frühstück in der Kombüs'?«

»Gazzi. Heik is an't Roor.«

»Gut. Dann gehen also Sie und Paul nach oben und bringen Preventerbrassen Hilfs- oder Verstärkungsbrassen. an der Großraa auf. Wir müssen die Raaen herumholen, wir dürfen den jetzigen Kurs nicht länger beibehalten. In der Segelkammer liegen Reserveleinen.«

Towe holte die Leinen, rief Paul, und beide machten sich ans Werk. Es war ein gefährliches Stück Arbeit, da die Preventerbrassen neben den Blöcken der eigentlichen Brassen draußen an den Rocken der Raaen befestigt werden mußten und das Schiff gewaltig schlengerte. Tüchtige Seeleute aber bringen so ziemlich alles fertig, und so langten auch unsere beiden Freunde wohlbehalten wieder an Deck an.

Hol' an Steuerbord-Großbraß!« grölte der Schiffer durch den Sturm. »Wenn ich die Hand aufhebe, dann luv', Heik!«

»Jowoll, Kaptein!«

Der Schiffer lief nach Backbord hinüber, um dort die Lee-Großbraß vorsichtig aufzuschricken, das heißt, in kurzen Absätzen etwas lose zu geben.

»Sünd ji klor, Lüd?«

»All klor!«

»Luv en beten!« brüllte er, zu Heik gewendet, und hob die Hand auf.

»Hol', Lüd!«

»Holioho!« sang Towe, als er und seine beiden Maaten aus aller Kraft an der Brasse zu holen begannen. Sie taten jedoch nur einen kurzen Pull (Zug), denn ein durchdringender, angstvoller Warnruf des Schiffers unterbrach sie. Blitzschnell nahm Towe mit der Brasse einen Törn um den Koffeenagel, dann schaute er nach achtern, wohin der Schiffer deutete. – Da gewahrte er ein wahres Ungeheuer von einer Woge, die wie ein hüpfender Berg, alle andern weit überragend, herangeeilt kam. Sie schien drei oder vier Mill lang zu sein und schloß mit ihrer vielgipfeligen Höhe den Horizont vollständig ab, als ob sie der Abhang eines um dreißig Fuß erhöhten, im Sturme daherfahrenden Ozeansplateaus sei. Ihr Gebrüll war grauenhaft.

Der Anblick des heranstürzenden Ungetüms war fürchterlich. Kein Fleckchen Schaum zeigte sich auf der harten, glasigen Fläche des Wasserberges. Der Kapitän schrie noch einmal den Leuten zu, sich um Leib und Leben festzuhalten, um sich dann selber, die Bucht eines Tauendes ergreifend, flach an Deck zu werfen – da war die Woge schon über ihnen und begrub das Fahrzeug vom Heck bis beinahe zum Großmast. Es wälzte sich auf die Seite, bis das Deck fast senkrecht stand.

Die Erschütterung und das Donnergetöse dieses Schlages können mit Worten auch nicht annähernd beschrieben werden. Die Bark tauchte aber aus der nach vorn und nach Lee weitereilenden See wieder auf, und der Kapitän und die Leute schauten um sich. Sie sahen den Rest der Flut wie einen schäumenden Wasserfall vom Kampanjedeck herabstürzen, und mit ihm Hühnerhocken, Pützen, Holzgetrümmer und mitten darunter auch den anscheinend leblosen Körper des armen alten Weers.

Der Schiffer sprang achteraus und faßte mit eiserner Hand das wild hin und her wirbelnde Rad des Steuers. Es war ein Glück, daß er es festzuhalten und zu bändigen vermochte, sonst wäre das Schiff quer in den Trog der Seen geraten und verloren gewesen. Schon hatten die Segel mit schmetterndem Geknatter zu schlagen begonnen, da gelang es ihm, das Fahrzeug wieder vor den Wind zu bringen; die Segel füllten sich aufs neue, und weiter jagte die Hallig auf ihrer tollen Fahrt.

Towe und Paul hoben Heik Weers auf, trugen ihn ins Logis und legten ihn hier in eine der Unterkojen. Dann eilten sie achteraus. Die Bark ließ sich wieder so gut wie zuvor steuern, der Wind schien etwas nachgelassen zu haben. Towe löste den Schiffer am Ruder ab.

»Was habt ihr mit Weers gemacht?« fragte der letztere, wobei er des Sturmgetöses wegen noch immer aus aller Kraft schreien mußte.

»Logis!« schrie Towe zurück. »Dod is he nich!«

Das Achterschiff der Hallig gewährte einen wüsten Anblick. Das Kompaßhäuschen war weggeschlagen, das Scheinlicht zerschmettert, die Kappe der Kampanjeluk fortgerissen, ebenso das Steuerbordboot. Die Kajüte war halb voll Wasser; Seekisten, Bettzeug und anderer Kram schwammen darin hin und her und stießen gegen die Kammertüren.

Auch mittschiffs sah es schlimm aus. Der Roof Holzhaus auf dem Deck von Seglern; englisch roof = Dach., der achter der Kombüse gestanden hatte, war bis auf wenige Trümmer fortgerissen worden. Er hatte ehemals dem zweiten Steuermann, dem Zimmermann und dem Koche zur Wohnung gedient. Die Kombüse war ein festes Bauwerk und gut in den Decksplanken verankert; so war sie dem Schicksal des Roofs entgangen. – Um zu verhindern, daß noch mehr Wasser hinunterströmte, wurden Persenningen (geteerte Leinwand) über das Scheinlicht und die Kampanjeluk gedeckt. Gazzi und Paul mußten mit Pützen das Wasser aus der Kajüte schaffen, eine langwierige Arbeit, die jedoch auch ihr Ende erreichte. Inzwischen ging der Schiffer nach vorn, um nach dem verunglückten Schiffsgenossen zu sehen, der regungslos und schwer atmend mit geschlossenen Augen in der Koje lag. – »Er lebt! Gott sei Lob und Dank!« murmelte er leise, während er dem Bewußtlosen vorsichtig das Ölzeug abzog. Darauf untersuchte und befühlte er ihn sorgfältig, wobei sich herausstellte, daß zwei Rippen und der rechte Oberschenkel gebrochen waren.

Nach kurzer Überlegung rief er Paul und Gazzi herbei, und alle drei schafften den Verletzten achteraus und in die Kammer des ehemaligen Kapitäns der »Hallig Hooge«, wo sie ihn in die Koje betteten. In der Medizinkiste fanden sich Schienen und Binden, und bald hatte der Schiffer mit geschickter Hand das gebrochene Bein sachgemäß eingerichtet und verbunden. Jetzt erst kam Heik wieder zum Bewußtsein. Er öffnete die Augen und sah dem noch immer um ihn beschäftigten Schiffer ins Gesicht. Sogleich wußte er, was mit ihm vorgegangen war.

»Se hewwen mi doktert, Kaptein,« sagte er mit schwacher Stimme. »Heww ick veel afkregen?« – »Das rechte Bein ist gebrochen, just über dem Knie. Wenn Sie sich recht still verhalten, wird es bald wieder in Ordnung sein. Zwei Rippen sind auch eingeknickt, das ist aber nicht schlimm.«

»Junge, Junge, dor is soveel Arbeit an Deck und ick möt nu hier liggen as en unnützes Stück Holt! Mein Gott! Man noch veer Mann, un so'n grot Schipp, un so'n slecht Weder!« – »Machen Sie sich keine Sorgen, Heik. Gott wird uns beistehen. Jetzt aber müssen Sie schlafen. Ich habe Sie ganz fest verstaut, damit Sie nicht rutschen und rollen können. Der alte Kasten schmeißt sich noch immer wie unklug umher.«

Im Hinausgehen hörte er den alten Matrosen noch murmeln: »In so'ne Not möt ick hier liggen as 'n fulen Landlubber, un kann mine Maaten nich bistahn! Ick wull, ick wer glicks dodbleven!«

Dem wilden Tage folgte eine wilde Nacht. Der Sturm tobte mit ungeschwächter Kraft. Die Hallig jagte vor ihm her und schien mit jeder Stunde in kälteres Wetter zu geraten. Regen und Schlossen prasselten fast unaufhörlich hernieder und trafen die Gesichter und Hände unserer erschöpften Seefahrer wie Peitschenschläge.

An Stelle Heiks stand jetzt Keppen Jaspersen am Ruder. Eine Wache zur Koje gab es nicht mehr, alle Mann mußten fortwährend an Deck sein. Abwechselnd, wenn die Umstände dies erlaubten, schlüpfte einer von ihnen in die warme Kombüse, um dort auf der Bank ein wenig zu schlafen; der Kapitän aber gestattete sich auch diese kleine Erholung nicht, er verließ das Deck nur, wenn er nach seinem Patienten sehen mußte.

Die Reihe, sich in die Kombüse zurückzuziehen, war an Paul gekommen. Das Feuer in der Maschine glühte hell und füllte den kleinen Raum mit Wärme und rötlichem Licht. Man brauchte die Kohlen nicht zu sparen, da ein großer Vorrat davon an Bord war.

Er streckte sich so gut es ging auf der Bank aus, und bald hatte ihn das Brausen des Sturmes in Schlaf gesungen. – Sein Schlaf war jedoch kein fester; das ließen die heftigen Bewegungen des Schiffes nicht zu. Alle Augenblicke mußte er sich auf der Bank wieder zurechtrücken. Als er dabei einmal halbverschlafen um sich blickte, da glaubte er in dem trüben, ungewissen Licht eine Erscheinung vor sich zu sehen – ein junges Mädchen mit bleichem, hagerem, verängstigtem Gesicht und lose flatternden Haaren. Im nächsten Augenblicke war sie verschwunden. Er sprang auf und stürzte zur Türe, die er vorher halb zugeschoben hatte.

Draußen war niemand. Zudem war die Finsternis an Deck so dicht, daß das Auge sie keinen Meter weit zu durchdringen vermochte.

Er sagte sich, daß er geträumt haben müsse, trat in die Kombüse zurück, streckte sich wieder auf die Bank und sank in übergroßer Müdigkeit von neuem in einen unruhigen Schlaf, aus dem er nach zwei Stunden geweckt wurde, um den Mann am Ruder abzulösen.

8. Kapitel.

»Der Geist hat eben wieder geschrien!« – Neue Havarien. – Entmastet. – Warum Heik sich bei Towe bedankt. – Das Quecksilber steigt. – »Land in Sicht!«

Vier Tage hatte nun schon der Sturm gerast; die Kräfte der kleinen Mannschaft waren nahezu erschöpft. Seit dem Beginn des Unwetters hatte der Schiffer sich keine Ruhe gegönnt, jetzt endlich aber gelang es der Überredungskunst des wackeren Towe, ihn zu bewegen, die Koje aufzusuchen, und wär's auch nur auf eine Stunde. »Wenn dat Weder sick ännert, denn so kam ick dal un purr Se ut,« sagte der Matrose. »Bet dorhen heww ick dat Kommando an Deck.« Mit Heik Weers ging es besser, obgleich das Schlengern und Stampfen des Schiffes ihm oft Schmerzen verursachte. Größer als die körperliche Pein aber war die seelische.

»Min' Rippen un min Been makt mi keen Kummer,« erklärte er seinen Maaten, wenn sie ihn besuchten; »aber ick ligg hier as so'n seekranken Passescheer un ji möt min Arbeit för mi doon.«

Gegen Abend wurde der Wind westlich; man steuerte das Schiff so, daß er nach wie vor von achtern kam, denn auf Segelveränderung konnte sich die schwache Besatzung jetzt weniger als zuvor einlassen. Der Schiffer hatte irgendwo noch einen Kompaß aufgetrieben und vor dem Ruder angebracht, damit das Schiff wieder richtig auf Kurs gelegt werden konnte, wenn das Unwetter nachließ.

Die Nacht war sehr kalt und stockfinster. Gegen zwei Glasen in der Mittelwache stand Paul wieder einmal am Ruder. Der Schiffer und Towe lehnten vorn an der Balustrade des Kampanjedecks und hielten Ausguck, Gazzi hatte sich zu einer kurzen Rast in die Kombüse zurückgezogen. Der Orkan brauste und heulte, die Seen waren von erschreckender Höhe und schienen jeden Augenblick wieder von achtern über die Bark herstürzen zu wollen, die aber wehrte sich vor ihnen wie ein Stück Kork. Sie war trotz der schweren Strapazen, die sie in den letzten Tagen hatte überstehen müssen, so dicht geblieben wie ein Topf, die wiederholten Peilungen des Pumpensods hatten einen ganz normalen Wasserstand im Raum ergeben.

Auf einmal faßte Towe mit hastigem Griffe des Schiffers Arm. »Hewwen Se dat hört, Kaptein? Der Geist hat eben wieder geschrien!« – »Ja,« antwortete der Schiffer, »so etwas wie einen Schrei habe ich auch gehört.«

Der ein ganzes Stück hinter ihnen am Ruder stehende Paul hatte ebenfalls den unheimlichen Ton vernommen, der wie ein überirdischer Klagelaut das Getöse der Elemente durchdrang. Er dachte an die Erscheinung in der Türe der Kombüse, an das bleiche Antlitz mit den großen, angstvollen Augen und dem wirr flatternden Haar. »Ob das eine Vorbedeutung ist?« fragte er sich. »Sollten wir dem Verhängnis verfallen sein?« – Gleich darauf kam der Grieche in höchster Eile aus der Kombüse achteraus gerannt und tauchte in die Kampanjeluk hinab.

»Holen Sie ihn wieder herauf!« gebot der Schiffer.

Towe ging und erschien bald mit Gazzi wieder an Deck.

»He harr en Gespenst sehn, seggt he,« berichtete Towe, »un dat Schipp un alle Mann wern nu verloren, seggt he.«

Er mußte dies dem Schiffer ins Ohr rufen, um sich bei dem Lärm des Windes und der Wasser verständlich zu machen. Jaspersen zog den Griechen mit sich nach der Kombüse, dort konnte man in einiger

Ruhe sprechen. – »Nun lassen Sie hören,« sagte der erstere. »Was hat Sie wieder so in Furcht versetzt?«

Zitternd und zähneklappernd erzählte der Gefragte, daß er auf der Bank geschlafen, daß dann aber plötzlich ein Gespenst mit einem weißen Totengesicht vor ihm gestanden habe. Vor Schreck sei er aufgesprungen, habe ein in dem Rack an der Wand steckendes großes Küchenmesser ergriffen, und nach dem Gespenst geworfen, das dann mit einem fürchterlichen Schrei verschwunden sei.

»Sie sind immer viel zu schnell mit dem Messer bei der Hand,« sagte der Schiffer. »Übrigens richten Sie gegen Geister und Gespenster damit nichts aus. Außerdem war es kein Geist. Sie sind ein furchtsamer Mensch, und da spielt Ihnen Ihre Einbildung manchen Streich. Sie können nun hier bleiben und ihren Schlaf beendigen.«

Dazu war Gazzi jedoch nicht zu bewegen; viel lieber brachte er den Rest seiner Ruhezeit auf dem kalten Deck zu, nur um in der Nähe seiner Schiffsmaaten bleiben zu können.

Gegen vier Uhr morgens flaute der Wind urplötzlich ab, und es wurde mit einem Schlage so still, daß die Segel, die tagelang so voll und hart gestanden hatten, als wären sie aus Eisen, schlaff gegen die Stengen schlugen. Das Schiff verlor seinen Halt und begann schwer zu rollen. See um See brach über das hilflose Fahrzeug her; die ungeheuren Wassermassen rissen einen großen Teil der Schanzkleidung und Reling fort, schlugen die Türen der Kombüse ein und spülten alles, was an Deck noch wegzuwaschen war, über Bord.

Die Windstille dauerte etwa eine Stunde, dann brach der Orkan von neuem los, mit noch größerer Gewalt als zuvor. Diesmal faßte er das Fahrzeug von vorn. Paul, der sich mittschiffs befand, wollte achteraus flüchten, da aber war's ihm, als bräche das ganze Weltall über ihm zusammen. Er stürzte nieder, und fühlte eine Last auf sich, unter der er sich nicht regen konnte. Wasserfluten rauschten und gurgelten über und um ihn, daß er fast schon zu glauben begann, er sei über Bord. Er rief um Hilfe, aber seine Stimme war in dem Toben nicht vernehmbar.

Das Schiff rollte nach Steuerbord und nahm eine ungeheure See über. Das Wasser hob die auf Paul liegende Last ein wenig empor, so daß es ihm gelang, sich freizumachen. Er rappelte sich auf und stolperte der Großluk zu. Da hörte er den Schiffer rufen: »Hier sind Äxte, Leute! Kappt alles weg!« – Jetzt erst sah er, daß alle drei Masten über Bord gegangen waren. Die »Hallig Hooge« war ein Wrack, wehrlos der Gnade oder Ungnade der See überliefert. – Er arbeitete sich durch das Gewirr der Wanten, Pardunen, Leinen und Holztrümmer achteraus, und half den andern, das Taugut durchzuhauen, das die langseit im Wasser treibenden Masten noch festhielt, deren Stöße die Schiffsseite zu durchbrechen drohten. Es kostete fast übermenschliche Anstrengungen, aber endlich war das letzte Tau abgehackt und die Bark von der furchtbaren Gefahr befreit. Der Tag graute, aber kein Anzeichen sprach für ein Nachlassen des Sturmes. Am Stumpfe des Besanmastes wurde eine Persenning als Segel aufgebracht, und so trieb das Wrack vor dem Winde dahin, bald von den Wogenbergen hoch emporgehoben, bald in die dunklen Wassertäler hinabgeworfen, wo es dann in sekundenlanger Stille lag.

Die Mannschaft, Paul und Towe – der Schiffer stand mit Gazzi am Ruder – kauerte vor dem niedrigen Aufbau des Scheinlichts, um dort notdürftig gegen den eisigen Wind geschützt zu sein, »damit einem nicht auch noch die Haare vom Kopfe geweht würden,« wie Towe bemerkte. Aber eine längere Ruhepause war unseren todmüden Freunden selbst dort nicht vergönnt, denn der Schiffer befahl Paul, zu versuchen, ob er in der Kombüse ein Feuer in Gang bringen und Kaffee kochen könne, und Towe mußte nach Heik Weers sehen.

Paul fand die Kombüse in einem Zustande der Verwüstung. Beide Türen waren zersplittert, die Hälfte der Töpfe und sonstigen Utensilien über Bord gespült. Zum Glück stand der schwere Kasten mit den Kohlen noch an seinem Platze. Mit Hilfe einiger Holzstücke von den Türen und einer gehörigen Menge Teer brachte Paul nach langer Mühe ein Feuer zustande, und nun dauerte es auch nicht mehr lange, da war ein großer Kessel voll heißen, würzig duftenden Kaffees bereit, die durchkälteten und abgespannten Seefahrer zu laben.

Inzwischen machte Towe dem Patienten seine Visite.

»Süso,« sagte er, »dor liggst du nu jüst as de Herr Baron up sin Kanapee, un wi hewwt mitdewil alle Masten äwer Bord smeten.«

»Sowat heww ick mi all dacht,« antwortete Weers und stöhnte zum Erbarmen. »Un ick bün en Lubber, en richtigen Landlubber, to nix nich mehr to bruken.«

»Wenn du so dämlich snacken doon deist, dennso büst du ok een. Din Been kommt bald wedder in de Reih', un schull de ohle Kasten wegsacken, ehr du wedder stahn un gahn kannst, dennso drag ick di an Deck, dormit dat du sotoseggen in din Beruf starwen kannst, as dat en ehrlichen Janmaat tokamen doon deit. Dat verspreck ick di. Freut di dat nich?«

»Towe, up den ersten Blick harr ick di ansehn, dat du en fixen Seemann un en gooden Schippsmaat büst. Ick dank' di ok.«

»Is good. Nu slap man un mak, dat du din stüerbordschet Been bald wedder tohopspleißt kregen doon deist. Ick möt an Deck, süs denkt de Ohl, ick wer hier intörnt.«

Noch drei Tage und Nächte hielt der Sturm an, am Abend des vierten Tages begann das Quecksilber im Barometer wieder zu steigen. Während der Nacht flaute der Wind nach und nach etwas ab und bei Tagesanbruch hatte er so weit nachgelassen, daß man aus einer Bramraa, die zu den Reservespieren gehörte, einen Notmast herstellen konnte, an dem ein Reuel angebracht wurde. Die See ging noch immer sehr hoch, allein jetzt war kein Zweifel mehr – der Sturm hatte sich ausgetobt, das Wetter wurde besser. Und als, wenngleich hinter Dunst und Nebel noch unsichtbar, die Sonne aufgegangen war, da ertönte plötzlich der Ruf:

»Land in Sicht! Geradevoraus!«

9. Kapitel.

Warum der Ruf den Halligleuten wie Rabengekrächze erschien. – Towe wird trüb-sinnig. – Eine Lotung. – Das Gebet auf dem Kampanjedeck. – Warum Paul lachen muß. – In der Strömung. – Vor Anker.

Was für verschiedenartige Regungen vermag der Ruf: »Land!« in den Herzen seefahrender Leute erwecken!

Einige erblicken in der fern am Horizont aufsteigenden Küste das Land der Verheißung, das Land ihrer Hoffnungen und goldenen

Träume, das ihnen ein sorgenfreies Dasein und unbegrenzte Gelegenheit zur Erwerbung der Güter dieser Erde darbieten soll.

Andern, die nach vieljähriger Abwesenheit im Auslande zurückkehren, vielleicht reich an Erfolgen, vielleicht arm, enttäuscht und mit geknickten Hoffnungen, zaubert der Ruf das Bild der lieben trauten Heimat vor die hungernde Seele, wo sie einst Vater und Mutter, Brüder und Schwestern, und manchen teuren Freund zurückließen, um in der Ferne das Glück zu suchen. Und bange Zweifel steigen in ihnen auf: wer von den Geliebten lebt noch? Wer schläft schon den langen Schlaf draußen auf dem stillen Friedhofe?

Der Mannschaft der »Hallig Hooge« erschien der Ruf wie das Gekrächze eines Unglücksraben.

Kapitän Jaspersen eilte nach vorn und erstieg die Back, von der aus Paul das Land erspäht hatte.

»Wo?« fragte er.

»Geradevoraus, hohes Land, ich habe es ganz deutlich gesehen. Jetzt hat es der Nebel wieder verdeckt.«

Der Schiffer setzte das Glas ans Auge und schaute lange nach der angegebenen Richtung, ohne etwas zu entdecken.

»Bist du auch sicher, daß es Land war? Es können auch Wolken gewesen sein.«

»Nein, Kaptein, es war hohes, bergiges Land; ich bin dessen ganz sicher.«

Der Schiffer sah keinen Grund, an dieser Behauptung zu zweifeln, hatte er so etwas doch bereits seit vierundzwanzig Stunden gefürchtet.

»Wie weit war es nach deiner Schätzung?« fragte er.

»Das kann ich nicht sagen, einige Meilen aber sind es immerhin gewesen.«

»So! Nun guck' scharf aus und rufe, wenn es wieder in Sicht kommt.«

»Jawoll, Kaptein.«

Der Schiffer ging wieder achteraus an seine unterbrochene Arbeit; er wollte mit Towes Hilfe noch ein Segel anbringen.

»Hewwen Se dat Land ok sehn?« fragte der Matrose.

»Nein, die Luft ist da vorn so dick von Daak, aber Paul kann sich auf seine Augen verlassen. Ich habe schon immer gefürchtet, daß wir den Crozet-Inseln zu nahe kommen könnten; die müssen hier herum liegen.«

»Die Crozets?« brummte Towe. »Dat soll keine angenehme Gegend sein, as ick man hört heww. Na, einerlei, es kommt nich viel auf an, wo man versaufen tut, ob bei die Crozets oder bei Westerstrand, is ni wohr, Kaptein? Schade, min Katje harr ick gern vörher noch eenmal sehn.«

»Land!« brüllte Paul von der Back her mit Donnerstimme.

Der Schiffer und Towe rannten nach vorn.

Diesmal war kein Zweifel mehr möglich. Der Nebel war gestiegen; geradevoraus, ein wenig nach Steuerbord, lag eine Insel mit einem hohen, spitzen Berge; sie zeigte sich einige Minuten lang, dann senkte sich wieder eine Nebelschicht vor ihr nieder und entzog sie den Blicken unserer Seefahrer.

Wind und See trieben das Schiff direkt auf das Eiland zu, das wahrscheinlich von Klippen umstarrt war. Da es unmöglich war, der Hallig, die nur eine Persenning und einen kleinen Reuel als Segelersatz führte, eine andere Richtung zu geben, so ließ der Schiffer das einzige Boot, das der Zerstörungswut des Orkans entgangen war, mit Proviant versehen und zum Aussetzen klarmachen. Zwar war mit Sicherheit anzunehmen, daß es sich in diesem Seegange nicht lange über Wasser halten würde, allein es bot doch wenigstens eine Möglichkeit der Rettung, wenn auch nur eine ganz schwache.

Als das Boot klar war, ließ er den Backbordanker losmachen und über den Bug bringen, bereit zum Fallenlassen. Die Hallig war vorn mit Davits zu diesem Zwecke versehen, die zum Glück bei dem Überbordgehen der Masten nicht mit fortgerissen worden waren. Ohne diese Hilfsmittel hätten die drei Mann es sonst nimmermehr fertiggebracht, eine so gewaltige Last, wie der Anker war, über die Bugreling zu wuchten, was bei dem Rollen und Stampfen des Fahrzeugs ohnehin eine Riesenarbeit war.

Bei dieser Beschäftigung kam ihnen mehrmals, wenn der Nebel verwehte, das Land wieder in Sicht – eine zackige, schroffe, anscheinend ganz unnahbare Küste. Wind und Wogen brachten die

Hallig derselben näher und näher, und unsere Freunde sahen sich außerstande, die Katastrophe, der sie sich verfallen wähnten, abzuwenden.

»Fix, Leute, sputet euch!« rief Jaspersen frisch und fröhlich. »Bald lassen wir den alten Haken fallen, und dann geht's an Land! Ich freue mich schon drauf, mir mal wieder ordentlich die Beine vertreten zu können!«

»Sagen Se man lieber, die Fische freuen sich schon auf uns,« brummte Towe trübsinnig, arbeitete dabei aber wie ein Bär. »Und ich wollt' just heiraten un mit min Katje en Hühnerhof in de Gang bringen, un en Eierhandel. Nu ward se sitten un up ehren Towe Tjarks töwen un töwen, un Towe Tjarks ward nich kamen. Nahsten aber wird Towe Tjarks töwen, dor baben in Janmaat sin Himmelreich, un Katje ward kamen.«

»Hallo, Towe, ohl Jung, wat is dat?« rief der Schiffer. »Müs' in Kopp? Mut, ohl Fründ! Damals, as wi vör Westerstrand up den Muschelsand uplopen deden un de ›Hammonia‹ in Stücken gung, dor meint' ick ok, dat nu alles vörbi wer, mit den Slag up den Kopp, den ick kregen harr, un halw versopen, as ick dunn all west wer. Dor aber kam min Fründ Towe antoswimmen un höll mi äwer Water, so lang bet dat Rettungsboot uns upfischen ded. Wat, Paul? Het uns' Towe dat all vergeten?«

»Ick heww dat nich vergeten, Kaptein,« antwortete der Matrose, »dunn harr ick aber min Katje noch nich un keene Utsichten up den Hühnerhof un dat Eiergeschäft. Aber ick will nich mehr klagen, mine Maaten sünd jo nich beter dran, as ick.«

Die Bark war jetzt dem Lande bereits so nahe, daß man das donnernde Tosen der Brandung hören konnte. Der Wind war zu einer leichten Brise abgeflaut, die See aber ging noch ebenso wild und hohl, wie zuvor. Jede Woge verringerte die Entfernung zwischen der Hallig und der verderblichen Küste um viele Faden.

»Hol' das Tiefseelot herauf, Paul,« sagte der Schiffer. »Wollen sehen, wie's im Notfall mit dem Ankergrund bestellt ist.«

Paul eilte achteraus, die beiden andern folgten ihm. Ersterer brachte zunächst die Lotleine an Deck, dann holte er eine Balje herbei und legte die Leine hinein; dies ist nötig, um das Unklarwerden der Leine zu verhindern.

Darauf brachte er das Lot Ein schwerer Körper aus Blei von fast zylindrischer, leicht kegelförmiger Gestalt, unten mit einer Höhlung, die voll Talg gestrichen wird, um Grundproben festzuhalten und mit heraufzubringen, oben für die Lotleine durchlocht. Das »Handlot« wiegt vier bis sechs Kilogramm, es wird von einem frei von der Bordwand in die »Lotbrook« (fester Gurt, außenbords festgemacht) sich lehnenden Manne an der Handlotleine im Kreise geschwungen und nach vorn geworfen. Man braucht es vom fahrenden Schiff aus bis zu einer Tiefe von etwa dreißig Meter. Bei größeren Tiefen, bis zu dreihundert Meter, verwendet man das Tiefseelot von zwölf bis dreißig Kilogramm Gewicht. Schriftdeutsch für Lot ist »Senkblei«. Um sichere Tiefenmessungen zu erhalten, ohne die Fahrt zu stoppen, oder zu vermindern, verwendet man verschiedene pneumatische Lotvorrichtungen. herauf. Towe befestigte es an der Leine und ging dann damit nach vorn, dafür Sorge tragend, daß die Leine frei außenbords blieb. Das war nicht schwer, da ja Wanten und Pardunen nicht mehr vorhanden waren. Paul hielt die Leine mittschiffs in der Hand, der Schiffer tat dasselbe auf dem Kampanjedeck. Towe erstieg mit dem Lot die Back.

»All klar?« rief Jaspersen. – »All klar!« antworteten die beiden andern. – »Hiev!« befahl der Schiffer. – Towe warf das Lot ins Wasser.

»Nimm wahr achter!« rief er dabei.

»Nimm wahr achter!« gab Paul den Ruf weiter und ließ seinen Teil der Leine los, die dann blitzschnell aus der an der Reling des Kampanjedecks stehenden Balje und durch die Hand des Schiffers lief, bis dieser sie festhielt.

»Zweihundert Meter und kein Grund!« rief er, während Towe und Paul achteraus gerannt kamen, das Lot wieder heraufzuholen.

»Schlecht ankern, wenn dat dicht unter Land ebenso is,« sagte Towe.

»Abwarten,« erwiderte der Schiffer. »Wir kriegen noch Grund genug.«

Als das Lot aufgeholt war, gingen alle drei nach vorn, um das Land zu betrachten. Der Nebel war verschwunden.

»Wir haben wenig Aussicht auf Rettung,« begann der Kapitän nach einer kleinen Weile. »Durch jene Brandung kommt kein Boot. Wir wollen in die Kajüte gehen und dort im Vereine mit Heik Weers unsern Herrgott bitten, uns wohlbehalten wieder nach Hause zu führen, und dann, Leute, wenn ich die Order gebe, bringen wir das Boot zu Wasser und kämpfen um unser Leben, solange Kraft und Atem in uns ist. Gelingt es uns, in Lee von der Insel zu kommen, dann finden wir dort wohl einen Hafen oder eine Bucht, wo wir landen können.«

»So war's richtig, Keppen Jaspersen,« sagte Towe beifällig. »Ich wollte nämlich ganz denselbigen Vorschlag machen. Katje hat mich erzählt, dat damals, als uns' ›Hammonia‹ auf den Muschelsand aufgelaufen war, der Herr Pastor und all die andern Leute achter den Bootsschuppen gegangen sind, um für uns zu beten, un dat dat geholfen hat, dat wissen wir beide, un Paul weet dat ok. Ich hab' aber Heik Weers versprochen, dat ich ihn an Deck schaffen wullt, dormit dat he as'n braven Janmaat von hinnen scheiden künn. Lassen Sie ihn uns also heraufholen, Keppen Jaspersen; Heik is keen Lubber, dor neeren in sin Kammer kann he nich fröhlich starwen.« – »Gut,« entgegnete der Schiffer. »Paul, geh mit und hilf ihm; dann kann auch Gazzi am Ruder mit uns beten.«

Heik sah den beiden zu ihm Hereintretenden erwartungsvoll entgegen.

»Süso, Maat,« sagte Towe zu ihm, »nu kamt wi un wüllt di an Deck holen. Ick versprök di, dorför to sorgen, dat du nich as'n Lubber hier in dat muffige Lock versupen schülst; nu bitt de Tähn tosamm und schimp nich, wenn dat en beten weh doon deit.«

»Man los, Maat, ick schimp' nich. Nu is dat also to Enn' mit uns. Gott sei uns gnädig! Keene Utsicht mehr?«

»O ja, de Boot. Swack is de Utsicht man, aber du schast ok din Deel dorvon hewwen.«

»Ick weet, dat ick kregen do, wat mine Maaten kregen. Nu aber hewwt wi noog palawert. Hurry up, Maaten!«

Sie faßten ihn mit aller Vorsicht und trugen ihn die Kampanjetreppe hinan. Er biß die Zähne zusammen, konnte aber ein Stöhnen nicht ganz unterdrücken, und als sie ihn auf der Gräting am Ruder niederlegten, sahen sie, daß er ohnmächtig geworden war. Er kam jedoch sehr bald wieder zu sich, nachdem Paul ihm ein wenig Rum eingeflößt hatte.

Dann entblößten alle die Häupter und Kapitän Jaspersen sandte ein kurzes, herzliches Gebet zum Himmel empor, eine Bitte um Erlösung aus dieser Not, oder wenn ihnen das Ende beschieden sein sollte, um Mut und Kraft, dem Tode unerschrocken wie echte deutsche Seeleute ins Auge zu sehen.

Der dumpfe Donner der Brandung tönte in seine Worte hinein, wie die Stimme des ihrer wartenden Verhängnisses. Aber ihre Herzen blieben fest, und als der Schiffer das Amen gesprochen hatte, das alle andächtig wiederholten, da sagte der auf seinen Ellbogen gestützt liegende Heik:

»Der Herr Jesus wird uns nich verlassen; er hat auch Petrus nich verlassen, as de up See wegsacken wull, dunn aber noch bidden ded: Herr, hilf mir! Nu haben wir ihm auch gebeten, un ick weet, he ward uns ok helpen.«

»Süso, Heik, dat geföllt mi von di,« sagte Towe. »Wat sollten wir woll anfangen, wenn wi uns' ohlen Heik Weers nich hätten, wat, Maaten? Dat is en Mann, de het den richtigen Katarakt.«

»Wat het he?« fragte Paul, dem trotz des ernsten Augenblicks die Lachlust aus den Augen glänzte.

»Den richtigen Katarakt het he, heww ick seggt, un dat is wohr,« entgegnete Towe mit Nachdruck, den Frager ernst und streng ansehend.

»Ach so,« sagte Paul und platzte los. »Charakter wolltest du sagen, hahaha! Towe, Mensch – Katarakt – hahaha!«

»Up een ore twee Bookstaben kümmt dat nich an, min gelehrten Jung',« antwortete der Matrose ruhig. »Meinswegens denn ok Katarakter. Hilf dir selber, dennso hilft dir Gott, het uns' goode Pastor Krull seggt. Wir haben uns geholfen – dor stahn de Notmasten. Veel Staat is dormit nich to maken, aber ich sage, dat is ümmer en goodes Stück Arbeit für so'ne kümmerliche Mannschaft, as wi sünd. Wir haben uns geholfen, un nu is de leewe Gott an de Reih'. Un he ward sick ok nich lumpen laten, dat könt ji man glöwen. Un jetzt wüllt wi de Flagg' setten, de ohle Hamburger Flagg', dennso is alles in Schick för das letzte Ende von de Reis'.«

Die rote Flagge mit den drei weißen Türmen wurde hervorgeholt und kaum flatterte sie über der schwarzen Persenning am Stumpfe des Besanmastes, da brach zum erstenmal seit langer Zeit die Sonne wieder durch das schwere, bleifarbene Gewölk und übergoß das verkrüppelte Schiff und seine Mannschaft mit freundlichem Licht. Die schwergeprüften Leute nahmen dies als ein glückverheißendes Omen, schwenkten die Kappen der Sonne entgegen und begrüßten sie mit freudigem Hurra. Darauf betteten sie Heik Weers sorgfältig in das Boot, das nun klar zum Aussetzen war.

Plötzlich rief der Schiffer, der seit einigen Minuten mit gespannter Aufmerksamkeit abwechselnd das Land und dann wieder das Wasser betrachtet hatte:»Wir sind in einer Strömung! Sie treibt uns westlich ab! Noch ist Aussicht auf Rettung!«

Die andern machten jetzt dieselbe Wahrnehmung. Die Bark trieb schnell nach Westen, aber ebenso schnell auch auf das Land zu.

»Weg mit den Segeln!« befahl Jaspersen.

Die Leinwand war im Nu herabgerissen, die Schnelligkeit des Fahrzeugs verminderte sich jedoch dadurch nicht. Das Land kam immer näher. Das Gebrüll der Brandung wurde betäubend. Die Strömung führte die Hallig in schräger Richtung der klippenumstarrten Küste zu. Alle Hoffnung entschwand wieder aus den Herzen. Kurz zuvor noch waren sie zum Sterben bereit gewesen, jetzt wollten sie wieder leben. Zur Rechten endete die Insel in einem schroffen, von turmhoher Brandung umtosten Kap. Nach Jaspersens Berechnung mußte die Bark etwa zweihundert Meter von diesem Kap entfernt auf die Felsen rennen. Nur noch wenige Minuten, dann war's zu Ende.

»Gott befohlen, Paul!« sagte der Schiffer und faßte des Jünglings Hand.

Da stieß Towe ein brüllendes Geschrei aus. Wollte er damit der Welt ade sagen? Nein! Die Hallig raste nicht mehr auf das Land zu, sie wurde von der abschwenkenden Strömung längs desselben dahingerissen, direkt nach Westen. Aber auch direkt auf das Kap zu. Keiner sprach ein Wort. Aller Augen waren auf den fürchterlich drohenden Felsen gerichtet, dem das Schiff mit immer größer werdender Schnelligkeit zueilte. Wenn es nur zehn Meter weiter nach Steuerbord trieb, dann kam es vorbei. Aber es blieb auf dem verderbenbringenden Kurse. Jetzt – jetzt mußte es aufrennen.

Unwillkürlich schloß jeder die Augen, und aus jeder angstum-schnürten Brust rang sich ein Stoßgebet empor, denn die menschliche Natur ist schwach.

Die »Hallig Hooge« aber trieb an dem Felsen vorbei, dicht außerhalb der Brandung. Abermals schwenkte die Strömung ab in verhältnis-mäßig ruhiges Wasser. Wieder eine Schwenkung, und von neuem trieb das Fahrzeug dem Felsenstrande zu.

Geradevoraus zeigte sich eine Öffnung in der schroffen, zerklüfteten Wand, nur schmal, aber dennoch weit genug, die Hallig durchzulassen.

Jaspersen sprang ans Ruder, das der Grieche längst verlassen hatte. Die Strömung drängte sich brausend in das Felsentor hinein und führte die Bark mit sich. Ein gewaltiges Tosen – dann war die Pforte passiert und unsere Abenteurer sahen sich in einem rings von hohem Land umgebenen stillen Hafenbecken.

Das Schiff hatte noch so viel Fahrt, daß es auf eine Gruppe von Felsen getrieben wäre, die über der Flut emporragten, wenn nicht auf des Schiffers hastigen Ruf: »Anker fallen!« Towe Tjarks auf die Back gesprungen und mit einem Hammerschlage den Bolzen entfernt hätte, der den kurz vorher unter den Kranbalken gebrachten Anker festhielt. Das schwere Eisen fiel in die Tiefe, die Kette rasselte durch die Klüse und die »Hallig Hooge« lag nach einer Minute sicher vor Anker.

10. Kapitel.

Der Jaspersenhafen. – Warum Gazzi sich in Heiks Kammer geflüchtet hatte und ihm Towes Pfannkuchen nicht schmeckten. – Kerguelenkohl. – Seemannsaber-glauben. – Was der Kapitän von einem Seespuk erzählt. – Wie Paul das Gespenst entdeckt und fängt.

Kein Dock der Welt hätte dem Schiffe einen besseren und geschützteren Zufluchtsort bieten können, als dieses Becken. Unsere Seefahrer blickten einige Minuten stumm vor Erstaunen um sich.

»Junge, Junge!« rief Towe Tjarks endlich, als der erste, der seinen Gefühlen Ausdruck verschaffte. »Binnenkamen sünd wi jo nu, aber wedder hier ruttokamen, dat is 'n anner Frag'. Soveel as ick sehn kann, ward wi woll tidlewens hier liggen bliwen möten. Na, denn helpt dat nich. Nu willt wi man uns' Heik ut dat Boot nehmen un wedder dalbringen.«

»Grämt Ju nich um das Rutkamen, Towe,« sagte der Schiffer. »Die Strömung wird nicht immer so stark sein, wie heute, und zeitweise auch wohl ganz Nachlassen. Ich kenne das. Sorgen Sie jetzt dafür, daß wir was zu essen kriegen; wir bringen inzwischen Heik Weers in seine Koje und nach dem Schaffen ward intörnt, denn Slap könt wi bruken, un nich to wenig.«

Towe ging in die Kombüse und kam bald mit einer Schüssel voll gebratener Speckscheiben wieder achteraus. Dazu gab es Hartbrot und Kaffee. Das war ein Göttermahl. Dann suchte jeder mit einem Gefühle behaglichster Sicherheit die Koje auf. Heik gab ihnen noch die Versicherung, Ankerwache halten und wahrschauen (warnen) zu wollen, wenn sich irgend etwas ereignen sollte, was allerdings kaum zu erwarten war.

Der Naturhafen, in den die Hallig auf so seltsame Weise hineingeführt worden war, hatte ungefähr Hufeisenform. Das ihn umschließende Land war ödes Felsgestein, nach innen zu bergig und sehr hoch. Viel Vegetation war auf der Insel nicht zu erwarten, dazu war das Klima zu rauh und kalt. Die Sonne scheint nur selten in diesen Breiten, und dann nur wenige Stunden am Tage; fast immer hängt schweres Gewölk unter dem Firmament, und selten ist die See frei von Stürmen. In diesem von allen Seiten geschützten Becken aber hatten die Winde keine Gewalt, und wenn auch der immerwährende Donner der Brandung von draußen deutlich zu hören war, hier drinnen war es immer still. Kein Wunder, daß die kleine Mannschaft der Hallig von Herzen dankbar war für die Zuflucht, die sie hier wider alles Erwarten gefunden hatte.

Paul wurde aus dem langen Schlafe zuerst wieder wach. Er sprang aus der Koje und zog seine Pijacke an, um an Deck zu gehen. Zunächst aber stattete er dem wach in seiner Koje liegenden Heik einen Besuch ab.

»Hast 'ne lange Ankerwache gehabt, Maat,« sagte er leise, um die andern nicht zu wecken. »Nach der Uhr in der Kajüte ist's Mitternacht. Ich habe also beinahe zwölf volle Stunden geschlafen.« »Dat hast du, Sohn; ich hoffe, dat dich dat gutgetan hat. Nichts nich passiert in die Zeit, alles ruhig gewesen, bloß manchmal war mich dat so, als ob jemand an Deck rumlaufen täte. Dat konnt jo aber woll nich gut möglich sin.«

»Nee, Heik, dat konnt's nich. Du hast wohl geträumt. Jetzt schlaf aber, Alterchen; ich halte Wache, bis die andern auf sind.«

»Gut, Sohn. Stopf' mich die Pfeife, un törn mi auf die andre Seit', allein kann ich dat noch nich.«

Paul erfüllte des alten Matrosen Wünsche, und ging dann an Deck. Die Nacht war klar, am Himmelsgewölbe glitzerten die Sterne, und die stille Flut warf ihre Spiegelbilder funkelnd zurück. Schwarz und schweigend ragten die Felsenberge rings in den dunklen Äther empor, der von dem dumpfen Getön der fernen Brandung ganz erfüllt zu sein schien.

Gar bald spürte Paul die Wirkung der Kälte; er hielt sich daher nicht allzulange bei der Betrachtung des imposanten Naturschauspiels auf, sondern machte sich auf den Weg zur Kombüse, um Feuer anzuzünden und Kaffee zu kochen.

Er glaubte jedoch seinen Augen nicht trauen zu dürfen, als er hier das Feuer in vollem Gange und obendrauf einen Kessel mit kochendem Wasser fand. – Wer konnte vor ihm hier gewesen sein? Heik lag hilflos fest, alle andern schliefen. Also ein Geheimnis mehr. Kein anderer als der Geist hatte hier seine Hand im Spiele.

»Hm,« dachte Paul. »Ob ich das Wasser zum Kaffeekochen verwenden soll? Zum Weggießen ist es eigentlich zu schade; wir haben nicht mehr viel Wasser an Bord, und wer weiß, ob sich an Land etwas finden wird. Unsinn, ich bin doch kein Narr! Geister machen kein Feuer an, setzen auch nicht Wasser zum Kochen auf. Heik hat Tritte an Deck zu hören gemeint, es muß also einer aufgestanden sein und das Feuer angeschürt haben.«

Zehn Minuten später hatte er einen Blechtopf voll von heißem, duftendem Kaffee in den kalten Händen. Dabei wanderten seine Gedanken weit fort nach der fernen Heimat am deutschen Meere. Während er so traumverloren vor dem warmen Feuer stand, vernahm er Schritte an Deck, und gleich darauf trat Towe in die Kombüse. Der schnüffelte vergnüglich, und ließ sich auch einen Pott voll Kaffee reichen.

»Hest 'n schönes warmes Füer makt,« schmunzelte er. »Büst all lang hier?« – Paul sagte ihm, daß er vorhin erst gekommen sei, das Feuer aber bereits brennend und den Kessel kochend gefunden habe. Towe zeigte keine Verwunderung; dann müsse eben ein anderer vor ihm dagewesen sein, meinte er. Darauf fing er an zu plaudern.

»Wird 'n Stück Arbeit geben, den ohlen Kasten wedder uptotakeln,« sagte er. »Is man good, dat de schönen Reservespieren nich mit äwer Bord gähn sind.«

»Ja,« erwiderte Paul nachdenklich, »eine ganze Zeit wird's dauern, ehe wir wieder klar sind. Bis dahin werden sie uns zu Hause wohl längst für tot halten. Wenn wir dann aber unversehens wieder da sind, Towe – was?«

»Na, de Freud! Wo gau (schnell) se denn woll de Truerkledaschen wedder uttrecken warn. Ick denk' mi, min lütt Katje möt as Witwe bannig nüdlich utsehn. Un dennso giwwt dat Hochtid un en Hühnerhof un en feines Eiergeschäft. En Eiergeschäft giwwt Geld, Paul, dat kann ick di seggen, Paul. Dat sport wi, und nahsten köfft wi uns ein lüttes gemütliches Hüschen, min Katje un ick. Un denn«

»Stopp, Towe,« unterbrach Paul die Zukunftspläne des Matrosen. »Zuerst müssen wir die Hallig aufgetakelt haben, und dann mit ihr aus diesem Loch wieder 'raus sein. Bis dahin kann noch viel Zeit vergehen und auch noch manches passieren.« – So saßen die beiden vor dem knisternden Feuer bis der Tag anbrach; dann brachten sie frischgekochten Kaffee in die Kajüte und weckten den Schiffer und den Griechen.

Obgleich es nicht an notwendiger Arbeit fehlte, so beschloß Jaspersen dennoch, vor allem andern eine Bootsfahrt zur Erforschung des Hafens zu unternehmen, um die Örtlichkeit kennen zu lernen, wo die Hallig voraussichtlich manch langen Monat würde zubringen müssen. Der Proviant wurde aus dem Boote genommen und dieses zu Wasser gebracht. Gazzi blieb an Bord, um auf Heik Weers achtzugeben und sich in der Kombüse nützlich zu machen. Es wurde ihm eingeschärft, um Sonnenuntergang ein tüchtiges Mahl bereitzuhalten, denn so lange sollte die Expedition ausgedehnt werden.

Aus dem Waffenvorrat des Schiffes versah sich jeder mit einem Revolver und Munition; Jaspersen nahm außerdem die Schrotflinte des verstorbenen Kapitäns mit sich. So ausgerüstet machten unsere drei Abenteurer sich auf die Fahrt.

»Glöwen Se, Keppen Jaspersen, dat dor wilde Menschen up düsset Eiland wohnen doon?« fragte Towe, während er kräftig seinen Remen handhabte. – »Ich habe über eine Woche die Sonne nicht nehmen, also auch kein Besteck ausrechnen können,« antwortete der Schiffer, »ich denke mir aber, daß wir hier eine von den Inseln der Crozetgruppe angelaufen sind. Trifft das zu, dann ist das Land unbewohnt und nahezu wüst. Mit diesem Hafen aber, der soviel ich weiß noch auf keiner Karte verzeichnet ist, können wir sehr zufrieden sein.«

»Dat könt wi. Dorför möt he nu aber ok en Namen hewwen.«

»Ich schlage den Namen Jaspersenhafen vor,« sagte Paul. »Damit folgen wir dem Beispiel all der andern Kapitäne, die stets alles Land und alle Häfen, die sie entdeckten, mit ihren Namen belegten.«

»Gut, nennen wir ihn Jaspersenhafen,« entgegnete der Schiffer lächelnd. Auch Towe erklärte sich damit einverstanden, fügte aber hinzu, daß sich Katjehafen auch sehr gut angehört haben würde.

Sie liefen die Klippen an, die im Mittelpunkte des Hafens lagen und der Hallig beinahe verderblich geworden wären. Diese bildeten eine fast zusammenhängende Steinmasse von zehn Faden Länge und fünf Faden Breite, und waren oben flach, zwei hoch und spitz wie Kirchtürme aufragende Felsenobelisken an den Seiten ausgenommen.

Von dort aus ging es dem Gestade zu, das bald erreicht war. Paul sprang zuerst an Land und machte die Fangleine des Bootes an einem Steine fest. Die beiden andern folgten.

»Junge, Junge, wenn nu de ohlen Wilden kamen doon!« sagte Towe.

»Na, man los!« – Sie schlugen unter des Schiffers Führung die Richtung nach der offenen See ein, um einen Ort zu finden, wo man einen Flaggenmast aufrichten und durch Notsignale die Aufmerksamkeit vorübersegelnder Schiffe auf die Insel richten könnte. Nach stundenlangem Steigen, Klimmen und Springen gelangten sie auf einen Gipfel, der eine ebene Fläche von etwa hundert Faden Umfang bildete. Von hier aus überschaute man die unendliche See. Obgleich nur eine schwache Brise wehte, so stand die Brandung doch noch immer gewaltig hoch, und umtoste den Strand mit donnerndem Gebrülle.

Auf Anordnung des Schiffers trennte man sich hier. Paul sollte die Forschung in südlicher Richtung fortsetzen, Towe hatte nach Osten und Jaspersen nach Norden zu wandern. Bei dem Boote wollte man sich wieder treffen. Vor allem galt es, Wasser zu finden; dabei sollte jeder sein Augenmerk auch auf die Vegetation richten und Exemplare von Pflanzen, die er für nützlich und verwendbar hielt, mitbringen.

»Gefahr ist nicht zu fürchten,« sagte der Schiffer, als sie sich trennten. »Außer einigen Vogelarten gibt es dem Anschein nach kein lebendes Wesen auf dieser Insel.«

Es dunkelte bereits, als Paul müde und hungrig das Boot wieder erreichte. Er legte die Ergebnisse seiner Forschung auf den Boden des Fahrzeugs und setzte sich auf einen Stein. Das Schiff sah unheimlich öde und verlassen aus, wie es ohne Masten und zum Teil auch ohne Schanzkleidung dort drüben auf dem schwarzen Wasser des Hafens lag. Recht wie ein Gespensterschiff, dachte er. Ich wollte, Keppen Jaspersen und Towe kämen. Es wird bald ganz finster sein.

Kaum hatte er diesem Wunsche Raum gegeben, da erschien der Matrose, beladen mit erbeuteten Vögeln und Pflanzen.

»Min Urgroßvater is Waldhüter oder Wilddieb west,« sagte er, und warf seine Last ins Boot, »ick weet nich mehr wat von beiden, un ick bin as Appel nich wit von den Stamm follen. Kiek ens her, Paul, Pinguine, Kaptauben un Kohlköpp. Junge, Junge, nu giwwt dat frische Buljongsupp', so lang as wi hier liegen doon. De Kapduwen smecken woll en beten tranig, aber sonsten sünd se 'n Tetelakeß.«

»Junge, Junge,« rief Paul lachend, »wat för'n feines Wort hast du da all wedder erfunden! Segg dat noch mal, Towe.«

»Tetelakeß, du Döskopp. Is dat verlich wedder nich richtig Dütsch, du ohle Schoolmeester?«

»Nee,« sagte Paul, »ebensowenig deutsch, wie das richtige Wort, und so kommt es wohl auf eins heraus. Delikatesse wolltest du sagen.«

»Kann möglich sin,« entgegnete Towe, und erzählte dann, daß er die beiden Pinguine und die drei Kaptauben mit dem Revolver erlegt habe, und daß die Insel auf der andern Seite von diesen Vögeln wimmele. Auch gäbe es drüben mehr Vegetation, als auf dieser Seite.

Er redete noch, da langte auch der Schiffer an. Der kam mit leeren Händen, da er sich nur mit der Erforschung der merkwürdigen Strömung befaßt hatte, die die Hallig in den Hafen geführt. Sie stießen ab und roiten dem Schiffe zu.

»Warum der Grieche wohl keine Laterne am Fallreep angebracht hat,« sagte der Schiffer. »Wenn es noch dunkler geworden wäre, dann hätten wir die Bark kaum gefunden.«

»He ward woll intörnt sin,« bemerkte Towe. »Schall mi wunnern, ob he dat Schaffen klor het.«

In der Nähe des Schiffes angelangt, rief er es an. - »Hallig ahoi!« Keine Antwort.

»Springt an Deck, Towe,« sagte der Schiffer. »Nehmt die Fangleine mit und macht sie fest.«

Gleich darauf waren alle drei an Deck. Towe ging zur Kombüse.

»Dor is keen Füer,« rief er. »Keen Mensch to sehn!«

Der Schiffer und Paul erstiegen das Kampanjedeck, der erstere rief in die Luk hinunter: »Ahoi dor neeren!«

Sie hörten Heik Weers eine Antwort geben, verstanden jedoch nicht, was er ihnen zurief.

Die Kajüte war dunkel.

»Gazzi! wo stecken Sie?« schrie jetzt der Schiffer.

»Hier,« kam die Stimme des Griechen dumpf herauf.

»Was ist mit Ihnen? Zünden Sie die Lampe an, aber schnell!«

Sie gingen die Treppe hinunter, mit ihnen auch Towe. Da der Grieche sich nicht meldete, zündete Towe ein Streichhölzchen an und brachte die Lampe in Brand.

»Wat tum Düwel is hier neeren los?« fragte er, sich rings umsehend.

Heik Weers lag in seiner Koje, und wenn er sich auch sonst kaum rühren konnte, so wurde jetzt doch seine Zunge lebendig genug. Neben ihm auf dem Fußboden kauerte Gazzi. Sein gelbes Gesicht war leichenblaß, er stierte die Eingetretenen mit wild aufgerissenen Augen an und stand nicht eher auf, bis er sich überzeugt hatte, daß sich seine Schiffsmaaten und keine Gespenster vor ihm befanden.

»Düsse verdammte Griek möt wi uphangen, Keppen Jaspersen,« sagte Heik in hellem Zorne. »An de Nock von de Grotraa – ach so, wi hewwt jo keen. He het in sin Lewen all soveel Lüd dotmurdert, dat ehre Geister nu äwerall, wo he gahn un stahn doon deit, achter em an sünd. Vier Stunden is dat nun all her, Kaptein, da kam er die Kampanjetrepp dal wie ein Verrückter un hockt sich hier bei meine Koje nieder und sagt, wie er in die Kombüs' dat Essen kochen tat, da wär' ein Gespenst gekommen, dat hätt' just as en junges Mädchen utsehn un in de Dör von de Kombüs' rinkeken. Un wat tut er? He löppt wat he lopen kann und kommt hier dalklabastert un verkrupt sich bei meine Koje un is nich wegzukriegen, so gut ich ihm auch zureden tu', un nich mal die Lamp' wollt' er anstecken. He möt uphangt warn, segg ick.«

»Un ick segg dat ok,« rief Towe entrüstet.

»Wenn ick Jugen Rat bruken do, dennso ward ick Ju darnach fragen,« sagte der Schiffer.

»Un keen Schaffen het he ok nich klor makt,« rief Towe noch entrüsteter.

»Dann verfügen Sie sich gefälligst in die Kombüs' und besorgen das selber. Aber schnell, denn wir haben Hunger.«

»Jowohl, Kaptein,« antwortete Towe und schob gehorsam ab.

Paul folgte ihm auf des Schiffers Geheiß, um ihm zur Hand zu gehen.

»Bring den Kram ut de Boot an Deck, Sohn,« sagte der Matrose. »Ick böt mitdewil Füer an.«

Paul schaffte das Geflügel und das Gemüse herauf, brachte das Boot achteraus unter das Heck und kehrte dann zu seinem Freunde zurück, der sogleich wieder von dem Griechen und von dem Gespenst anfing, das dieser gesehen haben wollte. Paul hörte eine Weile stillschweigend zu, dann sagte er: »Ihr mögt darüber denken und reden wie ihr wollt, du und Heik, aber auch ich habe die Gestalt eines Mädchens hier an der Kombüsentüre gesehen, genau so wie der Grieche sie beschrieben hat. Da ich aber soeben aus dem Schlaf gekommen war, redete ich mir ein, daß das wohl nur ein Traum gewesen sei.«

»Ich behaupte ja gar nicht, dat es hier an Bord der Hallig keinen Spuk geben täte,« entgegnete Towe, »denn jeder von uns hat hier schon was Gespensterhaftes gesehen oder gehört. Un is dat Verschwinden von die alte Mannschaft nich auch eine geheimnisvolle Sache? Dat gelbe Fieber het dat daan, steht in dat Logbuch; ick segg aber, de Lüd sünd vör lauter Angst un Furcht dotgegangen. Dat is aber keen Grund för Gazzi, uns keen Abendbrot to maken. En Gespenst is keen angenehmer Schiffsmaat, indessen aber schall so 'n Ding mi nich hinnern, meine Schülligkeit to doon. Mich können so 'ne Hallunkinatschonen nix nich anhaben.« – »Halluzinationen meinst du wohl?« sagte Paul.

»Ick mein', wat ick mein', Quesenbüdel!«

Das Abendbrot, bestehend aus Pfannkuchen, konserviertem Fleisch und Tee, stand bald auf dem Tische. Zur Herrichtung des Geflügels hatte die Zeit nicht gereicht.

Der Schiffer war in bester Stimmung. Er glaubte herausgefunden zu haben, daß die Meeresströmung, die sie in das Hafenbecken hereingetrieben hatte, nicht zu den immerwährenden gehörte, sondern daß sie wahrscheinlich durch den anhaltenden Orkan, vielleicht auch durch einen unterseeischen vulkanischen Vorgang veranlaßt worden war.

»Von solchen unterseeischen vulkanischen Störungen und Eruptionen weiß ich ein Wort mitzureden,« sagte er. »Es ist noch gar nicht lange her, da habe ich etwas erlebt, was ich mein Lebtag nicht vergessen werde.«

»Ach bitte, erzählen Sie, Keppen Jaspersen,« drängte Paul. »Wir sitzen hier so traulich beisammen – ach bitte!«

»Ein andermal, Jungchen,« sagte der Schiffer, »wir werden noch oft genug hier beisammen sitzen.«

Und wieder auf die Strömung zurückkommend, äußerte er seine Ansicht dahin, daß dieselbe vielleicht ganz verschwinden würde, wenn das Wetter auf längere Zeit ruhig bliebe; seitdem der Wind nachgelassen, habe sie jetzt bereits kaum noch eine Geschwindigkeit von drei oder vier Knoten. – Der einzige, dem Towes Pfannkuchen nicht zu schmecken schienen, war der Grieche, der unablässig verstohlen nach der Kampanjetreppe schielte, als fürchte er, dort jeden Augenblick eine Schreckgestalt erscheinen zu sehen.

»Magst min Pannkoken woll nich, wat?« fragte Towe. »Stau' man weg soveel du kannst; du hest den ganzen Dag wider nix nich daan, as in Heik sin Kammer seten, dorüm schaff du nu ok de ganze Nacht Ankerwach' hollen. Is ni wohr, Kaptein?«

»Nein, das soll er nicht,« sagte der Schiffer. »In diesem sicheren Hafen braucht niemand Ankerwache zu halten. Und laßt mir den Mann jetzt endlich in Ruhe, er kann nichts für seinen Aberglauben, alle seine Landsleute sind abergläubisch.«

»O wat freu' ick mi, dat ick keen Griek nich bün!« rief Towe und lachte.

»Behalten Sie Ihre Freude für sich und lassen Sie uns hören, was Sie an Land gesehen und gefunden haben,« sagte der Schiffer. »Das wird richtiger sein, als fortwährend an einem Schiffsmaaten etwas auszusetzen.«

»Jowoll, Kaptein. Ick heww also de Gegend entdeckt, wo die Vögel wohnen tun. Da fliegen nich zwei oder drei bloß umher, wie up düsse Sid, nee, Millionen fliegen dor rüm, Kaptauben, Albatrosse, Pinguine un all so'n Zeug. De Pinguine sitten blot, de fleegen nich. Un de Eier! Junge, Junge! Wenn ick mal ens mit min Katje so'n Eiergeschäft in de Gang kregen künn! Un all düsse Eier sünd fein to eten; solang wi hier hebben doon, brukt wi also keen' Nohrungssorgen to fürchten. Und Kohl habe ich auch gefunden.« Er holte eine großblättrige Pflanze aus seiner Koje und reichte sie dem Schiffer.

»Großartig, was?« sagte er triumphierend.

Jaspersen betrachtete die Pflanze, beroch sie, kostete davon und erklärte dann, seiner Meinung nach wäre das Kerguelenkohl, eine Pflanze, die zuerst auf den Kerguelen gefunden worden sei, einer Inselgruppe, die ungefähr in derselben Breite wie die Crozets, aber weiter östlich liege. Er habe von den guten Eigenschaften dieses Kohls manches gehört und gelesen, und wenn dies die richtige Art wäre, dann müsse man Towes Entdeckung mit Freude begrüßen. Gleich morgen solle eine Probe davon gekocht werden, und habe diese einen Kohlrabigeschmack, dann wär's der echte Kerguelenkohl.

»Aber wer soll dat Zeug zuerst kosten?« warf Towe ein. »Ick bedank'
mir dafor, denn weiß man denn, ob dat nich vielleicht giftig is? Ick
will heiraten, wenn ick nach Haus kommen tu'. Lat een' von de
leddigen Lüd de Kohl pröwen. Dor is Heik Weers, de is Junggesell un
het in de letzte Tid keen' Arbeit hier an Bord nich daan, verlieh will
de de Sak riskiern.«

»Ick bedank' mi gleichfalls recht schön,« rief Heik aus seiner Koje
herüber, »ick befinde mir in schwächlichen Gesundheitsumständen
un muß daher sehr diät leben, as de Dokters seggen. Du hest dat Tüg
an Bord bracht, min ohle Jung', dorum mußt du dat ok probeern.
Die Güte einer Entdeckung muß ümmer erst pröwt warn, ehe man
sie der Öffentlichkeit übergeben tut. Is de Kohl ein gutes un
gesundes Nahrungsmiddel, dennso schast du as 'n berühmten
Entdecker gelln, un vergiftest du dir damit, wat schad't dat?«

»So? wat schad't das, seggst du?« rief Towe. »Is nahsten min Katje
nich 'ne Witwe?«

»Genug davon,« sagte der Schiffer. »Was hat Paul gefunden?«

»Auch ich habe Kohlpflanzen mitgebracht,« antwortete dieser,
»auch viele Vögel habe ich gesehen, aber das beste ist, daß ich gutes
Trinkwasser entdeckt habe, und zwar einen ganzen munter
plätschernden Bach voll.«

»Das ist eine willkommene Nachricht,« rief Keppen Jaspersen
erfreut. »Ich war bereits in Sorge, denn unser Wasservorrat geht
stark auf die Neige. Es ist zwar wohl möglich, daß irgendwo im
Raume noch ein Wassertank vorhanden ist. Wir müssen nächstens
danach suchen.«

»Verlich sinn' wi dorbi ok dat Nest, wo de Spuk in sitten deit,«
brummte Towe und warf einen spöttischen Blick auf den Griechen.

Der Schiffer bemerkte diesen Blick mit Mißfallen und sagte:

»Wenn ich vorhin die Äußerung tat, daß Gazzis Landsleute alle
abergläubisch wären, und ihm daher aus seinem Aberglauben kein
Vorwurf gemacht werden solle, so wollte ich damit keineswegs
gesagt haben, daß deutsche Seeleute von dieser Torheit ganz frei
seien. Im Gegenteil, unsere Janmaaten haben durchaus kein Recht,
sich in dieser Hinsicht über die Griechen und andere Ausländer
erhaben zu dünken. Die meisten halten es heutigestags noch für
unglückverheißend, wenn eine Frau sich an Bord befindet, Kinder

dagegen sollen guten Wind bringen. Die Torheit geht noch weiter. Noch vor dreißig Jahren lebte an der Schlei, im Schleswigschen, eine alte Frau, die an die Seefahrer Wind verkaufte und auch wirklich manchen Abnehmer fand. Sie gab dem Käufer ein Endchen Leine mit Knoten darin. Löste man den ersten Knoten, dann gab's guten Wind, der zweite brachte schlechtes Wetter, der dritte Sturm. Man sollte so etwas kaum glauben. Man muß die abergläubischen Janmaaten aber auch gerecht beurteilen. Die geheimnisvolle Macht und Majestät der See ist sicherlich angetan, die Phantasie aller Menschen, die einen großen Teil ihres Lebens auf ihr zubringen, mit einer unendlichen Reihe von Vorstellungen und Mutmaßungen zu erfüllen; die Wirrnisse zwischen dem, was erklärlich ist, und dem, was unerklärlich bleibt, versetzen Geist und Gemüt vieler Seefahrer gar bald in einen Zustand, der allerlei Aberglauben zu fördern sehr geeignet ist.

»Ich muß gestehen, daß auch ich einmal sehr nahe daran war, abergläubische Anwandlungen zu haben. Sie brauchen mich gar nicht so anzusehen, alter Towe, ich rede in vollem Ernst. Ich will die Geschichte erzählen; die ›Hallig Hooge‹ ist gerade der rechte Ort dazu, wie ihr bald merken werdet.

»Im Jahre 1880 fuhr ich als Steuermann auf der ›Helene‹, einem Vollschiff von ungefähr der gleichen Größe wie dieser Kasten hier. Wir lagen in dem kleinen Hafen von Port Morant auf Jamaika, und warteten auf unsere Zuckerladung.

»Die Mannschaft bestand aus lauter Farbigen, vom schwarzen Nigger abwärts bis zum hellen Quadronen, zusammen vierundzwanzig Köpfe. Die meisten waren vollbefahrene Matrosen, und ich hatte alle Ursache, mit ihnen zufrieden zu sein, einige Kindereien abgerechnet, die solchen Farbigen nun einmal nicht abzugewöhnen sind, und die man ihrer Veranlagung zugute halten muß.

»Wir hatten uns diesen ruhigen Hafen ausgesucht, um hier das Schiff einmal gründlich zu überholen und seine Takelung schmuck und trimm zu machen, und so kam es, daß die ›Helene‹ zur Zeit der Begebenheiten, die ich erzählen will, bereits drei Monate auf derselben Stelle, unweit eines alten Wracks, gelegen hatte, dem Überrest eines vor Jahren hier gesunkenen Schiffes, das halb aus dem Wasser ragte, allenthalben von Schilf umwachsen und von üppiger tropischer Vegetation übergrünt war.

»Eines Abends saß ich in der Kajüte und legte mir die Schiffsarbeit für den nächsten Tag zurecht. Da kam der zweite Steuermann zu mir herein. Er war einer von jenen tüchtigen finnischen Seefahrern, die man auf den Schiffen aller Nationen antrifft, und die man überall hochschätzt.

»›Nun, Söderström,‹ fragte ich, ›was gibt's?‹

»›Ich weiß nicht, Stüermann,‹ sagte er verdrossen, ›aber das kann nicht mehr so weitergehen. Die Darkis da vorn sind so voll von Furcht und Angst, daß beinahe nichts mehr mit ihnen anzufangen ist. Es muß was geschehen, und darum bin ich zu Ihnen gekommen.‹

»›Die Leute fürchten sich?‹ fragte ich ganz erstaunt. ›Wovor denn? Soll etwa das gelbe Fieber an Land ausgebrochen sein? Oder ist etwas Wahres an dem Gemunkel von dem Aufstand der Schwarzen auf der Insel?‹ – ›Keins von beiden,‹ sagte Söderström. ›Ich wollte, es wäre so was, dann wäre die Geschichte nicht so dumm.‹

»›Da bin ich doch neugierig,‹ entgegnete ich. ›Fürchten die Kerle sich vielleicht vor Gespenstern? Und warum habe ich überhaupt davon noch nichts gehört?‹

»›Sie haben sich wohl gehütet, mit dem Unsinn zu Ihnen zu kommen,‹ antwortete Söderström. ›Aber Sie haben's getroffen, Stüermann. Die verdammten Niggers graulen sich wahrhaftig vor allerlei Spuk und Gespenstern. Schon seit Wochen wollen sie nachts einen Mann ohne Kopf an Deck herumwanken sehen, und dazu soll der Kerl ganz erbärmlich stöhnen und jammern. Einige schwören darauf, der Kopflose sei ein Darki, andere behaupten, es wäre ein Weißer mit einem Niggergesicht. Jedenfalls sind sie, sobald es dunkel geworden ist, kaum noch an Deck zu kriegen, und keiner will allein die Ankerwache halten.‹

»›Das ist ja eine seltsame Geschichte,‹ sagte ich lachend, ›wenn sich wirklich so ein Spukgeist an Bord eingefunden hat, dann hätte er eigentlich doch zuerst hier achtern in der Kajüte seinen Antrittsbesuch machen müssen. Aber Scherz beiseite. Halten Sie es für möglich, daß einer oder der andere der Kerle sich einen dummen Spaß erlaubt? Ich habe schon einmal einen Bauchredner unter der Mannschaft gehabt; der Schlingel ließ es eine Zeitlang im ganzen

Schiffe spuken, bis ich ihn endlich ertappte und ihm das Handwerk legte.‹

»›Nein, Stüermann,‹ antwortete Söderström. ›Was sonst die Hellsten und Schlausten waren, die fürchten sich jetzt am meisten. Da ist der Bob und der Bill, denen sollte man doch was Besseres zutrauen; aber gerade diese beiden behaupten steif und fest, den Spuk in der vergangenen Nacht gesehen zu haben. Das haben sie nicht nur mir, sondern auch dem dritten Stüermann erzählt.‹

»›So,‹ sagte ich. ›Na, dann wollen wir mal vorausgehen und hören, wie die Sache sich verhält.‹

»Ich setzte die Mütze auf und machte mich mit dem Zweiten auf den Weg nach dem Mannschaftslogis. Als wir so unerwartet die Treppe herunterkamen, da mochte die farbige Gesellschaft wohl meinen, daß sich jetzt auf einmal zwei Spukgeister statt des einen zeigten, denn einige der Matrosen fuhren mit lauten Schreckensrufen von ihren Kisten in die Höhe. Nachdem sich alles wieder beruhigt hatte, eröffnete ich der Schar den Zweck meines Kommens, erzählte, was ich von dem zweiten Steuermann gehört hatte, und forderte weitere Mitteilungen. Das ließen die Leute sich nicht zweimal sagen. Nach Niggerart nahmen alle zugleich das Wort, einer immer eifriger und lebhafter als der andere, und jeder suchte seinen Nachbar in der Schilderung der erlebten Schrecknisse zu überbieten.

»Ungefähr die Hälfte der Leute hatte den Spukgeist in dieser oder jener Form gesehen, aber alle ohne Ausnahme hatten ein Stöhnen und Klagen gehört.

»Bob und Bill, meine beiden besten Matrosen, die Bootsmannsdienst taten, versicherten ernst und feierlich, daß sie in der vergangenen Nacht den Geist hier unten im Logis gesehen hätten. Er habe an demselben Deckstützbalken gestanden, an dem ich augenblicklich lehnte. Dieser Stützbalken hatte einen Fuß im Durchmesser und war bis auf das etwa zwei Hände breite obere Ende, welches grau war, schwarz gestrichen. Oben im Deck befand sich auf jeder Seite von ihm ein Ochsenauge, um das Tageslicht einzulassen. Die Leute hatten Nägel in den Stützen geschlagen und allerlei Kleidungsstücke daran aufgehängt.

»›Also hier hat der Geist gestanden, was, Bill?‹ fragte ich.

»»Ja, Sir, genau da, wo Sie jetzt stehen,‹ rief Bill, ein kräftiger, sehr ansehnlicher Mulatte. – ›War gestern nacht Mondschein?‹

»»Ja, Sir, schöner heller Mondschein in der Mittelwache.‹

»»Habt Ihr den Geist angeredet, oder versucht, ihn zu fangen?‹

»»Fangen – ich – den Geist? No Sir, nicht um tausend Millionen Dollar hätte ich das versucht! Nicht um alles in der Welt!‹

»»Na, Bill, gesetzt den Fall, Ihr hättet es versucht, dann wäret Ihr schnell dahintergekommen, daß der Geist nichts anderes gewesen sein konnte, als dieser Stützen mit dem Zeug, das hier dranhängt, das Ganze beschienen vom Mond da oben durch die beiden Ochsenaugen. Was meint Ihr dazu, Bill?‹ – Der Mulatte schwieg, aber sein Gesichtsausdruck verriet mir, daß ich ihn keineswegs überzeugt hatte. Auch die andern schauten ungläubig drein, und einer wagte endlich die Frage:

»»Aber das Stöhnen und das Klagen, Sir?‹

»»Ach was,‹ antwortete ich, ›einige von euch schnarchen natürlich fürchterlich, man kennt das ja, und alles übrige ist Einbildung.‹

»Es wurde noch eine Weile hin und her geredet, aber es gelang mir nicht, die Leute von ihrer Meinung abzubringen. Sie hatten den Spuk gesehen und gehört, und das ließen sie sich nicht ausreden. Endlich wurde ich ungeduldig.

»»Ich habe nicht Lust, noch weitere Worte an diesen Unsinn zu verschwenden,‹ rief ich. ›Nur das noch will ich euch sagen: Erstens gibt's überhaupt keine Spukgeister, und wer trotzdem an solche glaubt, ist ein törichter und abergläubischer Mensch, und zweitens gibt's keinen Spukgeist an Bord dieses Schiffes. Merkt euch das! Wenn ihr nicht auf andere Weise zu dieser Einsicht gelangen könnt, dann will ich euch gern die Gelegenheit geben, die ganze Nacht hindurch Jagd auf den Geist zu machen. Ihr wißt, was ich meine. Und nun gute Nacht.‹

»Ich gab dem Zweiten die Anweisungen für den folgenden Tag, und dann ließ ich mir die Spukangelegenheit durch den Kopf gehen. Dadurch gelangte ich zur Lösung eines mir bisher unverständlich gebliebenen Rätsels. – Vor kurzem hatten sich verschiedene der Leute mit der Bitte an mich gewendet, ihnen zu gestatten, an Bord anderer Fahrzeuge, die demnächst seeklar waren, anzumustern. Dieses Verlangen wunderte mich weniger deswegen, weil es gegen

Gesetz und Ordnung verstieß, als deswegen, weil die ›Helene‹ mit Recht in dem Rufe stand, ein Schiff zu sein, auf dem sich jeder, vom Kapitän bis zum Kajütsjungen, nur wohl und behaglich fühlen konnte.

»Ich hatte den Grund des seltsamen Ansinnens in der der schwarzen Rasse eigentümlichen Unbeständigkeit und Sucht nach Veränderung und Abwechslung vermutet; jetzt aber war ich eines Bessern belehrt.

»Es war der Spuk, der den Leuten das Schiff verleidete.

»Und nun wunderte ich mich, warum die Darkis mich erst um die Erlaubnis, an Bord anderer Fahrzeuge gehen zu dürfen, gefragt hatten, eine Erlaubnis, die ich doch gar nicht gewähren konnte. Weiße Matrosen hätten es anders gemacht und wären einfach bei Nacht und Nebel verschwunden.

»Es lagen verschiedene Schiffe in Port Morant sowohl, wie auch in dem benachbarten Hafen Morant Bay, von denen bekannt war, daß sie nur unzureichende Besatzung hatten, und es geschah gar nicht selten, daß Matrosen wie durch Zauberei plötzlich von einem Schiffe verschwanden und an Bord eines andern wieder auftauchten, wenn es sich so fügte, daß das letztere in der nächsten Morgenfrühe in See zu gehen hatte. Die Kapitäne und Steuerleute plagten sich da draußen wenig mit Skrupeln über die Art und Weise, wie sie die Lücken ihrer Mannschaft ergänzten.

»Meine Darkis dachten zu einfältig und kindlich, um sich diese Umstände zunutze zu machen und einfach vom Schiff abzulaufen; trotzdem aber beschloß ich, einen besonders scharfen Ausguck zu halten, sobald ich wahrnehmen würde, daß eins der im Hafen liegenden Schiffe sich anschickte, in See zu gehen.

»Nachdem ich die Sache nach allen Seiten reiflich erwogen hatte, ohne zu einem endgültigen Resultat zu kommen, ging ich zur Koje; vorher aber überzeugte ich mich davon, daß die Ankerwache auch richtig besetzt war.

»Während der beiden folgenden Tage ging alles an Bord seinen gewohnten Gang, und ich hörte nichts von dem Spukgeist. Aber auch meine Stunde sollte kommen. – Eines Abends hatte ich dem Zweiten und den Bootsleuten Bob und Bill Urlaub gegeben, an Land zu gehen. Der Kapitän befand sich bereits seit Wochen in Kingston, und so saß ich ganz allein in der Kajüte und probierte eine neue Tonpfeife.

»Plötzlich vernahm ich einen Laut, der wie halbersticktes Stöhnen klang, und aus dem vorderen Teile der Kajüte und von Backbord zu kommen schien. Ich war vollständig wach, und dennoch traute ich kaum meinen Ohren. Das Stöhnen wiederholte sich, und zwar in Zwischenräumen, in denen etwa ein Mensch schwere Atemzüge tut.

»Ich blickte auf die Lampe; sie brannte hell und gelb, und nicht etwa bläulich, wie dies bei Geistererscheinungen gebräuchlich sein soll; auch ließ sich kein übernatürliches Wesen sehen.

»Die unheimlichen Töne näherten sich, schienen jetzt aber aus dem Zwischendeck zu kommen. Ich hatte die Überzeugung, daß dies eine Veranstaltung der Matrosen sei, die vielleicht meine Nervenstärke erproben wollten; die Kerle wußten, daß außer mir keiner von den Offizieren an Bord war. – Kurz entschlossen zog ich meine Schuhe an, zündete eine Blendlaterne an, ergriff einen kurzen Knüppel aus Hartholz und machte mich auf, den Geist zu suchen.

»Die Luken waren alle dicht gemacht, bis auf einen Teil der Großluk; hier stieg ich ins Zwischendeck hinab, trug die Leiter beiseite, damit ohne mein Wissen niemand entweichen könne, und ging nach achtern, wo das Stöhnen immer lauter wurde; noch ehe ich jedoch den Kreuzmast passiert hatte, waren die Klagelaute direkt unter mir.

»Ich muß gestehen, daß diese Wahrnehmung mich just nicht angenehm berührte; mein Stolz aber ließ keinen Rückzug zu, noch weniger aber der Gedanke, daß dem Spuke dennoch ein Schabernack zugrunde liegen könnte. Ich ging also zur Großluk zurück und stieg hinab ins zweite Zwischendeck, ohne aber diesmal die Leiter wegzunehmen.

»Den Strahl der Blendlaterne weit vorauswerfend, schritt ich vorsichtig, und auf alles mögliche gefaßt, wieder nach achtern. Meine Besorgnis war unnötig, denn in der Gegend des Geistergestöhns angelangt, hörte ich die Töne abermals unter meinen Füßen, im Ballastraum.

»Jetzt wurde mir das Ding allen Ernstes unheimlich. Ich will nicht sagen, daß sich mir die Haare auf dem Kopfe emporsträubten, aber so viel ist gewiß, daß meine Füße wie angewurzelt standen, und daß mein Glaube an die Natürlichkeit aller Dinge, sowie auch mein Selbstvertrauen einigermaßen in Bedrängnis kamen.

»Ich zögerte und zweifelte, und trat endlich mit dem Gedanken, die Untersuchung nach der Rückkehr meiner Untergebenen und mit deren Beistand fortzusetzen, einen unrühmlichen und ziemlich eilfertigen Rückzug an.

»Aber auch in der Kajüte sollte ich keine Ruhe finden; denn jetzt stöhnte hier der Spuk dem Anschein nach dicht unter den Planken des Fußbodens. Da fiel mir der Zimmermann ein, ein stämmiger Holländer; ich pochte an seine Kammertür und purrte ihn aus dem Schlafe.

»›Hören Sie das Gestöhn, Zimmermann?‹

»›Jawell, Stüermann; mar ick steek de Kopp onder de Deeken un dann hoor ick nix.‹

»›Na, nu aber mal fix herut; Sie sollen mit mir in den Raum gehen, da wollen wir sehen, ob wir den Spuk nicht finden.‹

»›Donderslag! Nee, Stüermann, dat do ick nich! Ick blew hier.‹

»›Sie kommen mit, Zimmermann! Seien Sie doch kein Kind!‹ rief ich ungeduldig. ›Ick bün all eben dal west, aber wi möte twei Mann sin, dormit dat wi de Matrosen, de fick dor neeren den Spaß maken doon, beluern un ehr den Weg afsniden könt, wenn se utneihen wüllt.‹

»Das leuchtete dem Zimmermann ein; er folgte mir zur Großluk und bald befanden wir uns im untersten Raume. Wir gingen über den Ballast dem Achterteil zu. Die spukhaften Töne wurden lauter und schrecklicher. Endlich standen wir am Achtersteven. Das Stöhnen kam trauervoll aus den Planken zu unsern Füßen, aber außer uns selber war niemand zu sehen.

»Ob ich mich fürchtete, weiß ich nicht; wohl aber weiß ich, daß mir das Herz so gewaltsam in der Brust klopfte, wie nie zuvor. Der Zimmermann war leichenblaß geworden, und dicke Schweißtropfen perlten ihm auf der Stirne. Nachdem wir den unerklärlichen Tönen eine Minute lang gelauscht hatten, kehrten wir zusammen in die Kajüte zurück. Der Zimmermann wollte nicht eher wieder in seine Koje gehen, bis der zweite Steuermann wieder an Bord war, der die Kammer mit ihm teilte.

»Als die Beurlaubtgewesenen endlich anlangten, gingen wir alle noch einmal hinab in den Ballastraum und hörten den Schreckenstönen zu, die in dem Plankenwerk hin und her zu wandern schienen. Ihre Ursache blieb uns verborgen, wir mußten zugestehen, daß die armen Teufel im Logis doch nicht so grundlos in Furcht geraten waren.

»Wir lagen noch zwei Monate länger in Port Morant, und da aus der Spukangelegenheit kein Geheimnis gemacht wurde, so erhielt die alte ›Helene‹ bald die Bezeichnung ›das Gespensterschiff‹. Wir hatten noch manche fröhliche Gesellschaft in der Kajüte, Gäste sowohl von den wenigen hier einlaufenden Fahrzeugen, wie auch vom Lande, und wenn ich diesen einen besonderen Genuß bereiten wollte, dann führte ich sie hinunter in den Raum und ließ sie den unablässigen Klagen des gequälten Geistes lauschen, der unser Schiff zu seinem Aufenthaltsorte gemacht hatte.

»Endlich war die Ladung, Zucker und Rum, eingenommen, und der Tag der Abfahrt erschienen. Der kleine Schleppdampfer ›Swan‹ aus Morant Bay war beordert, die ›Helene‹ ein Stück hinauszuschleppen. Ich befand mich auf meinem Posten vorn auf der Back; der Dampfer sollte soeben die Trosse empfangen, da rief mir der Kapitän desselben zu, ihm doch schnell eine Harpune zu reichen. Der Zimmermann langte meine neue Patentharpune hinüber; gleich darauf entstand eine heftig tobende Bewegung im Wasser – ein Hurra von der Mannschaft des ›Swan‹ und ... unser Spukgeist lag zappelnd und wütend um sich schlagend an Deck des kleinen Dampfers.

»Es war ein Judenfisch, auch Trommelfisch genannt, ein Kerl von ganz außerordentlicher Größe, der dort an Deck des Schleppers sein Leben aushauchte, ein Fisch, der in den äquatorialen Gewässern nicht allzu selten ist, und der seinen Namen den hohlen, gurgelnden Lauten verdankt, die er bei seinen Bewegungen im Wasser hören läßt.

»Das Tier war gegen sechs Fuß lang und wog gegen vierhundert Pfund. Wir teilten uns mit dem ›Swan‹ in die Beute, und nahmen etwa zweihundert Pfund von dem wohlschmeckenden Fleische des Fisches an Bord, als willkommene Ergänzung unseres Proviantvorrats. Den größten Teil davon mußte der Koch natürlich einsalzen, damit er in der Wärme nicht verdarb. Dann hievten wir den Anker auf und verließen den Hafen. – Trotzdem aber nun der Judenfisch gefangen und den Leuten gezeigt worden war, der Spuk also eine ganz natürliche Erklärung gefunden hatte, hielt dennoch ein Teil der Mannschaft an dem alten Aberglauben fest, und die ›Helene‹ behielt den Namen ›Gespensterschiff‹, solange sie noch existierte; sie ist im Jahre 1885 auf der Bahamabank zugrunde gegangen, wie ich später hörte.

»Jener Fisch aber hatte sich, wie seine Art zu tun pflegt, den engen, verdunkelten Raum zwischen der ›Helene‹ und dem schilfumwucherten Wrack im Hafen von Port Morant zum dauernden Aufenthaltsort ausersehen, der ihm noch passender dadurch erschienen sein mochte, daß auch unser Schiff mit seinem Kiele tief im Schlamme des Grundes gesessen hatte.

»Das Ding war also ganz natürlich zugegangen. Der Fisch hatte draußen im Wasser, dicht an den Planken der Helene«, seine Lieder gesungen, und wir hatten jeden Ton davon binnenbords gehört.«

»Da muß er aber eine gute Lunge gehabt haben,« sagte Paul, »daß man den Gesang durch so und soviel Fuß Wasser und dann durch die doppelte Holzbeplankung so deutlich hören konnte. Ich dachte immer, im Wasser müßte jeder Ton ersticken.«

»Da warst du im dicken Irrtum, mein Junge,« entgegnete der Schiffer. »Das Wasser ist der allerbeste Schalleiter, das wissen die Fischer schon längst. Wenn sie das Ohr an einen ins Wasser getauchten Remen halten, dann können sie genau hören, wenn in der Ferne ein Dampfer vorbeifährt. Zu demselben Zweck legen Lotsen das Ohr auf die Deckplanken ihres Fahrzeugs. Man hat Experimente zur Messung der Geschwindigkeit der Schallwellen im Wasser angestellt, und da hat sich ergeben, daß das Wasser die in ihm erzeugten Schallwellen viermal so schnell als die Luft fortleitet. Daraus folgt, daß auf die gleiche Entfernung der Ton unter Wasser viermal so laut gehört wird, als in der Luft.« – »Das habe ich noch nicht gewußt,« erwiderte Paul. »Bei Gelegenheit muß ich das einmal probieren.«

»Ick heww dat all lang müßt,« sagte Towe, »dat Hören mit en Remen, meen' ick, un heww mi ok ümmer doräwer wunnert, wo dat möglich wesen kunn. Aber nu, wo Keppen Jaspersen uns dat so fein verklort het, nu weet ick Bescheed. Up de Schallwellen kümmt dat an, wenn dat manchmal an Bord spöken doon deit, merk' di dat, Gazzi, up de Schallwellen; wenn de Geist –« er unterbrach sich und sah erstaunt den Griechen an, auf den auch die Blicke des Schiffers und Pauls gerichtet waren. Der Mensch zitterte heftig und hatte des letzteren Arm gepackt.

»Was ist denn nun schon wieder?« rief dieser ärgerlich. »Bist du nicht bei Sinnen?«

»Mein Gott!« stieß Gazzi hervor. »Siehst du's denn nicht?« Dabei lugte er scheu und angstvoll zum Scheinlicht hinauf.

Paul folgte seinem Blicke. Die Persenning, die man über das zerschmetterte Fenster gedeckt hatte, war an einer Ecke aufgehoben, und durch die Lücke schaute ein geisterbleiches Antlitz hernieder, dasselbe von wirrem Haar umgebene Mädchenantlitz, das er in jener Nacht in der Kombüse gesehen hatte. Kalt wehte die Brise durch die Öffnung herein, die Lampe flackerte auf und erlosch, und alle saßen im Dunklen.

Der Schiffer sprang in Eile an Deck hinauf, Paul hinter ihm drein. Die Nacht war stockfinster, sie sahen nichts. Inzwischen zündete Towe unten wieder die Lampe an. Dann setzte er ruhig seine Pfeife in Brand, und begab sich ebenfalls an Deck. Der Schiffer und Paul standen vorn an der Brustwehr des Kampanjedecks im Gespräch.

»Ich habe sie schon einmal gesehen,« sagte Paul, als Towe herankam. »Ich sagte nichts davon, weil ich geträumt zu haben meinte.« Und er berichtete dem Kapitän, was wir bereits wissen.

»Jetzt aber will ich nicht ruhen, bis ich hinter das Geheimnis dieses Gespenstes gekommen bin,« fügte er hinzu. »Ich werde es stellen, und es soll mir Rede stehen.«

»Das dürfte dir Schwierigkeiten bereiten,« entgegnete der Schiffer. »Wenn dieses Wesen – Geist, Spuk, Gespenst oder was immer es sein mag – gesonnen wäre, Mitteilungen zu machen, dann würde es nicht immer entfliehen, wenn es merkt, daß man seiner ansichtig geworden ist.«

»Lassen Sie ihn man machen, Keppen Jaspersen,« warf Towe ein. »Er is 'n Pastersohn, un die Geistlichkeit hat sich von Adams Zeiten her all mit dat Gespensterbannen befaßt, as ick man hört heww.

Wie der Vater, so der Sohn, segg ick, un wenn een von uns düssen Geist de Beicht' abnehmen kann, dennso is just uns' Paul de Mann dorto.«

Damit ging er wieder unter Deck, um zu hören, wie sein Freund Heik über diese Sache dachte.

Nachdem der Kapitän mit Paul noch dies und das über die seltsamen Vorgänge an Bord geredet hatte, verfügten auch sie sich in ihre Kammern, und bald lagen, mit Ausnahme Pauls, alle Mann in festem Schlafe.

Der Jüngling konnte kein Auge schließen. Je mehr er über die Erscheinungen nachdachte, desto fester wurde in ihm die Überzeugung, daß man es hier nicht mit einem Geiste, sondern mit einem leibhaftigen Mädchen zu tun habe, das sich irgendwo im Schiffe verborgen halte. An welchem Ort und aus welchem Grunde, das war freilich ein Rätsel. Schon mehrmals hatte er daran denken müssen, daß in dem Logbuch, das der verstorbene Kapitän geführt hatte, von einem weiblichen Wesen die Rede gewesen war.

»Ich muß dahinterkommen,« sagte er zu sich selber, »und zwar je eher je besser.«

Entschlossen sprang er aus der Koje, kleidete sich schnell und geräuschlos an und ging an Deck. Das hohe, bergige Land ringsumher ließ die Nacht noch dunkler erscheinen. Als er an der Treppe stand, die zum Hauptdeck hinabführte, war ihm so unheimlich zumute, daß er schon daran dachte, lieber wieder umzukehren. Mißtrauisch schaute er zur Kombüse hinüber. Dort drinnen mußte es längst wieder kalt sein, da über zwei Stunden vergangen waren, seit Towe zuletzt mit dem Feuer zu tun gehabt hatte.

Aber was war das?

Wirbelten da nicht soeben Funken aus dem Schornstein auf, wie wenn jemand das Feuer schürte?

Das kann kein Geist sein, dachte er. Geister machen sich nicht mit Feuer zu schaffen, die haben nicht das Bedürfnis, sich zu wärmen. Ich wag's und schleiche mich hin. Vor einem Lebendigen fürchte ich mich nicht.

Er zog die Schuhe aus und stahl sich unhörbar die Treppe hinab und über das finstere Deck. Wieder erschienen einige Funken über dem

Schornstein, in der schwarzen Dunkelheit schnell erlöschend. Die Kombüsentür auf Steuerbord war geschlossen, die auf der Backbordseite stand halb offen. Beide Türen waren notdürftig wiederhergestellt worden. Mit äußerster Vorsicht und auf den Fußspitzen schlich er herzu und lugte hinein.

In der Maschine brannte ein helles Feuer. Davor auf der Bank saß ein junges Mädchen, die Hände im Schoße; sie schaute unverwandt in die Glut, die ihr abgehärmtes, liebliches Gesicht mit rötlichem Schimmer übergoß; sie saß ganz still und achtete der Tränen nicht, die über ihre Wangen herabbrannten.

Das war kein Geist, das war ein armes, leidendes Menschenkind.

Jetzt begann sie sich zu regen. Sie krampfte die Hände ineinander, hob sie empor und schluchzte, als müsse ihr das Herz brechen.

»O Vater, lieber Vater,« rief sie leise, »warum mußtest du mich verlassen!«

Tiefes Mitleid erwachte in Pauls Herzen; auch seine Augen füllten sich mit Tränen. Ohne sich länger zu besinnen, trat er in die Kombüse.

Das Mädchen starrte ihn einen Augenblick entsetzt an, dann sprang sie auf und stürzte auf die Steuerbordtür zu, um sie aufzureißen. Paul, der befürchtete, daß sie sich in ihrer Angst über Bord werfen könnte, hielt sie mit sanfter Gewalt zurück. Da stieß sie ein markdurchbohrendes Geschrei aus.

»Hilfe!« kreischte sie. »Mörder! Lassen Sie mich los! Vater! Vater!«

Dann sank sie ohnmächtig zusammen und Paul hatte alle Mühe, sie vor einem schweren Falle zu bewahren und auf die Bank niederzulassen.

11. Kapitel.

Was die andern dazu sagten. – Wie Heik Weers den Robinson für einen Raubmörder und Brandstifter hält. – Paul und Dora.
»Dat Fräulein is 'n Engel!«

Das Geschrei hatte alle Mann aus dem Schlafe geschreckt; der Schiffer, Towe und Gazzi kamen in eiliger Überstürzung herbeigelaufen.

»Paul, wo bist du?« rief der erstere.

»Hier, in der Kombüs'; ich habe den Geist!«

Das Erstaunen der drei beim Anblick des bewußtlosen Mädchens ist nicht zu beschreiben.

»Junge, Junge!« sagte Towe. »Ick heww mi dat Gespenst ganz anners dacht. De het jo gor keen Dodenkopp. Dat ischo 'ne ganz nüdliche lütte Deern.«

»Wollen sie achteraus bringen, ehe sie wieder zu sich kommt,« sagte der Schiffer kurz entschlossen; »hier können wir nichts mit ihr beginnen.«

Er nahm die Leblose auf und trug sie unter Pauls Beistand in die Kajüte, wo sie in des Jünglings Koje niedergelegt wurde, bis eine andere für sie hergerichtet sein würde.

Paul benetzte ihr Antlitz mit kaltem Wasser, Keppen Jaspersen kramte in der Medizinkiste nach Wiederbelebungsmitteln, und als er nichts Derartiges fand, riet Towe, der Patientin einen Schluck Grog zu geben.

»Von dem schlechten Rum, den wir hier neulich in dat eine Faß vorgefunden haben,« fügte er hinzu. »De brennt so bannig, dat man Dode dormit uperwecken künnt.«

Sie standen noch ratlos, da schlug das Mädchen die Augen auf und blickte wirr und abwesend um sich.

»Fürchten Sie sich nicht,« sagte Paul mit sanfter Stimme, »Sie sind unter Freunden. Hier tut Ihnen niemand etwas zuleide.«

Es schien, als hätte sie die Worte verstanden; sie stieß einen tiefen Seufzer aus und sank wieder in Schlaf.

»Ich denke, wir können sie nun vorläufig ruhig sich selbst überlassen,« sagte der Schiffer leise. »Sie hat den Schlaf sehr nötig; wenn sie dann erwacht, wird sie hoffentlich bei klarem Verstande sein. Was mag das arme Kind ausgestanden haben! Sie wird die Tochter des Kapitäns sein; der Steuermann gedachte ihrer im Logbuch. Ich übergebe sie hiermit deiner Pflege und Aufsicht, Paul. Du hast sie gefunden, nun sollst du auch für sie sorgen. Verstanden?«

»Das will ich von Herzen gern tun,« antwortete der Jüngling. »Ich werde sie hegen und pflegen, als wäre ich ihre Mutter.«

»Nun, dann wird ihr nichts mangeln,« lächelte der Schiffer. »Aber nun kommt, sonst stören wir sie in der Ruhe.« – Sie gingen aus der Kammer. Paul schob die Türe bis auf einen schmalen Spalt zu.

»Ich möcht' woll wissen, wo sie all die Zeit verstaut gewesen is,« sagte Towe, sich an den Pfosten von Heiks Kammertüre lehnend. »Se ward uns veel to vertelln hewwen, wenn se erst ihren rechten Schick wieder hat.«

»Ihr könnt euch damals da vorn unmöglich gewissenhaft umgesehen haben,« meinte Keppen Jaspersen scherzend; »die Seekisten und Kojen habt ihr überholt und durchkramt, aber nach Damen euch umzusehen, dazu fandet ihr keine Zeit.«

»Nee, Kaptein, an Frugenslüd hewwt wi nich dacht; wat seggst du, Heik?«

»Nee, Towe, mit keen Gedanken nich,« antwortete der Invalide. »Nee, Kaptein, ganz gewiß nich. Harr ick müßt, dat auf die ›Hallig Hooge‹ ein Frauenzimmer verstaut gewesen war, ich wär' um keine düsend Mark hier an Bord gekommen. Schiff und Mannschaft haben immer Unglück, wenn ein Frauenzimmer mit auf See geht. Nu is mich auch klar, warum ich mich das Bein un die Rippen hab' brechen müssen, un warum uns' Masten äwer Bord gähn sünd.«

Nach und nach legte sich die Erregung, die dies jüngste Ereignis hervorgerufen hatte, und jeder kroch wieder in seine Koje. Nur Paul blieb auf, weil er sich verpflichtet fühlte, über seinen Pflegling zu wachen. Er setzte sich in der Kajüte so, daß er die Türe der Kammer des Mädchens im Auge behielt, zündete seine Pfeife an und versank in Nachdenken. Dabei wurde er müde. Vergebens wehrte er sich gegen seine zunehmende Schläfrigkeit; das ungewohnte Umherstreifen über Berg und Tal hatte ihn angegriffen, und so war es kein Wunder, daß der Schlaf ihn endlich übermannte. – Draußen war es bereits heller Tag, als er mit einem Ruck emporfuhr. Towe stand vor ihm, einen Pott Kaffee in der Hand.

»Da, Sohn, drink,« sagte er. »Wo geiht dat mit bin Gespenst?«

»Das Fräulein schläft noch, soviel ich weiß,« antwortete Paul. Er stand auf, ging auf den Fußspitzen zur Kammertüre, schob diese leise zurück und schaute hinein. Towe war ihm sacht gefolgt.

»Mein Gott!« flüsterte der Matrose, »wo süht se blaß un elend ut! Ich dacht' all, ick wull ehr ok en Pott Kaffee bringen, aber ick seh' nu woll, slapen is ehr gesünder.«

Paul schob die Türe wieder zu und ging dann mit Towe an Deck, nachdem er auf Towes Rat seine dicke Pijacke angezogen hatte. Es war eisigkalt; sie beeilten sich, in die warme Kombüse zu kommen, wo sich bald auch der Schiffer und Gazzi einstellten; denn auch in der Kajüte war die Temperatur nichts weniger als gemütlich, obgleich die ganze Nacht die große Hängelampe gebrannt hatte.

Der Schiffer erinnerte sich, gleich zu Anfang in einem Winkel des Vorratsraumes den eisernen Ofen gesehen zu haben, der in den kalten Gegenden in der Kajüte aufgestellt zu werden bestimmt war. Er befahl Towe und Gazzi, ihn heraufzuschaffen und an seinen Platz zu bringen. Das war bald geschehen, und von nun an brauchten unsere Freunde unter Deck nicht mehr zu frieren.

Da das Wetter gut war, wurde abermals ein Ausflug an Land beschlossen; der Schiffer hielt es für ratsam, daß alle Mann die Insel so genau als möglich kennen lernten. Paul sollte als Wächter und Koch an Bord bleiben.

Nach dem Frühstück wurde Proviant für einen Tag ins Boot geschafft; Gazzi betätigte sich bei den Vorbereitungen am eifrigsten; er war überhaupt, nachdem der Spuk gebannt war, der Munterste und Heiterste von allen.

Die Forschungsreisenden machten sich auf die Fahrt, und Paul blieb mit seinen beiden Patienten allein an Bord. Er räumte die Kombüse auf, sorgte, daß das Feuer nicht ausging, und begab sich dann in die behaglich erwärmte Kajüte, deren Scheinlicht von Towe und Gazzi in aller Eile wieder dicht gemacht worden war.

Das Mädchen schlief noch immer; er stattete daher Heik Weers einen Besuch ab. Seit das Schiff ruhig im Hafen lag, hatte sich der Zustand dieses würdigen Seefahrers wunderbar gebessert. Draußen auf See hatten ihm die heftigen Bewegungen des Fahrzeugs nicht nur fortwährend große Pein bereitet, sondern auch verhindert, daß die Knochen sich wieder aneinanderfügten. Bei dem Eintritt des Jünglings hellte sein mürrisches Gesicht sich auf, und ein freundliches Lächeln verbreitete sich bis in den struppigen grauen Bart.

»Süh dor, Paul,« sagte er. »Wertst, Sohn, ick glöw, nu ward dat all beter mit mi. Wenn dat ewige Liggen man nich so langweilig wer'. In die Kajüt' is dat nu so schön warm, mi dücht, da könnt' ich ganz gut schon ein bißchen an Deck sitzen und Segel nähen. Meinst nich auch?«

»Nein, Heik, das geht noch nicht. Du mußt Geduld haben. Ich will sehen, ob ich nicht ein Buch für dich auftreiben kann, dann hast du Unterhaltung. In der Kapitänskammer stehen drei Kisten, in die noch keiner hineingesehen hat. Vielleicht finde ich dadrin etwas zu lesen.«

Der Schiffer hatte ihm vor der Abfahrt aufgetragen, diese Kammer, die selbstverständlich bedeutend größer war, als alle andern, für das junge Mädchen herzurichten. Er schaffte daher die Kiste und das Bettzeug desselben in die Kammer des ehemaligen Steuermanns, die als solche durch allerlei nautische Instrumente und ähnliche Dinge kenntlich gemacht wurde und bisher unbenutzt geblieben war. Darauf machte er sich über die Kisten her, und da sie verschlossen waren, brach er eine nach der andern vorsichtig auf. Die erste enthielt Kleidungsstücke des verstorbenen Schiffers, Briefe und andere Dinge; er erachtete sich nicht für berechtigt, darin zu kramen, um so weniger, als dessen Tochter und Erbin an Bord war und sich, so hoffte er inständig, sehr bald selber damit beschäftigen würde.

Die zweite Kiste enthielt nichts als Damengarderobe.

»Nun ist für sie gesorgt,« dachte er erfreut. Und was für feine Kleider! Jetzt wollen wir sehen, was die dritte Kiste enthält. Aha, Bücher. Er wählte drei davon aus, klappte die Kisten wieder zu und kehrte zu Heik zurück.

»Hier ist etwas gegen die Langeweile,« sagte er. »Erstens ein Band Seegeschichten. Was sagst du dazu? Das wäre gleich etwas, nicht?«

»Seegeschichten?« entgegnete Heik verächtlich. »Bleib mich mit dat Zeug vom Leibe. Ick heww von de See all überleidig genug, von de will ick keine Geschichten mehr weeten. De dogen alltohop nix.«

»Schön; dann ist hier ein Buch mit Bildern, das handelt von Christoph Kolumbus. Wie ist's damit?«

»Wat för'n Christoph?«

»Christoph Kolumbus.«

»Den Mann kenn' ick nich. Lat dat annere Book mal sehn.«

»Das ist der Robinson.«

»De Robinson? Dat wer jowoll de Raubmörder, den se in Hamburg up den Stintfang hinricht hewwen? He harr ok mal de ganze Stadt in Brand steken. Heft nich von de grote Hamburger Brand hört? Gib mich das Buch, Paul, das will ich lesen.«

»Da, Heik,« sagte Paul und lachte. »Du irrst dich zwar gewaltig in der Person, aber das macht nichts. Robinson war weder ein Raubmörder, noch ein Brandstifter. Aber lies nur.«

»So? Wer he dat nich? Schade! Verlich verwessel ich ihm mit een annern Spitzbauwen. Gib mich das Buch. Süh, dat is schön dick, dat langt, bet ick wedder gesund bün. Ick les' man langsam, indem dat ich die Hälfte ümmer buchstabieren muß. Bildung hab' ich mein Lebtag nich gelernt, aber ich bün manchmal mit Lüd an Bord wesen, de bannig gebild't west sünd.«

Paul händigte ihm das Buch ein und ging dann an Deck, wo er die Zurrings von den Reservespieren nahm, damit diese Arbeit bereits getan wäre, wenn die Spieren zu neuen Masten verwendet werden sollten. Danach bereitete er in der Kombüse das Essen für seine Pfleglinge, eine aus allerlei Konserven zusammengesetzte kräftige Suppe.

»Großartig!« lobte er sich selber, als er sein Machwerk kostete. »Ich denke, die nächste Reise fahre ich als Koch. Damit wird der Isegrim, der Heik, endlich mal zufrieden sein.« – Er hatte sich nicht getäuscht; schon nach dem ersten Löffel schmatzte der alte Matrose vor Vergnügen.

»Aber dat Buch, Paul! Zwei Seiten hab' ich nu all gelesen, dat war aber ein Stück Arbeit von anderthalb Stunden. Vielleicht kannst du mich daraus wat vorlesen, wenn du mal Zeit hast. Nee, Jung', wat is de Supp' aber schön! Loop, purr bin Gespenst ut un giww ehr ok mal dorvon.«

»Nein,« entgegnete Paul, »sie soll schlafen so lange sie mag, das wird sie am ehesten wiederherstellen. Gebe Gott, daß sie klar im Kopfe ist, wenn sie erwacht. Sie muß Schreckliches erlebt haben, denn nicht umsonst hat sie ›Hilfe! Mörder!‹ gerufen, als ich sie festhielt.«

»Dat werden wir schon alles noch zu hören kriegen. Jetzt lies mich wat vor, Sohn.« – Paul setzte sich auf Heiks Seekiste und las. Heik lauschte anfangs mit großer Aufmerksamkeit, bald aber verriet ein lautes Schnarchen, daß er sanft eingeschlafen war.

Der Jüngling legte das Buch in die Koje, und ging leise durch die Kajüte bis an die Türe seiner Kammer, jetzt der Aufenthalt des jungen Mädchens. Als er die Türe sacht ein wenig zurückschob, da erwachte sie. Sie redete einige verworrene Worte, dann aber rief sie ganz deutlich: »Vater!« – Er schob die Türe weiter auf. Als sie ihn erblickte, erschrak sie heftig und suchte sich in ihren Decken zu verbergen.

»Haben Sie keine Furcht, Fräulein,« sagte er begütigend. »Wir meinen es gut mit Ihnen und werden dafür sorgen, daß niemand Ihnen etwas Böses zufügt.«

Sie schaute ihn mit ihren großen Augen furchtsam und zweifelnd an.

»Wer sind Sie?« fragte sie bebend. »Und wo bin ich? O, tun Sie mir nichts!«

»Nein, Fräulein, beruhigen Sie sich. Sie befinden sich an Bord der ›Hallig Hooge‹ und in völliger Sicherheit. Ich bitte Sie, ängstigen Sie sich nicht länger. Alle Mann würden für Ihren Schutz und Beistand gern das Leben einsetzen.«

Diese Worte des Jünglings verfehlten ihre Wirkung nicht. Das Mädchen musterte ihn lange und forschend, dann legte sie die Hand an die Stirne, als müsse sie nachsinnen.

»O, was ist geschehen?« rief sie dann leise. »Wie war es doch? ... Jetzt erinnere ich mich ... Mein Gott! Wie entsetzlich! ... Mir träumte von meinem Vater ... O Barmherziger, er ist ja tot!«

Sie weinte laut auf und barg das Antlitz in den Decken. Nach einer kleinen Weile erhob sie wieder den Kopf.

»Fassen Sie Mut, liebes Fräulein,« bat Paul, dem das Herz bei so viel Weh und Leid blutete. »Sie sind unter lauter Freunden, die Sie behüten und beschützen und glücklich heimbringen werden. Warten Sie, bitte, einen Augenblick, ich laufe und bringe Ihnen sogleich etwas zu essen, denn Sie werden sicherlich hungrig sein.«

Sie streckte den Arm aus, als wolle sie ihn zurückhalten.

»Sind alle tot? Alle?« fragte sie, ihn in banger Erwartung anblickend. – »Ja Fräulein; außer Ihnen fanden wir niemand mehr an Bord. Nun liegen Sie aber still; ich hole Ihnen eine Kumme gute Suppe.«

Damit lief er schnell davon.

»Das wird ihr gut bekommen,« sagte er zu sich selber, während er die leckersten Bissen aus dem Kessel fischte; »ich glaube nicht, daß ihr etwas Ernstliches fehlt.« Er kostete einen Löffel von der Suppe. »Ah,« sagte er, »köstlich! Ich freue mich darauf, zu sehen, wie ihr das schmecken wird. Übrigens würde ich niemals zugeben, daß meine Schwestern mit auf See gehen. Man sieht ja hier, wohin das führen kann ... Junge, Junge, die Suppe ist wirklich fein! Die muß ja jeden gesund machen, der überhaupt etwas von Suppe versteht.« Er füllte sich eine Kumme voll und löffelte sie in einem Zuge aus.

»Damit sie Zeit gewinnt, sich ein bißchen zu sammeln,« entschuldigte er sich vor sich selber. Dann trug er des Mädchens Portion samt einem sorgfältig polierten Löffel achteraus.

Die Kammertüre war zugeschoben. Er klopfte bescheiden an. »Herein!« tönte es leise. Er trat ein.

»Da bin ich wieder, Fräulein. Hoffentlich lege ich mit meiner Kochkunst bei Ihnen Ehre ein.«

Er reichte ihr Kumme und Löffel und trat dann zurück, die Augen erwartungsvoll auf die Patientin gerichtet, die unbefangen und mit bestem Appetit zu essen anfing.

»Sie sind so gütig,« sagte sie dabei; »ich danke Ihnen von Herzen.«

»Es schmeckt Ihnen also?« fragte er.

»Vortrefflich; seit langer Zeit habe ich nicht etwas so Gutes gegessen.«

Paul lächelte vergnügt und hochbefriedigt, als er ihr die geleerte Kumme und den Löffel wieder abnahm.

»Wie ruhig es hier an Bord ist,« bemerkte sie, sich wieder zurücklehnend.

»Das macht, wir liegen im Hafen vor Anker,« antwortete er, »und alle andern sind an Land. Es ist außer Ihnen niemand an Bord, als ich und ein Matrose, der mit gebrochenem Bein und eingeknickten Rippen in seiner Koje liegt. Ich heiße übrigens Paul Krull und bin

Leichtmatrose, versehe aber schon längst Vollmatrosendienst. Darf ich nun auch um Ihren Namen bitten?«

»Ich heiße Dora Ulferts,« sagte das Mädchen.

»Sie sind die Tochter des verstorbenen Kapitäns dieses Schiffes, nicht wahr?« – »Ja,« antwortete sie, und brach in Tränen aus. – Paul suchte sie zu trösten so gut er konnte, und hatte auch endlich die Genugtuung, sie wieder gefaßt zu sehen. Er erbot sich, ihr noch eine Kumme von seiner guten Suppe zu bringen; sie dankte jedoch und sprach den Wunsch aus, an Deck gehen zu dürfen.

»Sind Sie auch schon kräftig genug dazu, Fräulein Ulferts?« forschte er besorgt.

»O, gewiß, die frische Luft wird mir wohltun. Freilich –« sie unterbrach sich und warf einen zweifelnden Blick auf ihre Bekleidung.

Paul verstand. »O, das wollen wir bald kriegen, Fräulein!« rief er eifrig. »Ich habe die Kapitänskammer für Sie in Ordnung gebracht, dort werden Sie wohnen. Auch alle Ihre Kleider sind da, in der einen Kiste, wissen Sie. Jetzt bringe ich Ihnen noch warmes Wasser hinein, dann sind Sie wie zu Hause. Ziehen Sie sich nur recht warm an, denn es ist kalt an Deck. Wir haben schlechtes Wetter gehabt und alle Masten verloren; Sie werden Ihr Schiff kaum wiedererkennen. Ach bitte, Fräulein, nicht weinen! Fassen Sie Mut; der liebe Gott wird schon weiter helfen. Ihnen und auch uns.«

Damit verließ er sie. Eine halbe Stunde später erschien das junge Mädchen an Deck; sie hatte sich umgekleidet, das vorher so wirre Haar geordnet, trug einen warmen Mantel und ein Schaltuch um den Kopf. Sie sah jetzt so fein und vornehm aus, daß der herbeieilende Paul unwillkürlich tief die Mütze vor ihr zog. Er führte sie über das Deck, erzählte ihr von dem Sturme, zeigte ihr die Havarien und teilte ihr mit, daß das Schiff bald neue Masten erhalten sollte. Ein Zimmermann sei leider nicht an Bord, aber seine Maaten und er hofften zuversichtlich, diese Arbeit trotzdem ausführen zu können.

»Wieviel Mann sind Sie hier an Bord?« fragte sie.

»Im ganzen fünf, den Kapitän und den mit gebrochenem Bein in der Koje liegenden Matrosen mitgezählt. Es geht ihm aber jetzt schon besser.«

»O bitte, lassen Sie mich ihn pflegen!« rief sie. »Mein Vater hat mich den Samariterdienst erlernen lassen und ich habe auch schon einigemal an Bord Hilfe leisten dürfen. Darf ich den Mann sehen?« »Jetzt schläft er,« antwortete Paul. »Es wäre lieb von Ihnen, sich seiner anzunehmen. Aber er ist ein alter Brummbär, das sage ich Ihnen gleich.« – Sie lächelte. »O, ich weiß mit Seeleuten umzugehen, habe ich doch drei lange Reisen mit meinem guten Vater gemacht. Wann erwarten Sie die andern an Bord zurück?« »Nach Sonnenuntergang. Sie erforschen die Insel. Dort drüben am Strande liegt das Boot, das einzige, das uns geblieben ist.«

Als Paul später in der Kombüse das Mahl bereitete, leistete das Mädchen ihm mit kundiger Hand die besten Dienste. Es stellte sich bald heraus, daß sie vom Kochen viel mehr verstand, als er, und wahrscheinlich auch mehr, als selbst der große Tome davon wußte, der den vorzüglichsten Labskaus mischen und die feinsten Pfannkuchen backen konnte, soweit das Wasser salzig war, wie er selber behauptete.

Das Essen war fertig, die Forschungsreisenden konnten nun kommen. Dora erbot sich, dem invaliden Heik einen Blechpott voll Tee zu bringen.

»Bitte, warten Sie noch einen Augenblick,« entgegnete Paul; »ich will erst sehen, wie seine Stimmung ist.«

»Du Heik,« sagte er, als er in dessen Kammer trat, »freue dich, nun bist du bald wieder auf den Beinen. Ich habe nämlich eine geprüfte Samariterin für dich engagiert, die soll von jetzt an nach dir sehen.«

»Wat hest du ankaschiert?« entgegnete der alte Matrose mürrisch und argwöhnisch. – »Eine geprüfte Samariterin.«

»So? Wo hest du denn die up eenmal herkregen? Ick kann mi denken, wat du vörhest, aber bleib mich mit din Gespenst von Halse, hörst? Ick will von den Wiwerkram nix werten.«

»Sei vernünftig, Heik, ohl Jung'. Das arme Mädchen hat niemand mehr auf der Welt, als uns, sie ist die Tochter des verstorbenen Schiffers der ›Hallig Hoog‹, wir müssen daher sehr gut zu ihr sein, du auch, Heik, hast du verstanden?«

»Meinswegens,« brummte dieser. »Kannst ehr jo herbringen.«

Paul ging und kam gleich darauf mit dem jungen Mädchen wieder, die den Blechpott mit Tee trug. Bei ihrem Anblick verschwand der bärbeißige Ausdruck von des alten Matrosen verwittertem Antlitz; er machte eine Bewegung, als wollte er an die Mütze greifen und sagte in merklicher Verlegenheit:

»Nehmen Sie's nich übel, Fräulein, daß ich hier so daliegen tu'; ich kann nich anners. Sie werden woll schon gehört haben. Ihr Unglück tut mich von Herzen leid; das kommt aber davon, wenn Frauensleut' zur See gehen tun. Ich wollt', ich könnt' aufstehen, dann wär' dat schicklicher, mit Sie zu reden. Entschuldigen Sie man, dat ich so auf die Seit' lieg', wie'n Fischerewer bei Ebbtid up'n Schlick, aber ich kann nich dafür. Kann ich woll, Paul?«

»Nee, Heik, ohl Fründ, dor kannst du nich für.«

Dora verweilte etwa eine Viertelstunde bei dem Patienten, dem sie versprach, daß er schon nach acht Tagen wieder aufstehen solle, wenn er ihre Weisungen genau befolgen würde.

Als sie ihn verlassen hatte, brüllte er nach Paul.

»Dat Fräulein is 'n Engel!« rief er begeistert, als dieser kaum die Kampanjetreppe herunter war. »En Engel, segg ick di. Jung'! Wo tut mich dat leid, dat ick dacht harr, se wer keen Engel! In acht Tagen schall ick all wedder upstahn, säd se. Junge, Junge, wenn doch alle Frugenslüd so wern, as düsse leewe goode Fräulein!«

Kurz vor Sonnenuntergang stieß das Boot drüben vom Strande ab.

12. Kapitel.

Im Hellegatt. – Dora erzählt ihre Geschichte.

Beim Abendessen ging es in der Kajüte diesmal geradezu feierlich her. Unsere Seefahrer hatten sich nicht nur mit besonderer Sorgfalt gewaschen und gekämmt und in ihr bestes Zeug geworfen, sie waren auch bemüht, ihre besten Manieren in Benehmen und Rede hervorzukehren, und dies alles zu Ehren ihrer neuen Schiffsgenossin.

Kapitän Jaspersen hatte seinen Platz am oberen Ende der Tafel, Fräulein Ulferts saß zu seiner Rechten, Paul ihr gegenüber, und dann kamen Towe auf der einen und Gazzi auf der andern Seite.

Doras Stimmung war traurig, da sie unwillkürlich der Zeit gedenken mußte, wo sie mit ihrem Vater zum letztenmal an diesem

Tische gesessen. Wie war alles jetzt so anders! Damals fühlte sie sich glücklich in der Liebe des treuen Beschützers, jetzt saß sie, eine verlassene Waise, in der Mitte von lauter fremden Menschen. Trotzdem mußte sie dankbar dafür sein, daß das Schicksal sie zu guten und rechtschaffenen Leuten und nicht unter brutale Gesellen geführt hatte.

Seit dem letzten der schrecklichen Ereignisse, die sie an Bord der »Hallig Hooge« erlebt hatte, fehlte ihr jede Erinnerung an das, was inzwischen mit ihr vorgegangen war, bis zu dem Augenblick ihrer Begegnung mit Paul in der Kombüse. Es lag ihr daher viel daran, zu erfahren, wie und warum die jetzige Besatzung auf das Schiff gekommen war.

Keppen Jaspersen berichtete ihr, was er und seine Schiffsmaaten erlebt hatten, seit sie dem »Senator Merk« den Rücken gekehrt, wobei er ihr natürlich die Spuk- und Geistergeschichten verschwieg, zu denen sie die Veranlassung gegeben hatte. Es war neun Uhr geworden, als er mit seiner Erzählung zu Ende war; unsere Freunde mußten die Begierde, von Fräulein Ulferts eine Schilderung der Vorgänge an Bord der Hallig zu vernehmen, bis zum folgenden Abend zügeln, da bei den drei Forschungsreisenden sich infolge ihrer anstrengenden Märsche durch das Inselgebirge sich eine starke Müdigkeit einzustellen begann.

Ehe der Schiffer sich zurückzog, sah er nach dem Barometer; es war erheblich gefallen.

»Das fürchtete ich,« sagte er zu Paul. »Das Wetter war zu gut, um von Dauer zu sein. Heute nacht wird es Wind geben, und nicht zu wenig. Nun werden wir erfahren, wie unser Hafen sich benimmt, wenn es draußen weht. Er liegt ja gänzlich geschützt, es könnte aber sein, daß die Strömung, die uns hier hereinsetzte und von der ich heute nichts mehr bemerken konnte, sich bei Sturm wieder in Bewegung setzt, und wenn der Wind von Westen kommen sollte, dann könnte sie einen Ausläufer durch unser Hafentor schicken und die Hallig in Gefahr bringen. Wir müssen daher Ankerwache halten. Und zwar du die erste, Paul, denn du hast den ganzen Tag nichts zu tun gehabt.«

Es dauerte auch gar nicht lange, da kam der Sturm dahergebraust. Paul hielt seine Ankerwache, indem er sich in der Kombüse vor dem hellen Feuer auf die Bank streckte.

Wer nie das Meer befahren hat, der kennt das wonnige Behagen nicht, das den Seemann beschleicht, wenn er den Wind pfeifen, heulen und toben hört, und sich dabei im sicheren Hafen geborgen und bewahrt weiß. Paul konnte unbesorgt der Ruhe pflegen, denn auf dem Wasser rings um die Hallig zeigte sich kaum hie und da ein leichtes Rippeln, während draußen ein voller Orkan über die See hinbrauste.

Es wehte auch noch, als es bereits wieder Tag geworden war. Zerfetzte Wolken jagten in rasender Eile unter dem grauen Firmament dahin, man konnte erkennen, daß das Wetter sich vorläufig nicht wieder ändern würde.

Da es sich an Deck schlecht arbeiten ließ, beschloß der Schiffer, das Hellegatt einmal gründlich zu überholen, um zu sehen, was dort an brauchbaren Dingen für die neue Takelung verstaut war. Das Hellegatt ist ein Verschlag im unteren Schiffsraume zur Aufbewahrung von Inventar und Material. Es liegt in der Regel ganz vorn, unmittelbar über dem Kiel.

An Bord der Hallig befand sich die kleine Luke, die in diesen Raum hinabführte, im Fußboden des Mannschaftslogis. Eine eiserne Leiter, am Mittelstützen befestigt, führte in die Tiefe. Paul stieg mit der Laterne hinunter, der Schiffer folgte, und Towe und Gazzi blieben im Logis, um die heraufzureichenden Gegenstände in Empfang zu nehmen.

Es fanden sich da unten zwei eiserne Wassertanks, einer ganz, der andere halb voll. Dazu sechs Fässer mit gesalzenem Schweinefleisch und sieben mit Rindfleisch. Weiter entdeckte man einen großen Blechkasten voll Hartbrot, einen großen Vorrat von Kohlen, eine Menge Tauwerk aller Art, alt und neu, und viele Blöcke und sonstiges Gerät.

Das Tauwerk und die Blöcke wurden zunächst in das Logis hinaufgeschafft und dann von dort an Deck. Darüber verging eine gute Stunde. Dann fiel dem Schiffer ein, daß er niemand mit der Bereitung des Frühstücks beauftragt habe. Er war inzwischen ins Logis hinaufgestiegen, im Hellegatt befand sich nur noch Paul.

»Geh in die Kombüse, Paul,« rief Jaspersen ihm zu. »Wir brauchen dich jetzt hier nicht mehr.« – »Jawoll, Kapitän.«

Paul langte nach der Laterne, die er auf einen der Tanks gestellt hatte; dabei fiel sein Blick auf etwas Weißes, das am Hinteren Schott lag. Er kroch mit der Laterne dorthin; es war ein wollenes Tuch, das nur Fräulein Ulferts gehören konnte.

»Hier also muß ihr Versteck gewesen sein,« sagte er zu sich selber, und begann weiter umherzuleuchten. Inmitten einer alten Manilatrosse fand er ein aus Segeltuchlappen und Werg herge-stelltes Lager oder Nest. In welcher Angst mußte das arme Mädchen sich befunden haben, um hier unter den Ratten und Kakerlaken eine Zuflucht zu suchen, dachte er. »Es ist wahrlich ein Segen, daß sie von diesem Jammer jetzt nichts mehr weiß.«

Er nahm das Tuch auf und brachte es mit sich an Deck.

»Wat hest du denn dor?« fragte Towe.

»Ein Schaltuch. Ich habe die Stelle gefunden, wo unser Fräulein sich versteckt gehalten hat. Ein richtiges Nest von Werg, Kabelgarn, Segeltuch un all so'n Kram.«

»Dat arme Kind!« sagte Towe kopfschüttelnd und voll von Mitleid. »Aber nu mak man en beten to; dat Fräulein het all Tee kockt un dat ganze Frühstück in de Reih' bröcht; se het hier jo woll nu as Kock un Steward anmunstert, as dat schient.« –

Der Sturm hielt den ganzen Tag an, bei bitterer Kälte und treibendem Schnee, weshalb nur solche Arbeit vorgenommen wurde, die in der warmen Kajüte verrichtet werden konnte.

Nach dem Abendessen erzählte Dora ihre Geschichte.

»Sie wissen, daß mein Vater Kapitän der ›Hallig Hooge‹ gewesen ist,« begann sie. »Er besaß einen Anteil an dem Schiff und führte es schon seit einer Reihe von Jahren. Die letzte Reise ging von Hamburg mit Stückgut nach Schanghai, wo wir Tee als Rückfracht einnahmen.

»Ich hatte schon mehrere Reisen mit dem Vater gemacht. Im Anfang sträubte er sich dagegen; als aber meine Mutter gestorben war, und deren Schwester, bei der ich während seiner Abwesenheit wohnen sollte, ihr bald ins Grab nachfolgte und wir sonst keine Angehörige mehr hatten, da nahm er mich mit.

»Unsere Matrosen waren brave und tüchtige Leute, die alle schon mehrere Reisen an Bord der ›Hallig Hooge‹ gemacht hatten. Eine Ausnahme machten zwei Deutschamerikaner, die zur letzten Reise in Hamburg angemustert worden waren. Sie hielten sich für besser als die andern, und benahmen sich mehrfach so roh und streitsüchtig, daß der Vater sie beide einmal auf mehrere Tage in Eisen legen lassen mußte.

»Die Heimreise ging gut vonstatten, bis wir auf die Höhe des Kaps der Guten Hoffnung kamen. Hier begegneten wir bei flauer Brise einer Brigg, die die englische Flagge verkehrt, also als Notsignal, geheißt hatte. Wir hielten auf sie ab und fragten, wo es fehle. Die Antwort war, man brauche einen Arzt. Als wir dieses Verlangen nicht erfüllen konnten, bat der Engländer um Wasser. Davon hatten wir genug. Mein Vater ließ zwei Fässer füllen und in das inzwischen zu Wasser gebrachte Großboot schaffen. Der Steuermann und vier Matrosen rojten zu der Brigg hinüber, die nur so wenig arbeitsfähige Leute an Deck hatte, daß die unsrigen an Bord gehen und bei der Übernahme der Wasserfässer helfen mußten.

»Auf des Steuermanns Frage, was den andern zugestoßen sei, antwortete der englische Kapitän, die Leute lägen am Skorbut danieder, befänden sich aber bereits wieder auf dem Wege der Besserung. Die Brigg kam aus einem südamerikanischen Hafen, dessen Namen ich vergessen habe, und war in Ballast auf der Fahrt nach Batavia. Als unsere Leute wieder an Bord waren, braßten wir voll und setzten die Fahrt fort.

»Zwei Tage später erkrankte einer von den Matrosen, die auf der englischen Brigg gewesen waren. Mein Vater suchte ihn im Logis auf und erkannte sogleich, daß der Mann das gelbe Fieber hatte. Die Arzeneien aus der Medizinkiste waren wirkungslos; schon am Abend desselben Tages wurde der Mann durch den Tod von seinen Leiden erlöst. Wenige Minuten später übergab man ihn dem großen Grabe, der See.

»Am nächsten Tage wurden zwei weitere Matrosen von dem Fieber befallen. Mein Vater gab dem zweiten Steuermann, dem Zimmermann und dem Koche, die im Deckhause wohnten, in der Kajüte Quartier und ließ die Kranken ins Deckhaus schaffen. Aber auch sie starben bereits in der Nacht darauf.

»Wir gerieten alle in große Besorgnis, wie man sich wohl denken kann; als aber am folgenden Tage keine weitere Erkrankung erfolgte, da schöpften wir wieder Hoffnung. Dem Kapitän des englischen Fahrzeugs wurden die schwersten Vorwürfe gemacht, weil er unserem Steuermann verheimlicht hatte, daß das gelbe Fieber bei ihm an Bord war, so daß unsere Leute sich dort die Ansteckung hatten holen müssen.

»Am Tage darauf ergriff die schreckliche Krankheit wiederum zwei Matrosen und auch den zweiten Steuermann. Auch diese drei starben innerhalb vierundzwanzig Stunden. In vier Tagen hatten wir also fünf Matrosen und den zweiten Steuermann verloren. Ein grausamer Lohn dafür, daß wir notleidenden Seefahrern Hilfe geleistet hatten.

»Mein Vater rief die Mannschaft achteraus, sprach den Leuten Mut ein und sagte, das beste Mittel gegen das Fieber sei, nicht daran zu denken und heiter vorwärts zu schauen. Der Rat war gut genug, wie konnten die Leute ihm aber folgen, wenn die leeren Kojen ihnen fortwährend die Todesgefahr vorhielten, in der sie schwebten?

»Als die Matrosen wieder nach vorn gegangen waren, nahm der Vater mich mit sich in seine Kammer. Ich werde die Unterredung nie vergessen. Sie war unsere letzte.«

Hier brach das arme Mädchen in lautes Weinen aus. Paul ergriff in überwallendem Mitgefühl ihre Hand. Der Schiffer und Towe wendeten sich ab und taten, als müßten sie sich mit ihren Pfeifen zu schaffen machen. Aus des alten Heik Weers Koje vernahm man ein merkwürdiges Geschnäuz.

Das Mädchen hatte sich bald wieder gefaßt und fuhr fort:

»Der Vater sagte mir, daß auch er jetzt das Fieber in seinem Körper verspüre, drum wolle er mir Lebewohl sagen, ehe seine Gedanken sich verwirrten. Es sei ihm schrecklich, mich ganz allein zurücklassen zu müssen, aber eine innere Stimme sage ihm, daß Gott mich nicht verlassen würde. – Er wurde zusehends kränker. Ich brachte ihn in seine Koje und gab ihm die Medikamente, die er auch für die andern Kranken verwendet hatte. Sie nützten nichts; am nächsten Morgen war er tot.

»Die übrigen starben im Laufe der Woche, den Obersteuermann, die beiden Deutschamerikaner und mich ausgenommen.

Ich bat Gott inbrünstig um den Tod, da ich doch nun so ganz allein und verlassen in der Welt stand. Aber ich blieb gesund. Der Obersteuermann, der die Kranken mit größter Treue und Aufopferung gepflegt hatte, fiel endlich dem schrecklichen Fieber auch zum Opfer, und nun war ich mit den beiden bösen Menschen allein an Bord. Kaum hatten die den Steuermann ins Wasser gesenkt, da kamen sie eilig achteraus, stiegen in den Vorratsraum hinunter, und holten eine Kiste mit Genever an Deck. Ich flehte sie an, von dem Schnaps nichts zu trinken, aber sie verlachten mich, und bald hatten sie drei von den zwölf vierkantigen Flaschen, die die Kiste enthielt, ausgeleert. Ganz betrunken stolperten und wälzten sie sich an Deck umher; ich fürchtete mich so entsetzlich vor ihnen, wie ich mich vorher nicht vor dem Fieber gefürchtet hatte.

»Sie befahlen mir unter Verwünschungen, das Steuer wahrzunehmen, da sie wußten, daß ich zu steuern verstehe. Ich gehorchte in meiner Herzensangst. Zum Glück war die Brise noch immer sehr mäßig, so daß ich das Rad mit Leichtigkeit handhaben konnte.

»Die Leute beachteten mich anfangs nicht weiter. Sie hatten ein Spiel Karten zum Vorschein gebracht und sich zu Luwart vom Roof an Deck hingelagert, die Kiste mit dem Genever neben sich, und so spielten sie unter fortwährendem Singen, Schreien und Fluchen um meines Vaters Nachlaß – die nautischen Instrumente, die Kleider, das Geld und zuletzt um das ganze Schiff. Der Schnaps hatte sie nahezu wahnsinnig gemacht.

»Plötzlich fiel ihnen ein, daß mein Vater sie einmal hatte in Eisen legen lassen, und sie beschlossen unter wüstem Gebrüll, dafür an ihm Rache zu nehmen. Er liege zwar längst bei den Haien, aber sie hätten ja seine Tochter in ihrer Gewalt, und der wollten sie das Leben so sauer machen, daß er blutige Tränen weinen sollte, wenn er das von oben mit ansehen würde. Dabei tranken sie unablässig. Endlich konnten sie kaum mehr reden. Trotzdem verstand ich noch, wie der eine den Vorschlag machte, ich solle den Vortopp von oben bis unten labsalben Labsalben heißt: das stehende Gut, also Wanten, Pardunen und Stagen mit Teer einschmieren., und zwar gleich auf der Stelle. Der andere lachte vor Vergnügen.

»Sie standen auf und kamen achteraus gestolpert. Im höchsten Schrecken ließ ich das Ruder los, rannte die Kampanjetreppe hinab und schloß mich in meiner Kammer ein. Sie kamen mir nach, fielen beide die Treppe herunter, pochten aber trotzdem gleich darauf mit den Fäusten an meine Türe. Ich gab keine Antwort. – ›Du büst jetzt uns' Decksjung', Fräulein,‹ rief der eine, ›du schast de Vörtopp labsalben. Hest hört?‹

»Ich sagte nichts, bebte aber in Todesangst.

»Da schrien sie mir auf englisch zu – wie sie überhaupt stets lieber Englisch als Deutsch geredet hatten, weswegen sie von meinem Vater oft genug zur Rede gestellt worden waren – da schrien sie mir also zu, sie ließen mir noch fünf Minuten Zeit, meine Zunge zu finden; machte ich dann nicht auf, dann würden sie die Tür einschlagen. Und weil ich so unhöflich gewesen wäre, Gentlemen keine Antwort zu erteilen, so würde man mir ein Dutzend mit dem Tamp aufzählen, ehe man mich mit der Teerpütz in den Vortopp hinaufjagte.

»Sie stolperten wieder an Deck. Ich hob die gefalteten Hände auf und fiel auf die Knie, aber beten konnte ich nicht. Kein Wort wollte mir über die Lippen. Jeden Augenblick meinte ich, sie wieder herabkommen zu hören. Fürchterliche Minuten vergingen. Aber sie kamen nicht.

»Ich überlegte in wahnwitziger Angst. Wenn es mir gelänge, unbemerkt in einen anderen Schlupfwinkel zu fliehen, dann wäre ich fürs erste vor ihnen sicher, denn sie waren zu betrunken, um genau nach mir suchen zu können. Ich lauschte. Sie schrien, sangen und tobten an Deck wie Besessene. Ich steckte den Kopf aus der Kampanjeluke. Meine Verfolger schwankten auf der Back umher; sie waren in Streit geraten und schlugen aufeinander ein. Plötzlich zog der eine sein Messer und stieß es dem andern in die Brust. Der fiel nieder und rührte sich nicht mehr. Entsetzt stieg ich vollends an Deck, blieb aber an der Achterdeckstreppe wie versteinert stehen. – Der Mörder stand eine Weile taumelnd vor seinem Opfer, dann bückte er sich, hob den Erschlagenen auf, schleppte ihn an die niedere Reling und warf ihn über Bord. Dabei verlor er das Gleichgewicht und stürzte kopfüber ebenfalls ins Wasser.

»Noch immer sehe ich das Schreckliche vor mir, noch immer höre ich den letzten Verzweiflungsschrei des Mörders. Auf einmal war alles still, totenstill. Ich weiß nicht, wie lange ich so dastand. Eine Regenbö kam, der Schauer durchnäßte mich. Weiter weiß ich nichts. Ich habe keine Erinnerung mehr von dem, was danach kam. Nur dunkel und verworren schwebt mir vor, als wäre ich fortwährend auf der Flucht gewesen vor den beiden Wüterichen, die mich mit erhobenen Messern und geschwungenen Tauenden verfolgten, als ob es mir jedoch immer noch im letzten Moment gelungen wäre, mich in einem Versteck zu bergen. Der letzte Schrecken kam über mich in der Kombüse, als Paul mich ergriff.«

Doras Geschichte war zu Ende.

Alle saßen schweigend und in Gedanken versunken. Towe Tjarks war der erste, der wieder etwas zu sagen hatte.

»Ich freu' mir bannig darüber, dat die beiden Halunken zu rechter Zeit de Düwel holt het,« grinste er. »Ich bün auch all mit Deutschamerikaners Schippsmaat wesen, die sich ümmer gern als echte Yankees aufspielen taten. Lüd von de Ort dögen nie nich wat, dat heww ick immer funn'.«

»Erinnern Sie sich gar nicht mehr, wo Sie sich versteckt hielten, Fräulein Ulferts?« fragte Paul.

»Nein, gar nicht,« antwortete Dora.

»Ich fand heute früh Ihr weißes Schaltuch, dadurch entdeckte ich den Ort.«

»Und wo fanden Sie es?«

»Im Hellegatt; das ist ein dunkles Loch, wo die Trunkenbolde Sie schwerlich gefunden hätten.«

»Ich kann mich nicht darauf besinnen, denke aber, daß mir mit der Zeit alles wieder ins Gedächtnis kommen wird.«

Die Erzählung und die damit verbundenen Aufregungen hatten das junge Mädchen angegriffen und abgespannt; sie zog sich daher frühzeitig zur Ruhe zurück. Towe saß noch eine Weile bei seinem Freunde Heik und beide tauschten ihre Gedanken über das Gehörte aus. Gazzi packte sich in seine Koje, der Schiffer und Paul aber machten noch einen Rundgang über das Deck, wobei auch sie über Doras Erlebnisse und Verlassenheit viel zu reden hatten.

Während der Nacht legte sich der Wind, und am Morgen war das Deck so hoch mit Schnee bedeckt, daß man ihn mit Schaufeln entfernen mußte. Dora richtete inzwischen in der Kombüse das Frühstück her.

Der Tag wurde darauf verwendet, genau festzustellen, wieviel Proviant man noch zur Verfügung habe, und es ergab sich, daß die Vorräte noch gut zwölf Monate, vielleicht auch noch länger ausreichen konnten. Da aber noch nicht zu bestimmen war, wann die Bark hier fortkommen und in einen Hafen gelangen würde, wo neuer Proviant zu kaufen war, so wollte man, wenn das Wetter einigermaßen günstig wäre, am folgenden Tage eine Jagdpartie an Land unternehmen und alles zur Strecke bringen, was an Gevögel und Wild weidgerecht erschien. Letzteres anzutreffen, hatte niemand große Hoffnung, die tranigen Seevögel konnten auch nicht zu den Leckerbissen gerechnet werden, allein, wenn sie sorgfältig hergerichtet, mit andern passenden Dingen aufgetischt und gehörig gewürzt wurden, dann konnten sie doch eine ganz angenehme Abwechslung in dem ewigen Einerlei von Salzfleisch, Hülsenfrüchten und Mehlspeisen bieten. Und dann mußten doch auch Fische zu haben sein; bis jetzt hatte man noch nirgends die Angeln ausgeworfen. Auch der Kohl durfte nicht vergessen werden.

»Wenn man auch sonst kein Wild auf solchen öden Inseln, wie die Crozets sind, finden kann, so soll man doch oft Schweine auf ihnen antreffen, wie ich gelesen habe,« sagte Paul. »In früheren Jahren haben wohlmeinende Schiffer die Tiere paarweise ausgesetzt, und jetzt soll es auf vielen Eilanden von ihnen förmlich wimmeln, denn diese nützlichen Geschöpfe vermehren sich schnell. Wenn ich nicht irre, trägt auch eine der Crozets auf der Karte den Namen ›Eberinsel‹. Ist das nicht so?«

»Das ist richtig,« antwortete der Schiffer, »aber diese Eberinsel liegt ein gutes Stück östlich von der unsrigen. Soviel ich habe feststellen können, befinden wir uns hier so ziemlich auf der westlichsten Insel der ganzen Gruppe. Vielleicht unternehmen wir eines Tages, wenn das Wetter beständig sein wird, eine Entdeckungsreise im Boote. Jetzt ist noch keine Zeit dazu, da vor allen Dingen die Bark wieder eine Takelung erhalten muß. Bis jetzt ist die Luft immer so dick und so wenig sichtig gewesen, daß ich selbst mit dem Kieker kein anderes Eiland wahrnehmen konnte, obgleich einige ganz in der Nähe liegen müssen.«

An den nächstfolgenden Tagen fing es regelmäßig mit Sonnenaufgang an, heftig zu wehen, und ebenso regelmäßig flaute der Wind mit Sonnenuntergang wieder ab. Von der Jagdpartie mußte daher vorläufig Abstand genommen werden. Dafür wurde desto mehr an Deck gearbeitet, indem man die Reservespieren zu Masten herrichtete. Die Werkzeugkiste des verstorbenen Zimmermanns enthielt vortreffliche Geräte, und Towe sowohl wie auch Paul wußten diese meisterlich zu handhaben; letzterer hatte auf seinen früheren Reisen oft dem Zimmermann zur Hand gehen müssen, was er stets mit Eifer und Interesse getan. Der Schiffer und Gazzi bereiteten das schwere Taugut für die Wanten, Stagen und Pardunen vor, Dora waltete in der Kombüse und in der Kajüte, und so hatte jeder tagsüber vollauf zu tun.

Dafür waren die Abende an der Tafelrunde nach all der Arbeit in der Kälte um so traulicher und gemütlicher. Wenn, mit Fräulein Ulferts' gern erteilter Erlaubnis, jeder seine kurze Kalk- oder Holzpfeife in Brand gesetzt hatte, wenn die große Hängelampe ihr mildes Licht über dem Tische verbreitete, wenn einer nach dem andern ein interessantes Erlebnis aus seinem Gedächtnis hervorkramte und zum besten gab, dann vergaß man beinahe, daß man hier unter dem 46. Grad Südbreite sturmverschlagen auf einem Wrack saß, abgeschnitten von der übrigen Welt, und ohne zu wissen, ob es möglich sein würde, jemals wieder in diese zurückkehren zu können.

13. Kapitel.

Auftakelungspläne. – Das Abenteuer mit der vulkanischen Insel.

Nach einer langen Beratung mit Towe Tjarks und Heik Weers, hatte der Schiffer beschlossen, der ehemaligen Bark die Takelung eines Dreimastschoners zu geben, da die Reservespieren zur Anfertigung der für eine Bark nötigen Raaen und Stengen nicht ausreichten. Dies erforderte auch eine Veränderung des gesamten Segelwerks, was jedoch die geringste Sorge unserer Seefahrer war.

Towe und Paul hatten bald einen einwandsfreien Untermast zurechtgezimmert, nun aber entstand die große Frage, wie die vier Mann diesen gewaltigen Baum aufrichten und an seinen Ort pflanzen sollten.

»Wat makt warn kann, ward makt, un dütt kann makt warn,« sagte Towe zuversichtlich; und es wurde gemacht.

Gleich zu Anfang, als man die erste Bootsfahrt im Hafen machte, war dem Schiffer die eigentümliche Gestalt der kirchturmähnlich aufragenden Felsklippen inmitten des Beckens ausgefallen, und er hatte sich gesagt, daß einer dieser Obelisken vielleicht bei der Aufrichtung neuer Masten nutzbar gemacht werden könnte. Das Wasser war unmittelbar neben den Klippen so tief, daß das Schiff ganz dicht herangeholt werden konnte. Wenn man einen Stropp Ring oder Schlinge aus Tau oder Kette, der zu den verschiedensten Zwecken gebraucht wird. »Stroppen« heißt, einen Block mit einem Stropp versehen. »Bestroppen«, Scherzwort für besorgen. um den oberen Teil eines der Obelisken legte, eine Gien, das heißt eine schwere Talje, daranhakte und den Gienläufer um die Winsch (Schiffswinde) nahm, dann mußte es eine Kleinigkeit sein, den Mast aufzulüften und an seinen Platz zu bringen. Der Obelisk vertrat dann die Stelle des sonst bei solchen Gelegenheiten verwendeten, aus zwei Spieren hergestellten, Bockes.

Vom Fockmast ragte noch ein etwa zehn Fuß hohes Stück über dem Deck empor, der Besanmast war in beinahe gleicher Höhe abgebrochen, vom Großmast aber war nur noch ein ganz kleiner Stumpf vorhanden.

»Junge, Junge,« sagte Towe, als man eines Abends die neue Takelung und die Arbeit, die sie der schwachen Mannschaft verursachen mußte, lang und breit besprochen hatte, »Junge, Junge, wo warn de Lüd in Hamburg de Oogen uprieten, wenn wi mit uns' Undiert von Dreemastschoner de Elbe ruptoseiln kamt! Se warn us für Yankees holln un glöwen, de Presendent von de Vereinigte Staaten wer an Bord.«

»Nee, ohl Towe, dor het'n Uhl feien,« entgegnete der Schiffer lächelnd. »Wi gaht toerst in Kapstadt binnen, un dor kriegt de Hallig wedder ehr Barktakelung; de Hamburger Buttjes warn ehr also woll swerlich för'n Ijankee holln, wenn Gott uns gnädig is un wi de Elbe glücklich erreichen doon.« – »Gott wird uns beistehen,« sagte Dora leise. »Ich bete jeden Abend inbrünstig zu ihm für uns alle.« »Dat is recht, Fräulein,« nickte Towe beifällig. »Wenn so en liebes, frommes Kind für us beten doon deit, dennso kann dat jo gor nich fehlgahn. Un wenn de een ohl Basilisk ok tom Düwel gähn un afbreken deit, wi hewwt jo noch den tweeten, un de ward woll holln.«

»Obelisk wolltest du sagen,« verbesserte Paul den ehrlichen Janmaat lachend.

»So, du Kiekindewelt,« knurrte dieser gutmütig. »Du büst en Deutschverderber, dat weet wi all lang, aber ick dank' di ok för gütige Belehrung. Aber wo wer dat nu, Keppen Jaspersen, wenn Sie uns hüt abend de Geschicht' von de Rupptatschon verzählen täten; wir sitzen so fröhlich beisammen und haben uns alle so lieb, un dunn hört so 'ne grugliche Geschicht' sick ümmer fein an.«

»Von was für einer Geschichte redet er, Paul?« fragte der Schiffer verwundert. – Der Jüngling zuckte die Achseln und sah Towe fragend an.

»De Geschicht' von de Meeresströmungen und de vulkanischen Rupptatschonen,« sagte der Matrose. »Se hadden jo woll ok so wat mitmakt, Kaptein.«

Der Schiffer lachte. »Aha, jetzt verstehe ich. Gut, ich will mein Erlebnis erzählen. Aber einen Augenblick Geduld; ich will etwas in meiner Kiste suchen, was dazu gehört. Hole ein Licht aus der Pantry, Paul; du mußt mir dabei leuchten.«

Nach einer kleinen Weile nahmen beide wieder am Tische Platz. Jaspersen entfaltete ein Zeitungsblatt, glättete es, reichte es Dora und bat sie, eine Stelle, die er mit dem Finger bezeichnete, vorzulesen.

Das Mädchen legte Towes wollenes Hemd, das sie an verschiedenen Stellen ausgebessert hatte, zur Seite und las:

»Vulkanische Insel. Die Bark ›Fürst Bismarck‹, in Danzig zu Hause und kürzlich daselbst nach einer längeren Reise wieder eingetroffen, beobachtete am 23. März dieses Jahres in der Sundasee, nicht weit von der durch Ausbruch von 1883 bekannten Vulkaninsel Krakatau, ein unterseeisches Erdbeben, bei welchem plötzlich ein Eiland, etwa zwei Seemeilen von dem

Fahrzeug entfernt, über der Oberfläche des Meeres erschien. Um dieselbe Zeit stürzte der Obersteuermann Jasper Jaspersen durch einen Zufall über Bord. Man warf ihm einen Rettungsring nach, das Schiff wurde beigedreht, und zehn Minuten nach dem Unglücksfall war ein Boot zu Wasser gebracht. Die Leute suchten eine lange Zeit nach dem Verunglückten, fanden ihn aber nicht, und so muß angenommen werden, daß er unmittelbar nach seinem Sturz ins Wasser weggesunken ist. Die Schiffer werden gut tun, an der oben bezeichnten Stelle einen scharfen Ausguck nach der neuen Insel halten zu lassen, die zweifellos auch bald von andern Fahrzeugen gemeldet werden wird.«

Der Bericht war zu Ende. Dora reichte das Blatt zurück und sah den Schiffer lächelnd an. Der nickte ihr freundlich zu.

»Ich lebe noch,« sagte er, »obgleich mein Tod hier gedruckt steht. So etwas ist bei uns Seeleuten nichts Seltenes. Und nun will ich erzählen.

»Wir schrieben also den 23. März 1884. Den ganzen Tag war es windstill gewesen, zur Nacht aber kam eine leichte Brise durch und ich rief die Leute meiner Wache an die Brassen. Als alle Enden wieder belegt waren, spazierte ich auf dem Kampanjedeck auf und ab und dachte an nichts Böses. Auf einmal fühlte ich die Planken unter meinen Füßen erbeben. Es war wie das Zittern eines Zimmerfußbodens, wenn draußen auf der Straße ein schwerer Lastwagen vorbeirollt. Es ging vorüber, ehe ich es noch recht wahrgenommen hatte, ich wußte aber, daß die Empfindung nicht nur Einbildung bei mir gewesen war. Ich trat an den Rudersmann heran und fragte ihn, ob er nicht auch etwas gespürt hätte.

»›Jowoll, Stüermann,‹ sagte der Mann. ›Dat Schipp het bewert.‹

»Kaum hatte er dies gesagt, da erbebte die Bark von neuem und stärker. Diesmal schien es, als striche sie mit dem Boden über eine Bank von Steingeröll dahin. Aus der Kajüte kam das Geklirr herabfallenden und zerbrechenden Glases. Die Leute der Wache, die halbschlafend an Deck herumgesessen hatten, ließen Rufe des Erstaunens und Schreckens hören. Der Schiffer kam in Unterkleidern die Kampanjetreppe herauf.

»›Was ist Stüermann?‹ fragte er in Hast. – ›Wahrscheinlich ein unterseeisches Erdbeben,‹ antwortete ich, ›oder der Kiel ist auf einer Korallenklippe entlang gescheuert.‹ – ›Wollen loten, Stüermann,‹ rief er.

»Da die Bark nur ganz geringe Fahrt lief, warf ich das Handlot gleich achtern über Bord und ließ die ganze Leine auslaufen, ohne jedoch Grund zu finden. Inzwischen war auch die Backbordwache an Deck gekommen. Alles starrte nach oben oder über die Seite; man schnüffelte und spuckte und fragte, was denn eigentlich los wäre.

»Ein ungeheurer, rollender Donnerschlag gab die Antwort, und zugleich stieg auf der Steuerbordseite, vielleicht kaum eine Seemeile entfernt, eine rote blendende Feuersäule aus der See empor; sie erhellte alles auf einen weiten Umkreis, die Sterne erbleichten vor ihrem Schein und das Firmament nahm eine gelbe Farbe an. Wir erkannten unsere Gesichter so deutlich wie am Tage, ebenso das ganze Takel- und Segelwerk. Nach etwa zwanzig Sekunden sank die Feuersäule in sich zusammen, und schwärzer als zuvor lag die Nacht wieder auf unsern geblendeten Augen. Das Erlöschen der Flamme war von keinerlei Geräusch begleitet.

»Ich sprang auf die Reling, weil ich glaubte, draußen auf der See eine schwarze Masse zu sehen. Ich hatte eine Pardune erfaßt und lehnte mich weit nach außen, um deutlicher zu sehen. Meine Aufregung war groß, das Grausen, von dem die ganze Mannschaft befallen war, hatte sich auch meiner bemächtigt.

»Während ich so auf der Reling stand, rollte eine schwere, durch den vulkanischen Ausbruch veranlaßte Dünung heran; das Fahrzeug legte sich auf die Seite, aber kein Laut ließ sich vernehmen; schweigend wälzte sich der ungeheure Wasserberg durch die Finsternis, und da er auch fast unsichtbar war, so machte das unerwartete Überholen des Schiffes einen um so beängstigenderen Eindruck.

»Das war der Moment, wo ich über Bord fiel. Ob ich in meinem Schreck die Pardune losgelassen hatte, weiß ich nicht – genug, meine nächste Empfindung war, daß ich mich tief unter Wasser befand.

»Ich glaube nicht, daß man noch schneller denken kann, als ich dies tat, bis ich wieder an die Oberfläche kam. Ich bin oft genug über Bord gewesen, zum letztenmal bei Westerstrand – weetst noch, ohl Towe? – aber an keinen Fall erinnere ich mich so deutlich, wie an diesen. Während der wenigen Sekunden, bis ich wieder an die Oberfläche kam, gewann ich eine ganz klare Vorstellung von meiner Lage. Ich fragte mich, ob man an Bord meinen Sturz bemerkt habe, und ob ich wohl gerettet werden würde; ich sagte mir auch, daß ich sicher verloren sei, wenn man mich nicht sogleich vermißte. – Als ich wieder oben war, sah ich mich nach der Bark um. Sie hatte nur eine Fahrt von drei Knoten gehabt, und doch schien sie mir jetzt schon meilenfern zu sein. Ich versuchte zu schreien, aber ich fand, daß mir die Stimme versagte. Da sah ich dicht bei mir einen Rettungsring treiben. Freudig schwamm ich daraufzu, war er mir doch ein Beweis dafür, daß mein Sturz nicht unbemerkt geblieben war. Ich zog den Ring über den Kopf, brachte ihn unter meine Arme und fühlte mich nun vorläufig gesichert.

»Aus der Ferne vernahm ich die Stimmen der Leute an Bord, auch hörte ich deutlich, wie man Tauwerk an Deck niederwarf. Wieder versuchte ich zu schreien, konnte aber nur gebrochene Töne hervorbringen. Der Schreck mußte meine Stimmwerkzeuge gelähmt haben. Die Bark entfernte sich mehr und mehr. Sie hatte den Wind fast von achtern und mußte daher einen großen Bogen beschreiben, ehe sie herankam. Ich hätte darauf geschworen, daß Stunden vergingen, ehe man das Boot zu Wasser brachte. Endlich hörte ich von weitem das Rucken der Remen in den Dollen; das Boot suchte mich. Noch einmal wollte ich rufen, brachte aber nur ein heiseres Gestöhn heraus, das niemand hörte.

»Ich lauschte und lauschte, das Boot kam nicht näher. Es entfernte sich vielmehr. Die Leute irrten sich in der Richtung. Ich befand mich, meiner Meinung nach, südwestlich von der Bark; sie suchten mich in südlicher Richtung. Immer schwächer wurde das Geräusch der Remen. Hätte ich ordentlich rufen können, dann wäre ich gerettet gewesen. Ich hörte noch die Stimme des Kapitäns, der das Boot anrief. Dann hörte und sah ich nichts mehr; das Schiff war verschwunden. Wo vorher seine schattenhafte Gestalt noch gewesen, da flimmerten jetzt die Sterne.

»Vom Firmament kam nur ein ganz geringer Lichtschein, auch hatte das Wasser keinen Schaum, der etwa hätte leuchten können. Trotzdem erblickte ich jetzt in einiger Entfernung jene schwarze Masse, nach der ich ausgeschaut hatte, als das Schiff überholte und ich über Bord fiel. Was konnte das sein? Ein Haufen treibenden Seetangs, oder gar eine durch den vulkanischen Ausbruch neu entstandene Insel?

»Sehr groß konnte die Masse nicht sein, das ersah ich aus den in ihrer Nähe funkelnden Sternen. Was es aber auch sein mochte, schlimmer als hier konnte es mir nicht ergehen, wenn ich mich dicht dabei, oder auch mitten darin oder darauf befand. Ich schwamm also daraufzu.

»Bald war ich bei der dunklen Masse angelangt, und nun erkannte ich, daß dieselbe tatsächlich Land oder vielmehr eine Felsklippe, der Gipfel einer unterseeischen Gesteinsformation war, der ungefähr zwölf Fuß über dem Wasserspiegel aufragte. Ein schwacher Dampf schien von ihm emporzusteigen. An seinem Rande zeigte sich eine leichte Brandung. Der Strand, dem ich mich näherte, mochte sich einige hundert Fuß nach rechts und nach links erstrecken, mehr konnte ich von der schwarzgrauen Masse nicht übersehen. – Jetzt spürte ich Grund unter den Füßen; ich erhob mich, watete gegen dreißig Schritt durch immer seichter werdendes Wasser und erreichte endlich den trockenen Strand. Ich war völlig erschöpft, meine Arme und Beine hatten Bleigewicht. Die Luft war schwül, aber nicht wärmer, als sie um die Mittagszeit an Deck der Bark gewesen war. Überall stiegen dünne Dampfsäulen von dem Felsenboden auf, die das Atmen jedoch nicht erschwerten. Ähnliche Dämpfe hatte ich bisweilen daheim von feuchten Strohhaufen aufsteigen sehen. Ich schleppte mich noch eine Strecke landeinwärts und sank dann nieder, ob in Ohnmacht oder nicht, das weiß ich nicht mehr. Als ich wieder erwachte, stand die Sonne schon hoch, etwa fünfzehn Grad über dem Horizont.

»Ich blickte erstaunt um mich, und es dauerte eine Weile, ehe ich meine Gedanken gesammelt hatte. Die Erinnerung kehrte zurück wie ein Blitzschlag, und jäh fuhr ich empor.

»Es war kein Zweifel, das Eiland, auf dem ich mich befand, mußte über Nacht durch das unterirdische Erdbeben entstanden sein.

»Ich kann es nicht anders beschreiben, als eine gewaltige Masse von Bimsstein, oben abgeflacht und auf allen Seiten sanft nach dem Wasser zu abfallend. Der Boden hatte durchweg die helle Farbe des genannten vulkanischen Erzeugnisses, er war so sauber und klar wie die Schale eines frischgelegten Hühnereies und zeigte nirgends die geringste Spur einer Verunreinigung. Allenthalben aber waren Löcher und Risse darin, ähnlich den Öffnungen eines Schwammes, und es wird mir immer unbegreiflich bleiben, wie ich in der Nacht die fünfzig Schritt landeinwärts hatte gehen können, ohne mir den Hals, oder doch wenigstens Arme und Beine zu brechen. – Was mein Erstaunen jedoch im höchsten Maße erregte und mich im ersten Moment an den Boden fesselte, war der Anblick eines Schiffes, das, auf der Seite liegend, ungefähr hundert Schritt von mir entfernt auf einer leichten Bodenerhebung sich befand.

»Es währte eine ganze Zeit, ehe ich meinen Augen traute. Zuerst glaubte ich ein launiges Spiel der vulkanischen Gewalten vor mir zu sehen, eine Steinmasse, der sie die Form eines Fahrzeuges verliehen hatten. Allein, als ich näher hinzuging, sah ich, daß ich es wirklich mit einem Schiffe zu tun hatte, allerdings mit einem Schiffe in überaus wunderbarer, märchenhafter Verkleidung, da dasselbe dicht mit unzähligen, hundertfältig verschiedenen Muscheln und Korallengebilden überkleidet war.

»An zahlreichen Stellen sprudelten klare Seewasserquellen aus seinem Rumpfe hervor, die im Sonnenlicht wie Regenbogen funkelten und sich gar prächtig von der mit grünen, moosartigen Algen durchsetzten Muscheldecke abhoben. Das Schiff wies noch die drei Untermasten auf, von denen der Fockmast sehr weit nach vorn, der Besanmast sehr weit nach hinten stand. Auch die Wanten der Masten waren noch vorhanden, als einziger Rest der Takelung, den die See dem Fahrzeuge gelassen hatte. Das ganze Schiff sah aus wie ein aus Muscheln und Moos zusammengesetztes Kunstwerk; auch die Masten und Wanten waren dick damit überzogen. Seine Form war altertümlich; es erschien kaum zweimal so lang wie breit; stumpf und bauchig wölbte sich der Bug, das Heck aber erhob sich zu turmartiger Höhe. Ich bin in der Schiffsbaukunst früherer Zeiten nicht sehr bewandert, so viel aber schien mir ganz gewiß, daß dieses Schiff mindestens dreihundert Jahre auf dem Grunde der See gelegen hatte, und daß seine Erbauung so ziemlich in das Zeitalter des Kolumbus fallen mußte.

»Der vulkanische Ausbruch, der diese Insel vom Meeresboden emporhob, hatte auch das alte Fahrzeug wieder zum Vorschein gebracht, und an das Licht der Sonne befördert.

»Meine Lage gestattete mir jedoch nicht, hier lange zu staunen und zu bewundern. In dem Moment, wo ich meine Augen von dem alten Schiffe ab- und wieder der unermeßlichen Weite der See zuwendete, packten mich Angst und Mutlosigkeit.

»Was sollte hier aus mir werden? Ich hatte kein Boot, nichts, woraus ich ein Floß hätte verfertigen können, denn das Holz des muschelbedeckten Schiffes war längst verkalkt und versteinert. Der Durst begann mich zu peinigen, auf diesem dampfenden Felsen aber war kein Tropfen trinkbaren Wassers vorhanden. Wenn nicht bald Regen fiel, dann mußte ich hier elend verschmachten – ein Gedanke, der mich mit Entsetzen erfüllte.

»Das Schiff lag so ziemlich im Mittelpunkte des Eilandes, das fast kreisrund und leicht gewölbt war, etwa wie der Deckel eines großen Topfes. Beim Umherschauen entdeckte ich in einer der Spalten des Bodens einen toten Fisch von der Größe eines sechzehn- oder achtzehnpfündigen Dorsches. In der Hoffnung, durch Stillung meines Hungers auch den wütenden Durst etwas zu mildern, zog ich den Fisch aus dem Loche, schnitt ihm ein Stück Fleisch aus dem Rücken und aß es. Der Saft des Fleisches erfrischte mich, und um den Fisch möglichst gegen die Einwirkung der Sonnenhitze zu sichern, schleppte ich ihn in den Schatten des Schiffes und legte ihn hier unter einen der kleinen Wasserfälle, damit er möglichst frisch bliebe.

»Jetzt gewahrte ich auch noch eine Menge anderer Fische in den zahlreichen Löchern und Spalten; zwei davon brachte ich noch auf die Seite, zugleich aber sagte ich mir, daß die große Hitze die Fische bald in Fäulnis übergehen lassen würde, und daß dann die Luft über dem Eilande für mich unerträglich und tödlich werden müsse.

»Ich setzte mich unter den Bug des Schiffes und schaute hinaus über die See. Vielleicht hätte ich froh sein sollen über die Fristung meines Lebens. Ohne diese wunderbare vulkanische Insel wäre ich ja sicherlich trotz der Ringboje schon elend zugrunde gegangen und von den Haien gefressen worden, allein die Einsamkeit war so niederdrückend, mein Verhängnis schien so unabwendbar, daß ich in der Verzweiflung meines Herzens diesen Felsen hätte verfluchen mögen, da er mir nichts als die Verlängerung meiner Leiden zu verheißen schien.

»Nur ein winziges Hoffnungsfünkchen lebte noch in mir – das Eiland lag mitten in einer vielbefahrenen Wasserstraße, und es war anzunehmen, daß das Fahrzeug, welchem es in Sicht kam, vom Kurse abweichen und herankommen würde, um die neue, auf keiner Karte verzeichnte Insel näher in Augenschein zu nehmen. Das war ein Hoffnungsfünkchen, aber nur ein schwaches, wenn ich dagegen in Betracht zog, daß ich nichts zu trinken hatte und sehr bald auch ohne Nahrung sein würde; daß ein Schiff sehr nahe vorüberkommen mußte, um ein so flaches und kleines Stückchen Land bemerken zu können, und daß ich es auf dem sonndurchglühten Bimssteinriffe schwerlich länger als vierundzwanzig Stunden aushalten würde.

»Glücklicherweise diente das Wrack dazu, meine Gedanken von dem, was mir bevorstand, abzulenken, denn ich bin fest überzeugt, daß ich den Verstand verloren hätte, wenn mein Auge auf diesem flachen Stück Bimsstein keinen Ruhepunkt gefunden hätte.

»So unterzog ich denn die versteinerte, muschelüberzogene Struktur einer eingehenden Besichtigung. Es überkam mich dabei eine eigentümliche, feierliche Ergriffenheit; war es doch, als habe das Meer seine Toten wiedergegeben.

»Ich überlegte, ob ich nicht an Bord dieses Fahrzeugs Schutz vor der Sonnenhitze finden könnte. Ich ging herum nach der überhängenden Seite, wo ich den Bord mit den Händen erreichen konnte. Die Muscheln waren glatt und scharf, dennoch gelang es mir bald, mich emporzuschwingen.

»Hier oben war der Anblick des Fahrzeugs noch viel überraschender und wunderbarer, als von außen. Das Deck war gleichsam ganz aus großen und kleinen Muscheln von den verschiedensten Farben und Gestalten zusammengesetzt; große, milchweiße Korallenformationen wuchsen allenthalben empor, neben andern unterseeischen, vielästigen Pflanzentieren, für die ich keine Bezeichnung wußte, viele davon auf das lebhafteste gefärbt. Dazwischen wucherten allerlei Gewächse, Algen und Tang, letzterer von merkwürdiger Ähnlichkeit mit den bei uns daheim wachsenden Farnkräutern. Dieser Überzug des Decks war so dicht, daß ich nicht erkennen konnte, ob die Luken offen oder geschlossen waren, und ich gewann die Überzeugung, daß ein Dutzend Männer mit Picken und Brecheisen eine Woche lang zu tun gehabt hätten, um durch diesen dicken und eisenfesten Muschelpanzer in das Innere des Schiffskörpers zu dringen.

»Das Wrack schien mir eine spanische oder portugiesische Karavelle gewesen zu sein, das glaubte ich aus seiner Gestalt zu erkennen. Worin aber mochte seine Ladung bestanden haben, oder noch bestehen? Vielleicht barg es ungezählte Schätze in Gold- oder Silberbarren, oder in gemünzten Edelmetallen, in Dublonen oder Dukaten. Solch alte Schiffe hatten häufig die kostbarsten Ladungen, da sie die Ausbeute der neuentdeckten und in Besitz genommenen Länder nach dem Mutterlande zu schaffen hatten.«

»Junge, Junge,« sagte der in seiner Koje aufmerksam lauschende Heik, »un so 'ne ohle Karamelle, bet ünner Deck vull von Gold un Diamanten, leg' nu dorup de Bimssteinplatte as up'n Präsentier-teller – Bitte mein Herr, bedienen Sie sich! Un nu keen Kohfot Plattdeutsch für Kuhfuß. Eiserne Brechstange, oben zugespitzt, unten mit umgebogener platter Klaue, zum Ausbrechen von Ladungsstücken, Ausziehen großer Nägel usw. un keen Pickaxt bi de Hand! Wat Se sick dor woll ärgert hewwen, Kaptein.«

»Nee Heik, an so wat dacht' ich dunn gor nich,« antwortete der Schiffer; dann fuhr er fort: »Gern hätte ich alle Kostbarkeiten der Welt für den Anblick eines herankommenden Seglers oder Dampfers, für einen kleinen Quell frischen Trinkwassers hingegeben.

»Mit fiebernden Augen suchte ich den Horizont ab; es war nichts in Sicht.

»Der Nachmittag kam, die Sonne brannte in unerträglicher Glut vom westlichen Himmel hernieder, der Durst quälte mich entsetzlich.

»Ich kletterte vom Schiffe hinab und schnitt mir wieder ein Stück aus dem Fische. Der Saft war nur für den Augenblick eine Wohltat; das Salzwasser, welches das Fleisch angefeuchtet hatte, brannte mir im Schlunde und vermehrte meine Leiden.

»Eine leichte Brise fuhr über die See, und ein halbes Dutzend schwarzer, nasser Rückenflossen zeigte sich über dem Wasser in der Nähe der Insel; das waren die Haie, die sich von ihrem Schreck erholt hatten und nun sehen wollten, ob durch das Erdbeben vielleicht etwas für sie Genießbares heraufbefördert worden war.

»Die Nacht verbrachte ich an Bord des Schiffes, unter dem balkonartigen Vorbau des Achterdecks. Nie vorher hatte ich ähnliche Leiden durchgemacht. Ich hatte ein Gefühl im Schlunde, als bestände er aus glühendem Eisen, mein Kopf war schwer und schmerzte fürchterlich, meine Glieder waren steif, meine Haut spröde und brennend. Kurz vor Tagesanbruch fiel ich in eine Art von Betäubung; als ich daraus erwachte, sah ich die Sonne aufgehen, und keine halbe Meile von dem Eiland entfernt eine Brigg. Sie hatte alle Leesegel stehen und lag auf nördlichem Kurse. – Ich kletterte mühsam auf das hohe Kampanjedeck und schwenkte meine Arme wie ein Wahnsinniger. Ich wollte auch rufen, aber meine Stimme war noch schwächer, als in der Nacht, wo ich über Bord gefallen war.

»Wenn die Brigg mich im Stiche ließ, dann war es mit mir zu Ende; ich wußte, daß ich weder die körperliche noch die geistige Kraft mehr besaß, nochmals einen Tag ohne einen Trunk Wasser und ohne Hoffnung auf dem Eilande zuzubringen.

»Plötzlich holte die Brigg die Leeschot ihres Großsegels auf. Die Leesegel wurden weggenommen, und dann hielt sie auf das Eiland ab. Nun erkannte ich, daß ich gerettet war.

»Als die Brigg das Boot zu Wasser brachte, kletterte ich die zackige Schiffsseite hinab, fiel dabei vor Schwäche nieder, erhob mich aber wieder und eilte dann schwankenden Schrittes zum Strande.

»Wer seid Ihr, Maat, und was ist dies für ein Land?« rief mir der Mann zu, der den vordersten Remen führte, indem er mir die Hand entgegenstreckte.

»Er hatte Englisch geredet.

»Ich deutete auf meinen Mund, und es gelang mir, das Wort ›Water‹ hervorzustoßen.

»Im Handumdrehen hatten die drei mich ins Boot gezogen, und dann rojten sie aus Leibeskräften zur Brigg zurück.

»»Er ist halbtot vor Durst!« riefen sie dem über die Reling schauenden Schiffer zu.

»Man hob mich an Deck, der Schiffer eilte in die Kajüte und erschien sogleich wieder mit einem Glase voll Wasser und Wein.

»»Da,« sagte er, ›damit wollen wir anfangen; hernach gibt's einen größeren Schluck.‹

»Der Trunk belebte mich außerordentlich; es dauerte aber noch eine Weile, ehe ich reden konnte.

»»Waren Sie allein dort drüben?› ‹ fragte er.

›Ja,‹ antwortete ich.

›Was ist das aber für ein Land?‹

»»Ein vulkanisches Eiland, gestern nacht durch ein unterseeisches Erdbeben entstanden.‹

»»Alle Donner!« rief er. ›Und was ist das da mittendrauf für eine Veranstaltung von Muscheln und Tanggewächsen?‹

»»Das ist ein altes Schiff, das wohl länger als dreihundert Jahre auf dem Grunde gelegen hat.‹

»»Und das nun bei der Gelegenheit wieder hochgekommen ist?‹

»»So ist es,« sagte ich.

»»Hab' ich mein Lebtag schon so was gesehen oder gehört!« rief der alte Engländer. So was muß man wirklich mit Augen sehen, um es zu glauben! Steuermann, lassen Sie die Leesegel wieder setzen. Wir wollen machen, daß wir hier fortkommen. Es ist hier nicht geheuer. Sie aber kommen mit mir in die Kajüte, da können Sie sich stärken und mir Ihr Abenteuer ausführlich erzählen.‹

»Eine tüchtige Mahlzeit und eine Flasche Wein dazu, machten einen neuen Menschen aus mir. Wir saßen dann eine lange Zeit beieinander; ich erzählte mein Erlebnis und der Schiffer machte seine Notizen und plauderte von dem Aufsehen, das es geben würde, wenn er daheim über seine Entdeckung berichtete.

»»Und Williams-Eiland soll die Insel heißen!« rief er. ›So taufe ich sie nach meinem Namen, das ist mein gutes Recht!‹

»Da steckte der Steuermann den Kopf zum Scheinlicht herein.

»»Keppen Williams!« rief er.

»»Was soll's?‹

»»Das Eiland ist wieder verschwunden!‹

»Wir eilten an Deck.

»Wo das Eiland gewesen war, breitete sich jetzt ununterbrochen die See aus.

»›Weg ist es!‹ rief der Schiffer erstaunt.

»›Ich sah wie es unterging,‹ sagte der Steuermann. ›Fahrzeuge habe ich schon wegsacken sehen, eine ganze Insel aber erst heute.‹

»›Da sind wir gerade zur rechten Zeit gekommen,‹ wendete der Schiffer sich zu mir.

»›Ja,‹ sagte ich erschüttert. ›Ohne Sie hätten mich jetzt die Haie.‹

»Der Name der Brigg, die mich gerettet hatte, war ›Mary Roß‹. Sie kam von Cardiff mit Kohlen und war nach Hongkong bestimmt. Dort ging ich an Land und fand auch bald eine Heuer. Süso, Towe,« schloß der Schiffer lächelnd seine Erzählung, »dat is min Geschicht' von de vulkanische Eruption, oder Rupptatschon, as dat jowoll von nu an heeten doon deit.«

14. Kapitel.

Paul und Towe an Land. – Die Pelzrobbe. – Warum Paul seinen Stiefel aufgeben mußte. – »Schall ick Di nu nich en beten up'n Puckel nehmen?«

Mehrere Tage lang war das Wetter naßkalt und böig. Die Arbeit an Deck wurde unterbrochen und alle Mann saßen in der Kajüte bei der Anfertigung der neuen Segel. Fräulein Ulferts hatte auf Heiks inständiges Bitten diesem gestattet, die Koje zu verlassen und sich auch daran zu beteiligen; nun saß er seelenvergnügt, wenngleich noch mit den Schienen am Beine, mitten unter seinen Schiffsmaaten und arbeitete, ohne aufzuschauen, mit größtem Eifer, als müsse er nachholen, was er so lange versäumt hatte.

Eines schönen Morgens aber stieg die Sonne strahlend am heiteren, blauen Himmel empor.

»Jetzt ist's Zeit!« rief der Schiffer fröhlich. »Towe und Paul, marsch, vorwärts an Land! Schafft uns Kohl an Bord und vergeßt auch nicht, soviel Kaptauben zu schießen, wie ihr nur irgend könnt. Gazzi setzt euch an Land und bringt dann das Boot zurück, weil ich es brauchen will, um allerlei Kram nach der Obeliskenklippe zu schaffen. Und bleibt euch noch Zeit, dann steigt auf einen Berg und schaut euch um, ob irgendwo andere Eilande in Sicht sind. Das Wetter ist klar genug dazu.«

Die beiden Freunde machten sich auf den Weg. Sie beschlossen, sich die sichtige Luft gleich zu Anfang zunutze zu machen und nach andern Inseln auszuschauen, da man nicht wissen konnte, ob der ganze Tag so heiter bleiben würde. Sie steuerten daher sogleich auf den höchsten der sich vor ihnen erhebenden Gipfel zu, und als sie ihn nicht ohne Anstrengung erklommen und oben eine Weile Rundschau gehalten hatten, da entdeckten sie in östlicher Richtung Land.

»Dat muß die Eberinsel sein, Paul,« sagte Towe. »Mensch, wenn ich jetzt so 'ne gebratene Schweinskeule hier haben täte! Bi düssen Hunger, den ick nu all wedder verspüren do! Wat seggst du, Sohn, schalt wi us hier dalsetten un wat eten?«

»Ich bin dabei, obgleich wir vorhin erst an Bord gefrühstückt haben. Aber hier oben gibt's auch Wasser, wie ich sehe; also setzen wir uns.«

Sie hatten einen reichlichen Vorrat von Hartbrot und Salzfleisch mitgenommen; letzteres war von Fräulein Ulferts in Scheiben geschnitten und säuberlich in ein reines Leinentuch gepackt worden.

»Junge, Junge, et is doch en annern Snack, seit wir dat Fräulein bei uns haben,« sagte Towe kauend und stellte lange und tiefsinnige Betrachtungen an über den Unterschied der Verpflegung in einem von einer klugen Frau geregelten Haushalt und im Mannschaftslogis an Bord, »wat en wohren Swinkram dorgegen is.« – Paul, der ganz derselben Meinung war, mahnte bald zum Aufbruch; denn sein Gefährte hatte bereits wieder Katje und das Eiergeschäft mit in seine wirtschaftlichen Ausführungen gezogen, und es war zu fürchten, daß er nun sobald kein Ende finden würde.

»Wir haben viel vor uns,« sagte er, indem er sich erhob. »Ich denke, wir steuern zunächst östlich, dann kommen wir zu dem Teil des Strandes, wo die Vögel nisten. Es ist eigentlich seltsam, daß sie sich nur dort aufhalten, und nicht überall an der Küste.«

»De wern woll weeten, worüm se dat doon,« entgegnete Tome. »Wohrschinlich sünd de Fisch dor beter, verlich sünd ok de Felsen dor härter un unbequemer, denn so 'n Seevogel kann gor nich hart und unbequem noog sitten, wenn he brüden doon deit.«

Um zum Strande zu gelangen, verfolgten sie eine tiefe, vielfach gewundene Schlucht, die oft so steil abwärts führte, daß sie in Gefahr gerieten, zu stürzen. Hie und da versperrten gewaltige Steinblöcke den Pfad und zwangen sie, all ihre Kletterkünste in Anwendung zu bringen. Diese Blöcke sahen so aus, als seien sie durch Erderschütterungen von den oberen Teilen des Berges losgerissen und herabgeschleudert worden.

»Der Schiffer wird wohl recht haben, wenn er meint, daß die Crozets vulkanischen Konvulsionen ihre Entstehung verdanken,« bemerkte Paul, »sie scheinen, nach diesen überall umherliegenden Brocken zu urteilen, auch jetzt noch, nachdem sie vielleicht schon ungezählte Jahrtausende existieren, ab und zu an solchen Zuckungen zu leiden.« – »Möglich is dat jo woll,« erwiderte Towe. »Aber solange wir mit de Hallig nach hier sünd, könt wi keen Konvulsitschon nich bruken. Denk' doch mal, wenn so'n Undiert von Steen von baben kümmt, un keen Mensch röppt: wohrschu!« Nach vielen Mühseligkeiten kamen sie endlich unten am Strande an. Die Wasserkante war hier viel zerrissener, als in der Gegend vom Jaspersenhafen. Überall, bis weit in die See hinaus, ragten Klippen aus dem Wasser empor, über die hinweg die Brandung mit ungeheurer Gewalt gegen das zerklüftete Land anstürmte, wo sie sich weit in die Risse und Spalten des Felsbodens hinein verlief. »Da liegt ein Seehund,« rief Paul, der seine scharfen Augen überall umherschweifen ließ. »Dort auf dem flachen Steine!« »Junge, Junge, dat ischo 'ne Pelzrobbe!« sagte Towe in hellem Eifer. »Wenn wir so 'n paar hundert Stück davon kriegen könnten, dennso könnten wir den Tee man ruhig über Bord hieven, denn der is doch schon muffig geworden. De Pelzrobben geben dat feine Pelzwerk, dat Sealskin, weetst dat ok, Sohn? Dat kost't bannig deuer. Schieß ihm, Paul, schieß ihm!« – »Von hier aus erreiche ich ihn nicht mit dem Revolver; ich muß mich näher heranschleichen, dann will ich ihn schon treffen. So einer wäre besser als hundert Kaptauben; viel traniger, als die, wird sein Fleisch auch nicht sein. Beschleiche du ihn von dieser Seite, Towe; halte mich aber nicht für den Seehund, wenn du schießen willst.«

»Ick ward mi woll vörsehn, min Jung'. Schieß du nur nich vorbei, so 'n Sealskinpelz wer so wat för min Katje.«

»Hm!« sagte Paul zu sich selber, »Freund Towe ist doch etwas voreilig. Treffe ich den Seehund, dann soll Fräulein Ulferts den Pelz bekommen, und keine andere.«

Auf verschiedenen Wegen pirschten die beiden sich nun über Steingetrümmer und wassergefüllte Felsspalten an das ahnungslose Wild heran. Plötzlich krachte ein Schuß, und mit betäubendem Geschrei erhoben sich Tausende von Seevögeln von ihren Felsensitzen in die Lüfte. Der Seehund aber lag regungslos und tot. Paul hatte ihn gut getroffen.

»Hurra!« rief Towe. »Geschossen wie der Schützenkönig von Husum!«

Paul schob den Revolver in die Tasche und eilte auf seine Jagdbeute zu, leichtfüßig über Felsblöcke und Spalten hinwegsetzend. Schon hatte er die Robbe fast erreicht, da tat er einen Fehlsprung und fiel bis an den Gürtel in das eisige Wasser eines breiten Riffes. Er wollte wieder aufs Trockene klettern, vermochte dies aber nicht, weil sein rechter Fuß in eine Klemme geraten war.

Die Schwell von der See draußen wirkte auch auf die den weiten Spalt füllende Flut, die alle Augenblicke bis zu Pauls Hals emporschwappte. Er riß und zerrte, aber es half ihm nichts, er steckte mit dem Fuße wie in einem Schraubstock. Endlich brüllte er laut nach Towe.

»Wo bist du?« rief dieser, der ihn aus den Augen verloren hatte.

»Hier! Mach' schnell! Ich ertrinke und erfriere!«

Towe war im Nu zur Stelle, allein, soviel er auch zog und wuchtete, er konnte Paul nicht befreien.

»Töw, Sohn,« sagte er endlich keuchend vor Anstrengung, »töw, wi kriegt dat woll. Dat Been kann ick di nich utrieten, aber den Stäwel kreeg' ick sacht af.« – Damit warf er blitzschnell seine Kleider ab und stieg, das Messer zwischen den Zähnen, vorsichtig ins Wasser.

»Was hast du vor?« fragte Paul zähneklappernd.

»O, keine Bang' nich; dat Been snid ick di nich af. Halt' mir unter Wasser, wenn ich wieder hochkommen sollt', ehe du frei bist.«

Er tat einen tiefen Atemzug und tauchte unter. Paul fühlte einen Schmerz im Fuß und zugleich auch, daß derselbe nicht mehr so fest in der Klemme stak, und dann kam Towe wieder hoch, wobei er fast so aussah, wie die Kreatur, die dieses Mißgeschick verursacht hatte. »Dat is bestroppt,« sagte er; »nu töw, bet ick di helpen kann.« Er kletterte aus dem Loche, packte Paul bei den Armen und zog ihn empor. Der Stiefel blieb zurück, der Fuß aber wurde frei, wenn auch mit einer blutenden Wunde auf seinem oberen Teile, wie der Jüngling gewahrte, als er triefend neben seinem Retter stand. »Dank', Towe, alter Freund,« sagte er. »Hättest du mir nicht geholfen, dann wäre ich vor Kälte umgekommen. Zieh' dich schnell wieder an, du klapperst noch mehr als ich.« Während der Matrose mit größter Behendigkeit die Kleider anlegte, drückte Paul nach Möglichkeit das Wasser aus den seinen und dann schleppten beide die Robbe auf das eigentliche Festland.

»Ein schwerer Kerl,« sagte Towe. »Ich will ihn ausnehmen, dann wird er leichter und wir können ihn besser tragen. Die Robbenklopper Seefahrer, die die Seehunde ihres Tranes wegen erlegen. Dies geschieht mit dem Robbenknüppel, einem am Ende mit eiserner Spitze und Haken versehenen schweren Stocke. Die Robbenklopper erschlagen die Tiere auf den Eisfeldern der nördlichen Meere zu Tausenden, so daß in manchen Gegenden die Seehunde schon fast ausgerottet sind. ziehen die Felle mit dem Specke daran gleich an Ort und Stelle ab; die verstehen sich aber auch darauf; wir verstehen uns nicht darauf, worüm? wi sünd keen Robbenkloppers nich.«

Als die Robbe ihrer Eingeweide entledigt war, band Towe sie Paul auf den Rücken, denn der fror in seinen nassen Kleidern am meisten und hatte daher eine tüchtige körperliche Anstrengung am nötigsten.

»Jetzt noch Kohl und Kaptauben, und dann zurück an Bord,« sagte er, als sie ihren beschwerlichen Weg wieder antraten. Er hatte Pauls stiefellosen und verwundeten Fuß fest mit seinem eigenen Wollhemd umwickelt, denn anders war dem Schaden vorläufig nicht abzuhelfen. Es ließ sich in dieser ungeschickten Fußbekleidung schlecht ausschreiten, da sie an dem zackigen Gestein überall haften blieb. Der ohnehin schon unter der Last des schweren Seehundes keuchende Paul ward hierdurch bald so erschöpft, daß er nicht weitermarschieren konnte. Warm war er allerdings jetzt geworden.

Sie kamen überein, diese Jagdbeute liegen zu lassen und mit Tang und Steinen zu bedecken, damit die Vögel den Pelz nicht beschädigen konnten. Wenn sie sich noch weiter damit schleppten, dann mußte es Mitternacht werden, ehe sie an Bord kamen.

Die Robbe war bald sicher geborgen, eine Arbeit, die Towe besorgte, während Paul sich ausruhte und die Fußbandage neu befestigte. Dann ging es weiter, dem Wasserlaufe zu, in dessen Nähe der Kohl wuchs. Sie sammelten einen Vorrat davon, schossen auch noch sechs Kaptauben, beluden sich damit und setzten ihren Weg fort.

Die Wunde an Pauls Fuß war inzwischen sehr schmerzhaft geworden. Sie rührte von einem Messerschnitt her, den Towe ihm bei dem Ablösen des Stiefels beigebracht hatte. Er begann so stark zu hinken, daß der wackere Matrose sich voll Mitleid erbot, ihn auf den Rücken zu nehmen. Davon aber wollte der Jüngling nichts hören; er biß die Zähne zusammen und stapfte mutig vorwärts. Trotzdem kamen sie nur langsam von der Stelle, und da auch die Umhüllung des Fußes oft von neuem befestigt werden mußte, so waren sie, als die Nacht einsetzte, noch weit vom Jaspersenhafen entfernt.

»Wenn wir uns nur ein Feuer machen könnten,« sagte Towe, »dennso täten wir die Nacht hier kampieren, oder du bliebst hier und ich holte noch einen von Bord, dann trügen wir dir bis ins Boot. Aber ohne Feuer tätest du bald erfrieren, wenn du auf uns töwen müßtest.«

»Wir müssen also weiter, Towe,« antwortete Paul. »Es bleibt uns nichts anderes übrig. Mehr als drei Knoten Fahrt werden wir allerdings nicht rauskriegen. Und da geht die verflixte Bandage schon wieder auf!«

»Un hier kommt ok 'ne Bö!« rief Towe. »Nu gaht dat slechte Weder all wedder los! Hest din Bandasch wedder fast? Schön; nu man weiter mit Sang un Klang – ›wir fahren auf der Eisenbahn, so lang es uns gefällt!‹«

Regen, Schnee und Schloßen rauschten urplötzlich in Massen herab, und jäh kam der Sturm daher und schnob heulend und pfeifend um die Felsen und durch die Klüfte und Schluchten der unwirtlichen Insel. Von der Küste her kam der Donner der Brandung und erfüllte die Herzen unserer verspäteten Wanderer mit höchst unbehaglichen Empfindungen. Mühsam, mit unsicheren, stolpernden Schritten, verklammten Gliedern und durchfroren bis ins Mark, kämpften sie gegen die wütenden Windstöße an, und jeder sagte sich, daß sie nur geringe Aussicht hätten, das Schiff noch in dieser Nacht zu erreichen. Sogar Towe Tjarks, dieser in allen Wettern erprobte alte Seemann, begann sehr stark daran zu zweifeln, daß er eine solche Nacht, ohne das geringste Obdach mit heiler Haut würde überwinden können. Trotz alledem machten beide gute Mienen zum bösen Spiel und suchten einander nach Kräften aufzumuntern.

»Duert nich mehr lang, Sohn, denn kriegt wi dat Licht von de Hallig in Sicht!« rief Towe; »oder Keppen Jaspersen kümmt sülben an Land un kiekt nah us ut, us binnen to lotsen.«

»Dat is woll möglich,« erwiderte Paul. »Wir finden aber auch so – donnerlüchting!«

Dieser Ausruf entschlüpfte ihm, als er der Länge nach zu Boden stürzte, weil seine Bandage wieder an einem Stein hängengeblieben war.

Towe tastete in der Finsternis umher, seinen gefallenen Schiffsmaaten zwischen den Felsblöcken zu entdecken.

»Wo büst du, Sohn?« rief er. »Oha, dor heww ick di. Nu wüllt wi en Törn mit min letzt Kabelgarn um din Bandasch nehm, dennso ward se woll wedder 'n Wil' holln. Schall ick di nu nich en beten up'n Puckel nehmen?«

»Meinetwegen,« sagte Paul. »Wir kommen dann wohl ein wenig schneller vorwärts.« – Towe nahm ihn auf den Rücken und trug ihn stolpernd und strauchelnd einige hundert Meter durch die Finsternis; dann setzte er ihn, auf sein bestimmtes Verlangen, wieder ab.

Noch zwei volle Stunden vergingen, bis sie, durchweicht, erstarrt, zu Tode ermüdet und von zahllosen Stürzen und Stößen zerschunden, das Licht der Hallig endlich durch die Nacht flimmern sahen.

»Hurra!« rief Towe. »Dor liggt de ohle Dreemastschoner! Wi wüllt em anpreien, aber beid' toglik: ›Hallig ahoi!‹«

Keine Antwort.

»Hallig ahoi!«

»Jetzt haben sie wieder gerufen,« sagte Paul. »Es war nur undeutlich zu hören. Wir wollen nach der Landungsstelle gehen, das heißt, wenn wir sie finden. Sie liegt mehr nach links, glaube ich.«

»Hest recht,« antwortete Towe, sich von einem Fall wieder aufraffend. »Ick heww dat an den Boden föhlt. Wi wüllt em nochmal anpreien, de Wind het just en beten abflaut.«

»Hallig ahoi!«

»Ahoi!« kam die Antwort über das Wasser.

Einige Minuten später hörten sie rojen, dann legte das Boot an.

»Ihr seid lange ausgeblieben,« rief ihnen der Schiffer entgegen. »Ihr müßt ja halbtot sein. Schnell, springt ins Boot, und dann an Bord mit euch!«

»Dat springt sick nich mehr so, Kaptein,« antwortete Towe. »Min Schippsmaat is so lahm as en Katt.«

Jaspersen reichte Paul eine hilfreiche Hand. Der Jüngling hatte seine Kaptauben trotz aller Not und Fährlichkeit nicht im Stiche gelassen und trug sie an einem Kabelgarn um den Hals.

»Ihr kommt wenigstens nicht leer zurück,« sagte der Schiffer. »Das muß ich loben.«

»Nee, Kaptein,« antwortete Towe, der ein Bündel Kohl vor dem Leibe hängen hatte, »un an Land hewwt wi noch mehr verstaut.«

An Bord warteten unsrer Abenteurer ein gutes von Fräulein Ulferts bereitetes Nachtessen und warme, trockene Kleider. Sie berichteten bei dampfender Pfeife ihre Erlebnisse, suchten dann ihre Kojen auf und schliefen »bis in die hohe Sonne«.

15. Kapitel.

Paul als Kochsmaat. – Doras Suppe. – Das Wrack der »Hirondelle«. – Lebensdauer und Flugkraft der Albatrosse. – Towe als Patentrettungsboje. – Giftige Fische.

Am folgenden Tage war Pauls Fuß noch immer geschwollen und schmerzhaft; der Schiffer wollte ihn auf die Krankenliste setzen, stieß hierbei jedoch auf offenen Widerstand und Ungehorsam.

»Sie wissen sehr wohl, Keppen Jaspersen, daß ich auf jedem andern Schiffe mit einer so unbedeutenden Schramme meinen Dienst tun müßte,« sagte der Jüngling, »und hier, wo doch wahrlich kein Mann entbehrt werden kann, soll ich aufliegen und faulenzen? Nee, Kaptein, so leed mi dat ok doon deit, aber in düssen Fall möt ick den Gehorsam verweigern.«

»Dat ischo nüdlich!« entgegnete der Schiffer. »Töw, mein Jung', dor kümmt Fräulein Ulferts; wollen hören, was die zu der Sache sagen wird.«

Dora war ganz der Ansicht des Kapitäns, und riet Paul ernstlich, den Fuß noch einen Tag oder zwei zu schonen. Da gab unser Freund, wenn auch mit sauersüßem Lächeln, seinen Widerstand auf und versprach, sich als Patient zu betrachten, vorausgesetzt, daß man ihm gestatte, sich wenigstens in der Kombüse nützlich zu machen. Dies wurde ihm bewilligt, und so ging er Fräulein Ulferts mit Eifer als Kochsmaat zur Hand.

Während der Nacht hatte sich das Unwetter gelegt und der Tag ließ sich wieder ebenso klar und heiter an, wie der gestrige; es wurde daher Towe Tjarks nicht schwer, den Schiffer zu überreden, mit ihm an Land zu gehen und die Robbe zu holen. Sie nahmen Gazzi mit sich und ließen das Schiff unter dem Schutze von Paul und Heik Weers, und diese beiden invaliden Seefahrer wiederum unter der Obhut von Fräulein Ulferts.

Heik saß in der Kajüte auf dem Fußboden und nähte an den Segeln. Er war übellaunig und unwirsch, weil die Heilung seines Beins gar so lange dauerte, schalt und murrte über jede Kleinigkeit; sobald jedoch Dora in seine Nähe kam, war er der freundlichste und gefügigste alte Seebär, den man sich nur denken konnte, denn in seinen Augen war das junge Mädchen geradezu ein höheres Wesen. Sie bemühte sich auch mit rührender Sorgfalt um ihn, sie unterhielt ihn mit allerlei Gesprächen, las ihm vor und schob und zog das steife, schwere Segeltuch für ihn zurecht, wenn er eine neue Naht anzufangen hatte, damit er sich nicht unnötig anzustrengen und zu bewegen brauchte. Denn wenn die gebrochenen Knochen auch schon wieder zusammengewachsen waren, so mußten sie doch noch geschont werden. Da Dora auch in der Kombüse nach dem Rechten sehen mußte, so hatte sie auf diese Weise vollauf zu tun.

Während Paul Geschirr reinigte, Messer und Gabeln putzte und allerlei sonstige Küchenjungenarbeit verrichtete, erzählte er ihr von seiner Familie in Westerstrand, besonders von seiner Schwester Gesine, wobei er seiner Ansicht Ausdruck gab, daß Kapitän Jaspersen diese wahrscheinlich eines Tages als seine Frau heimführen werde, was allerdings erst geschehen könne, wenn sie mit der Hallig wieder glücklich aus diesem Loche heraus wären. Auch von Towe und Katje berichtete er ausführlich und fügte hinzu, daß der Matrose den Pelz der Robbe für dieselbige Katje in Besitz zu nehmen beabsichtige.

»Darum hat er heute keine Ruhe gehabt, bis der Alte mit ihm an Land ging,« sagte er, »der schöne Pelz könnte sonst unter dem Tanghaufen vielleicht Schaden leiden. Und ich wollte den Pelz für Sie haben, Fräulein Ulferts, denn ich habe die Robbe doch geschossen. Aber ich mochte ihn Towe nicht streitig machen, denn ohne seine Hilfe hätte ich umkommen müssen, als ich mit dem Fuße zwischen dem Gestein im kalten Wasser in der Klemme saß. Ich verspreche Ihnen jedoch, bald eine andere Robbe für Sie zu schießen.« –

Das Wetter blieb heiter und still, und so hatten sowohl die drei Leutchen an Bord der Hallig, wie auch die drei andern an Land einen angenehmen Tag.

Es war bereits dunkel, als die Weidmänner zurückkehrten. Sie wußten von guten Erfolgen zu berichten; sie hatten, außer drei Pelzrobben, eine Anzahl verschiedenartiger Seevögel erlegt, darunter einen großen Albatros, den Towe abzuhäuten gedachte.

»Albatrosbrust giwwt en feines Pelzwerk,« sagte er, als er den an Bord gebliebenen Freunden den schönen weißen Vogel unter der Hängelampe der Kajüte zeigte. »Davon soll meine Katje Muff und Kragen haben. Un dorto de Sealskinmantel – Junge, Junge!«

»Was hat das Tier denn da am Halse?« fragte Dora und berührte mit dem Finger ein Endchen grüner, verblichener Seidenschnur, das unter den Federn hervorschaute.

Alle traten herzu und betrachteten verwundert den seltsamen Schmuck.

»Dat hadd ick noch gor nich sehn!« rief Towe. »De Vogel is all mal fungen west un het wat anbunn' kreegen, en bleckern Büß mit en Schriftstück in, oder so wat, un denn hewwt se em wedder fleeg'n laten. De Büß, oder wat dat Stück Dings west is, het he aber verlorn.«

»Wie geheimnisvoll!« rief das junge Mädchen. »Was für eine Botschaft man dem armen Vogel wohl anvertraut hatte, und was für Hoffnungen daran geknüpft gewesen sein mögen, und alles umsonst! Denn wäre der Vogel inzwischen abermals in Menschenhänden gewesen, dann hätte man ihm sicher die Schnur auch abgenommen. Aber nun darf ich wohl zum Essen bitten. Paul, bringen Sie die Suppe aus der Pantry herein.«

»Jowoll!« antwortete der Kochsmaat diensteifrig und im nächsten Moment stand die dampfende Schüssel auf dem Tische.

»Ah!« rief der Schiffer; »wie gut das riecht!«

Und alle Mann atmeten mit höchst vergnüglichem Geschnaufe den würzigen und nahrhaften Duft ein, der sich in der Atmosphäre der Kajüte verbreitete.

Die Suppe war ein Triumph für Doras Kochkunst. Sie stellte eine kräftige Brühe dar, bereitet aus abgehäuteten und zerlegten Kaptauben, Speck, den zartesten Blättern und Sprossen des Kerguelenkohls und allerlei Gewürzen. Dazu gab es frisches weißes Gebäck. Das junge Mädchen hatte es verstanden, durch die Enthäutung der Kaptauben den Trangeschmack, der dem Fleische dieser Vögel sonst anhaftet, ganz zu beseitigen, und von Stund' an stand in jedem der Teilnehmer dieses köstlichen Mahles der Entschluß fest, bei jeder Gelegenheit soviel Kaptauben als möglich zu erlegen.

Nach beendeter Mahlzeit, und nachdem jeder der ebenso tüchtigen, wie liebenswürdigen Wirtin seinen tiefgefühlten Dank ausgesprochen hatte, wurden die Pfeifen angezündet, und bald kam das Gespräch auf den Albatros und seine vereitelte Botschaft, wobei das Endchen Schnur aus einer Hand in die andere wanderte. Man erging sich in allerlei müßigen Vermutungen, bis der alte vielerfahrene Heik endlich aus seiner Kammer heraus, wo man ihn bereits in die Koje gehoben hatte, das Wort ergriff.

»Ich hab' mir ein bißchen besinnen müßt, aber nu is mich dat wedder infollen,« begann er. »Anno 1865 war ich an Bord von die ›Philippine Welser‹, Vollschiff, auf der Reise von Triest nach Surabaja. Wir hatten einen Passagier, einen feinen Mann, den Namen hab' ich vergessen. Der schnopperte überall herum, weil er Langeweile hatte; in de Kombüs', in't Logis, sogar in't Hellegatt is he west. Auch ging er bei schön Wetter gern nach baben, aber nicht höher, als in de Mars. So hatte er auch eines Abends im Großmars gesessen und war da ein bißchen eingeschlafen. Auf einmal kriegt er einen bannigen Stoß vor die Brust, un wie er aufwacht, lag da ein Albatros auf seinem Schoße, natürlich tot. Der Vogel mußte ja wohl blindlings auf ihn zugeflogen sein un hatte sich nu durch den Stoß an seinem Leibe das Genick gebrochen. Anders haben wir uns das nachher nich erklären können.

»Uns' Passagier kam ja nu mit dem Vogel an Deck dal und ging achteraus zum Kaptein. Sie besehen sich das Tier, messen seine Flügel, die zwölf oder fünfzehn Fuß Spannweite hatten, wenn ich mir recht entsinne, und dabei finden sie, daß er einen Ring von Kupferdraht um den Hals hatte und an diesem Ring eine messingene Tabaksbüchse. Als sie aufgemacht war, fand sich ein Zettel drin; darauf stand auf französisch geschrieben, daß die Brigg ›Hirondelle‹ am 2. Juni die Masten und das Ruder verloren und ein Leck gesprungen habe. Sollte diese Botschaft einem Schiffer oder Steuermann zu Gesicht kommen, so wären sie um der Liebe Gottes und der heiligen Jungfrau willen gebeten, zu kommen und zu helfen. Die Brigg könnte sich nicht mehr lange über Wasser halten, sie hätte nur noch drei Mann an Bord. Der Zettel war am 18. Juni geschrieben, unter acht Grad Südbreite und einundachtzig Grad Ostlänge.

»Als der Vogel an Bord kam, schrieben wir den 26. Juni. Die Botschaft war also acht Tage unterwegs gewesen. Wir waren nicht sehr weit von dem Ort entfernt, wo die Brigg treiben sollte. Uns' Kaptein ließ abhalten. Wir haben das Wrack auch richtig gefunden, aber wir kamen doch zu spät. Als wir noch eine Viertelmeile davon entfernt waren, da sackte es weg. Einen Mann haben wir noch aufsammeln können; der wollte uns erst unter den Händen sterben, aber wir kriegten ihn doch glücklich durch. Er ist dann in Surabaya gesund und munter zu seinem Konsul gegangen, der ihn dann mit dem nächsten Dampfer nach Hause geschickt hat. Un so hewwt wi de Botschaft doch nich ganz umsüs kreegen. Süso, dat is min Erlebnis mit so 'ne Albatrospost,« schloß der alte Matrose und legte sich wieder in die Koje zurück.

»Eine in ihrer Art bemerkenswerte Albatrosgeschichte kann auch ich erzählen,« fing Kapitän Jaspersen jetzt an. »Wir liefen mit einer steifen westlichen Brise um das Kap Horn, natürlich mit der dort, wie auch am Kap der Guten Hoffnung üblichen Begleitung von Kaptauben und Albatrossen. Einer von den letzteren, ein Vogel von besonderer Größe, hielt sich so beharrlich in unserer Nähe, daß wir ihn schließlich von den andern zu unterscheiden wußten und sozusagen persönlich kennen lernten. Eines Tages, als wir ihn ausnahmsweise reich gefüttert hatten, kam er so dicht heran, daß er eine Zeitlang in einer Höhe von wenigen Metern unmittelbar über unserm Heck schwebte. Dabei bemerkten wir einen an seinem Halse hängenden Gegenstand, der etwa die Form einer Taschenuhr hatte. Wir wurden neugierig und beschlossen, den Albatros zu angeln. Ein mit Speck versehener Haken wurde ausgeworfen, aber obgleich im Laufe des Tages sich fünf oder sechs andere daran fingen, die alle wieder freigelassen wurden, der mit dem Halsgeschmeide verschmähte den Köder. Er kam wohl heran geschossen, schwebte auch eine Weile regungslos dicht über dem lockenden Bissen, der mit zehn Knoten Fahrt zischend über das Wasser hüpfte, betrachtete ihn mit im Sonnenschein wie Granatsteine funkelnden Augen, dann aber fuhr er seitwärts in mächtigem Schwunge wieder davon, beschrieb einige gewaltige Bogen und folgte uns dann aufs neue ruhig wie zuvor.

»Endlich aber biß er doch an und wurde nun trotz seines Sträubens an Bord geholt. Wenn man solch einen großen Albatros fliegen sieht, könnte man ihn für einen starken und gefährlichen Kerl halten; sitzt er aber erst an Deck, dann ist er schwach und wehrlos und kaum imstande, von selber wieder aufzufliegen. Der Gegenstand an seinem Halse war das Gehäuse eines Taschenkompasses; es hing an einem starken Kupferdraht der in drei Törns um den Hals ging; zwei davon waren von dem Ringe des Gehäuses im Laufe der Zeit durchschamfilt worden, und dieses selber trug einen dicken Überzug von Grünspan. Es enthielt ein Stück Papier, auf dem in verblaßter Tinte zu lesen war, daß der Vogel am 3. Mai 1848 unter dem achtunddreißigsten Grad südlicher Breite und dem dreiundfünfzigsten Grad östlicher Länge von dem Kapitän Weller, Führer des amerikanischen Schiffes ›Kolumbus‹, gefangen und mit dieser Notiz versehen worden war.

»Wir hingen dem Vogel eine neue Kapsel um, taten einen kurzen Bericht mit den Angaben des ersten und letzten Fanges hinein – das Datum des unsrigen war der 2. Dezember 1885 – ließen die Kapsel vom Zimmermann verlöten und setzten das Tier wieder in Freiheit, indem wir es vorsichtig über Bord warfen. Es strich eine weite Strecke mit ausgebreiteten Schwingen und platschenden Füßen über das Wasser hin und erhob sich dann hoch in die Lüfte.

»Wenn wir das Alter dieses Vogels zur Zeit seiner ersten Gefangennahme auf vier oder fünf Jahre festsetzen, so sind wir durchaus berechtigt, anzunehmen, daß der Albatros eine Lebensdauer von mindestens fünfzig Jahren hat. Dieser Vogel war siebenunddreißig Jahre lang mit einem Kompaßgehäuse am Halse über die Meere dahingesegelt. Ein Reisender hat einmal die Strecke berechnet, die ein Lotsenfisch durchschwamm, der das Schiff, auf dem er sich befand, begleitet hatte. Der Fisch gesellte sich zu dem Fahrzeuge auf der Höhe der Kapverdischen Inseln und folgte ihm um das Kap Horn herum bis nach Callao. Eine Reise von ungefähr eintausendvierhundert Seemeilen, Dauer hundertzweiundzwanzig Tage. Der Fisch schwamm also täglich durchschnittlich hundertfünfzehn Meilen. Welche Strecken mag nun der geflügelte Bote des alten Yankeeschiffes Kolumbus in jenen siebenunddreißig Jahren zurückgelegt haben?«

»Millionen von Meilen!« rief Paul.

»Ganz ohne Zweifel,« sagte der Schiffer. –

Am nächsten Tage ging es mit Pauls Fuß schon besser, es dauerte jedoch noch eine Weile, bis er wieder Stiefel tragen konnte. In der Zwischenzeit ging er in einer Fußbekleidung aus Segeltuch einher, die Towe für ihn angefertigt hatte; sie tat an Deck gute Dienste, wäre aber auf dem steinigen Boden der Insel nicht verwendbar gewesen.

Nach drei Wochen war der Fockmast so weit, daß er aufgerichtet werden konnte. Man brachte das Schiff nach dem Obeliskenfelsen und legte es dort mit einem Buganker und einem Heckanker und außerdem noch mit auf den Klippen um Felszacken geschlungenen Trossen fest.

»Dor möt ick an Mauritius denken,« sagte Towe, als dieses schwere Stück Arbeit beendet war.

»Woso?« fragte Heik Weers, der schon längst wieder wie ein Jüngling umhersprang und überall der erste war.

»Dat will ich dich sagen, min Herzblatt. Als da der große Orkan wehen tat, da hatten wir drei Anker aus. Im ganzen lagen fünfunddreißig Schiffe da, vierunddreißig trieben auf den Strand und gingen verloren, uns' Schipp was dat enzigste, wat heil dorvonkamen ded.«

»Natürlich bloß weil du dor an Bord wesen büst,« knurrte Heik. »Du solltest dir eigentlich als so 'ne Art von Patentrettungsboje vermieten, dennso kriegtest du ok mehr Heuer.«

»Will gor keen' betere Heuer hewwen, min Jung,« antwortete Towe. »Dat du min Schippsmaat büst, dat is all Belohnung noog för mi.«

Der große Stropp und die Gien wurden noch im Laufe des Vormittags an dem Felsenhorn oder Obelisken aufgebracht, und am Abend stand der Fockmast an seinem Platze. Drei weitere Tage hatte die kleine Mannschaft mit der Anbringung der Wanten zu tun, und nun erst stand der Mast, der an den alten Stumpf angelascht worden war, fest und unerschütterlich.

Man arbeitete vom frühen Morgen bis in die sinkende Nacht und weder Regen noch Kälte und Wind konnten die wackeren Männer von ihrem Werke zurückhalten, bis alles vollendet war. Die freundlichen Abende in der warmen Kajüte entschädigten sie dann reichlich, und das Abendessen war jedesmal ein Fest. Keiner aber wußte Fräulein Ulferts' Gerichte jetzt besser zu würdigen, als der brave Heik Weers.

»Man muß dat Leben genießen, solange man's haben tut,« sagte er. »Dat is man selten, dat Janmaat sein Futter auf anständige Art vorgesetzt kriegt, drum soll er's auch wahrnehmen, wenn dieses Glück ihm lächeln tut. Ich würde wahrhaftig bis an mein seliges Ende hier an Bord von die ohle Hallig bleiben, vorutgesetzt, dat uns' Fräulein auch die ganze Zeit hier Hausfrau und Wirtschaftsmamsell bleiben tut.«

Da beim Aufstellen des Großmastes der Fockmast den Dienst verrichten konnte, den der Obelisk geleistet hatte, so warf man die Trossen los, hievte die Anker auf, und brachte das Schiff auf seinen alten Liegeplatz zurück.

Bis der Großmast zurechtgezimmert und seine Takelung fertig war, vergingen nahezu zwei Monate. Während dieser Zeit wurden nur dann Ausflüge an Land unternommen, wenn eine Ergänzung der Vorräte von frischem Fleisch und Gemüse nötig war.

Dora hatte oft den Wunsch ausgesprochen, auch einmal Fische für die Küche zu erhalten; unsere Freunde waren nach Kräften bemüht gewesen, diesem Wunsche zu entsprechen und den schuppigen Bewohnern des Jaspersenhafens mit Netz und Angel nachzustellen, allein einesteils war der Ertrag dieser Wasserjagd immer nur ein kläglicher gewesen, und andernteils hatten sich nach dem Genüsse der wenigen verwendbar erscheinenden Fische stets leichte Erkrankungen eingestellt, deren Ursache man zuerst nicht erkannte. Bald aber kam man dahinter, daß die Fische des Hafens keine gesunde Kost waren; der Schiffer behauptete sogar, sie wären giftig.

»Von giftigen Fischen habe ich noch nie etwas gehört,« sagte Paul.

»Du hast manches noch nicht gehört und noch viel zu lernen, mein Junge,« entgegnete der Schiffer. »Wer die Südsee befahren hat, weiß auch von giftigen Fischen zu erzählen. Frage nur unsern Heik, der hat sich jahrelang dort herumgetrieben und immer die Augen offen gehabt; ich bin überzeugt, daß giftige Fische ihm nichts Neues sind. Hier in diesen Breiten hätte ich allerdings keine zu finden erwartet.«

Jetzt kam der alte Heik zu Worte. Von giftigen Fischen könnte er einen langen Strämel singen, sagte er. Wäre er doch selber schon oft genug an solchem Teufelszeug beinahe gestorben.

»Wo ist das gewesen?« fragte Paul.

»O, mang de Marschallinseln un ok up annere Stellen,« antwortete der alte Seefahrer. »Bi de Marschallinseln dor giwwt dat en Fisch, de heet Nofu, dat is en ganzen gruglichen Kerl un so giftig, as den Düwel sin Grootmudder. Kennen Se de Nofu, Kaptein?«

»Gewiß, den kenne ich,« antwortete der Schiffer, »ich habe ihn sowohl bei den Harvey-Inseln, als auch bei Samoa gefunden. Er hält sich nur im seichten Wasser der Küsten auf, auf hoher See trifft man ihn nicht.«

»Ich bün mal auf Nukufetau gewesen,« fing Heik wieder an. »So heißt dat Eiland nämlich bei die Kanaken, auf die Karte is es als Paystor-Eiland eingetragen. Dor wern ganz de sülbigen Fisch' mal giftig un mal nich giftig. Fung man Fliegefisch auf die Leeseit' von dat Eiland, dennso konnt' man ihr ruhig essen, auf die Luvseit' aber wern se allemal giftig. De Manini, lütte, striepige Fisch', wo de Konaken ganz arg nach wern, könnt' man auch ruhig essen, wenn sie am Riff westlich von dat Eiland gefangen waren; fung man se aber vier Meilen davon, an den Binnenstrand von die östlichen Laguneneilande, dennso wern se ok giftig. Ebenso was dat mit de Haien; fungen de Kanaken ehr binnen von dat Riff, dennso deden se ehr keen Schaden, fungen se ehr butan von dat Riff, dennso wern se bannig giftig. Genau so tat sich dat mit die Krebse in den Lagun' verhalten; auf die eine Stelle waren sie wunnerschön, drei Meilen davon aber ungesund un giftig. Nu seggen Se mi mal, Kaptein, wo kann dat woll angohn?«

Jaspersen zuckte die Achseln. »Das weiß ich nicht,« sagte er. »Ähnliches ist aber auch mir bekannt geworden. Eine Ursache muß das ja haben, man hat sie aber, soviel ich weiß, noch nicht entdeckt. »Ich habe mich wohl ebensolange in der Südsee herumgetrieben, wie Heik, nur zu einer späteren Zeit, als die Marschallinseln bereits zu Deutschland gehörten. Einmal hatte ich von einer Händlerfirma den Auftrag, eine schwedische Bark in Besitz zu nehmen, die bei einer der Inseln Schiffbruch gelitten hatte und nun als Wrack auf dem Riffe saß. Die Firma hatte das Wrack für hundert Pfund Sterling gekauft, in der Hoffnung, daß es wieder zurechtgeflickt, flottgemacht und nach Sydney gebracht werden könnte. Als ich jedoch mit meiner Wrackermannschaft, die aus eingeborenen Seeleuten bestand, in unserem Schoner an Ort und Stelle ankam, sah ich auf den ersten Blick, daß mit der Bark nichts mehr zu machen war, und uns nichts übrigblieb, als alles, was noch wertvoll und verwendbar war, auszubrechen und abzureißen, besonders den noch ganz neuen Kupferbeschlag. Und bei dieser Gelegenheit lernte ich zuerst die giftigen Fische kennen.

»Sobald wir mit dem Schoner in der Lagune zu Anker gegangen waren, kamen einige der Inselbewohner, deren nicht mehr als fünfzig oder sechzig vorhanden waren, an Bord, und sagten mir, ich möchte meine Leute warnen, von den Fischen, die sie etwa in der Lagune fangen würden, zu essen, ehe diese von einem Eingeborenen untersucht worden wären. Dies geschah, und einige Wochen lang ging auch alles gut. Dann aber gab's Unglück.

»Ich hatte von Sydney einen weißen Zimmermann mitgebracht, einen Holländer. Der alte Mensch war unglaublich halsstarrig und dickköpfig, sonst aber ein tüchtiger Arbeiter. Anstatt mit der Wrackermannschaft im Dorfe der gastfreien Insulaner zu wohnen, zog er es vor, einsam für sich auf dem Wrack zu hausen, und ich ließ ihn gewähren.

»Als ich eines Abends vom Lande nach dem Schoner zurückkehrte, wo ich schlief, sah ich den Holländer auf der Reling der Bark sitzen und angeln; es war hohe Flut, das Wrack stand daher in etwa zehn Fuß Wasser. Da er gerade einen ziemlich großen Fisch heraufholte, rief ich ihn an und fragte, wieviel er schon gefangen hätte und ob er auch sicher wäre, daß die Fische nicht giftig seien. Er antwortete, er hätte bis jetzt fünf heraufgeholt, und die Fische wären gut und es fehle ihnen nichts.

»Da ich jedoch wußte, was für ein eigensinniger, unvernünftiger und unwissender Mensch dieser alte Gesell war, legte ich langseit an und kletterte mit zweien meiner Bootsmannschaft an Bord. Wir öffneten die Mäuler der Fische und sahen sogleich die untrüglichen Zeichen ihrer großen Gefährlichkeit. Der Schlund war orangegelb gefärbt, mit dünnen rotbraunen Streifen.

»Ich sagte dem Zimmermann, er solle die Fische wieder über Bord werfen; der aber fing an zu brummen und zu schelten, sagte, er habe ganz dieselben Fische auf Vavau, einer der Tonga-Inseln, hundertmal gefangen und gegessen, und sie würden ihm auch hier nicht schaden. Es ließ sich mit dem Dickkopf nicht reden; ich warnte ihn noch einmal sehr ernstlich und ging dann an Bord meines Schoners.

»Nach dem Abendbrot saß ich mit meinem braunen Bootsmann an Deck und rauchte eine Pfeife. Auf einmal hörten wir von dem Wrack her vier Schüsse. Das war ein Notsignal. Wir rojten schleunigst hinüber. Da lag der Zimmermann an Deck, wälzte sich in großen Schmerzen und stöhnte jämmerlich. Neben ihm lag der Revolver. Ich entsinne mich nicht mehr, auf welche Weise meine Kanaken ihn in die Kur nahmen, ich weiß aber, daß sie ihn zuerst für verloren hielten. Sie dokterten die ganze Nacht an ihm herum, und bei Tagesanbruch war er außer Gefahr, jedoch wurde er, solange wir auf der Insel waren, nicht wieder arbeitsfähig, auch litt er, wie ich später hörte, noch über ein Jahr lang an den Folgen dieser Vergiftung.«

»› Sapienti sat‹, das heißt, dem Verständigen genügt das,« sagte Paul nach diesen Ausführungen Heiks und des Schiffers, und fortan wurde im Jaspersenhafen nicht mehr gefischt. Dagegen beschloß man, bei nächster Gelegenheit auf der anderen Seite der Insel, beim Robbenkap, auf eßbare Fische zu fahnden. Wo das Robbenkap lag, braucht hier wohl nicht erst erklärt zu werden.

Der Großmast stand endlich an seinem Platze, ein schönes Zeugnis für die Tüchtigkeit und Ausdauer der kleinen Schar. Als Belohnung erklärte der Schiffer die beiden nächsten heiteren Tage für Feiertage; am ersten wollte er mit Heik und Gazzi an Land gehen, am zweiten sollten Tome und Paul ihren Ausflug machen.

»Und ich? Wann habe ich meinen Feiertag?« fragte Dora.

»O, kommen Sie mit uns!« riefen beide Parteien zugleich.

Das junge Mädchen schüttelte lächelnd den Kopf. »Danke,« sagte sie. »Ich finde wohl andere Gelegenheit.«

Schon der folgende Tag brachte schönes Wetter, und so machten der Schiffer und seine beiden Gefährten sich sogleich nach dem Frühstück auf den Weg. Paul rojte sie an Land und kam dann mit dem Boote wieder zurück. Am Fallreep empfing ihn Tome mit der Nachricht, daß das Fräulein den Wunsch geäußert habe, mit ihnen eine Rundfahrt im Hafen zu machen. Freudig ging der Jüngling darauf ein. Dora legte ihre wärmste Kleidung an, und bald saßen die drei im Boote. Das junge Mädchen steuerte.

»Ich habe schon oft auf Flüssen, wo viel Verkehr war, ein Boot gesteuert,« sagte sie. »Hier ist es nicht so gefährlich.«

»Nein, Fräulein,« erwiderte Tome; »hier kommt uns niemand in den Weg, kein Passagierdampfer, kein Schlepper, kein Segler, kein Boot, kein nix nich. Soll mir man wundern, ob wir all dat woll noch mal wiedersehen werden.«

Nachdem sie eine Weile herumgekreuzt waren, schlug Paul vor, in die offene See hinauszusteuern. Dora und Tome waren einverstanden. Als sie durch das enge Hafentor fuhren, konnten sie sich nicht genug darüber wundern, daß die Hallig, ohne Schaden zu leiden, all die Klippen passiert hatte, die teils über, teils unter dem Wasser aufragten, und mit Besorgnis dachten sie des Tages, wo das Schiff den Hafen durch diese gefährliche Pforte wieder verlassen sollte.

»Das wird ein Stück Arbeit geben,« meinte Towe. »Wir müssen das Fahrwasser ganz un gar auswendig lernen, süs schafft wi dat nich.«

»Wir werden's schaffen, Towe,« antwortete Paul, »weil wir's einfach schaffen müssen. Wenn der Besanmast steht und auch das Vorgeschirr in Ordnung ist, dann bleibt uns noch Zeit genug, das Fahrwasser zu erkunden und auszuloten, so daß wir die Hallig sicher hinausschleppen können. Aber ein Stück Arbeit wird es geben, da hast du recht.«

Der Hafen lag hinter ihnen und das Boot hob und senkte sich auf der Dünung der weiten See. Die beiden Seeleute warfen die Angeln aus, an deren Haken fettes Schweinefleisch als Köder steckte; aber obgleich sie ihr Glück länger als eine Stunde versuchten, kein einziger Fisch biß an.

»Worüm dat hier keen' Fisch gewen doon deit, dat wern de Fisch sülben woll am besten weeten,« grollte Tome. »Lat us wedder an Bord gahn, süs freert wi noch stiw.«

Und schneller, als sie den Hafen verlassen hatten, machten sie sich auf die Rückfahrt.

Kurz vor Anbruch der Dunkelheit kehrten die andern zurück. Heik brachte ein halbes Dutzend winziger Fischlein mit. Das Angeln von den Strandfelsen aus lohnte nicht, sagte er. Die Fische seien weiter draußen. Eine Meile vom Lande entfernt, wolle er das Boot im Handumdrehen bis unter die Duchten mit Fischen angefüllt haben.

Sie hatten eine Menge Pelzrobben auf den Klippen liegen sehen, aber keine erlegt. Der Schiffer meinte, es würde sich wohl lohnen, einen Teil der Ladung herauszunehmen und das Schiff mit Robbenpelzen aufzufüllen. Der Tee wäre wohl doch schon halbverdorben, und Sealskins brächten viel Geld.

»Geld is 'ne goode Sak,« bemerkte Tome kühl, »aber wi wüllt nich witt un kahlköppig warn, ehr wi nah Hus kamt. Ich bün dorför, dat wi in See gaht, sobald wi man jichtens klor sünd.«

»Wi annern hewwt Tid noog,« entgegnete Heik. »Up us luern keene Katjes, un wi wöllt ok nich heiraten.«

»Dennso kannst du gern hier bleewen, ohl Fründ, un Robben kloppen un Sealskins sammeln! Wi fahrt nah Hus un schickt nahstens dat Schipp wedder herut nah de Crozets; verlich hest du denn all soveel von de Pelzen tosam, dat de Husreis' di lohnt.«

»Nee, Towe, dorup lat ick mi nich in,« antwortete Heik; »ich könnte die Trennung von dich nich ertragen.«

Ehe man an jenem Abend zur Ruhe ging, wurde festgesetzt, daß Paul und Towe in der nächsten Morgenfrühe nach dem Robbenkap segeln und in dessen Nähe nach guten Fischgründen Umschau halten sollten.

16. Kapitel.

Der Bootfahrt Anfang. – Die Nebelinsel. – Der Bootfahrt Ende.

Die aufgehende Sonne sah das Boot mit einer Fahrt von sieben Knoten über die von einer langen, sanften Schwell fast unmerklich bewegte tiefblaue See dahinstreichen.

»Dat lütte Ding segelt fein,« sagte Towe, »wenigstens mit so 'ne Backstagsbris' Eine Brise, die etwa vier Strich (45 Grad) achterlicher als Dwars zum Kurse weht.. Bleibt der Wind so, dann müssen wir auf der Rückfahrt dagegen ankreuzen, un dennso wird dat fraglich sünd, ob wi denn ok so drög sitten, as nu!«

Der echte Seemann kennt kein höheres Vergnügen, als solch eine Bootsegelfahrt bei flotter Brise und glatter See. Was auf Erden läßt, sich auch mit solch einer Fahrt vergleichen? Kein Glücksgefühl, geboren aus der Empfindung der Freiheit, der Fortbewegung, übertrifft die Wonne, in schwankem Nachen mit straffgeblähten Segeln und scharfem, das Wasser schäumend und rauschend durchschneidendem Steven gleichmäßig, unaufhaltsam über die schwellende See hinzugleiten, droben der Himmel, drunten die blaue Flut und dazwischen der helle Wohlklang der freudigen Brise.

»Junge, Junge, dat Boot löppt as de gläunige Brand!« rief Towe fröhlich. »Kiek de düsend un düsend Pinguinen da up de Felsen, in Reih' un Glied, just as de Soldaten. Wo gruglich wild dat Land von hier utsüht! Kein Baum, kein Strauch, alles schwarz un grau, blot de Pinguinen sünd witt. Ich wollt', ich säh' uns' dütschen Nordseestrand mal erst wieder.«

»Dahin kommen wir auch noch,« entgegnete Paul. »Was meinst du, Towe, wollen wir nach der Insel segeln, die wir von dem Berg in Sicht hatten, du weißt schon, an dem Tage, wo du mir den Fuß zerschnittest?«

»Fuß zerschnittest!« knurrte der Matrose. »Du meinst, wo ich dich das Leben gerettet habe. Ich denk', wir sollten Fisch' fangen?«

»Das können wir auch noch. Aber zuerst laß uns mit diesem feinen Wind nach der Insel segeln. Wer weiß, ob sich noch einmal eine so gute Gelegenheit bietet.«

Towe äußerte zwar noch einige Bedenken wegen der Stetigkeit der Brise, war dann aber einverstanden, und so jagten sie in brausender Fahrt immer weiter hinaus über die schimmernde, jetzt mit unzähligen kleinen, schneeweißen Schaumkämmen bedeckte See, der sonnigen Ferne zu. Sie hatten ihre innige Freude an dem Gebaren des Bootes, an dem Anblick der bewegten See und an dem schönen Wetter, und ließen sich das mitgebrachte Fleisch und Brot trefflich munden.

Paul saß am Ruder, Towe auf der Ducht am Mast.

»Land!« rief jetzt der erstere. »Über dem Steuerbordbug! Siehst du's?«

»Jowoll,« sagte Towe. »Wi möten en beten nah Süden afholln. Ick mein', wir hätten dat Land all früher in Sicht kreegen, wenn dor nich Nebel vör west wer.«

»Etwas Nebel ist da noch immer. Das Land ist nicht hoch, die Eberinsel kann's nicht sein, denn die ist die größte der ganzen Gruppe.«

»Wollen dat Eiland Nebelinsel nennen, denn Nebel un dicke Luft is dor woll ümmer, süs hadden wi dat Land all längst von Robbenkap ut sehn müßt. Wenn du mit din Frühstück klor büst, denn wüllt wi äwer Stag gähn un wedder torügg loopen; wi möt noch Fisch' fangen.«

»Mir recht,« antwortete Paul. »Auf der Eberinsel wäre ich gern an Land gegangen, an der da aber liegt mir nichts. Die Rückfahrt wird länger dauern; ich denke, in drei Stunden werden wir's geschafft haben.«

Es sollte aber anders kommen. Er kaute noch an dem letzten Bissen und schaute dabei nach dem Eiland hinüber, da legte sich plötzlich der Wind, die See glättete sich, das Segel hing schlaff, kurz, unsere Seefahrer sahen sich auf einmal ganz unerwartet in einer vollkommenen Stille. Sie schauten erst einander an und dann rings um sich. Die Halliginsel war verschwunden, ebenso die Nebelinsel; von allen Seiten kam ein dicker, weißer Nebel herangekrochen, und nach wenigen Minuten war das Boot so dicht davon eingehüllt, daß man kaum noch von einem Ende bis zum anderen sehen konnte.

»Just so en Daak, as in de engelsche Kanal,« brummte Towe, indem er das Segel wegnahm. »Nu hewwt wi dat Vergnügen, torügg to rojen. Schöne Aussicht! Wer wert, ob wi hüt abend noch to Hus kamt. Hoffentlich fangt dat nich ook noch an to weihen.«

Sie legten die Remen aus. Der Nebel war naß und kalt, so daß unsere Helden froh waren, sich durch die Anstrengung des Rojens warm erhalten zu können.

Towe blickte auf den Taschenkompaß, den der Schiffer ihm mitgegeben hatte.

»Wi wüllt West-Nordwest stüern,« sagte er. »Denn kriegt wi dat Land en beten südwärts von Robbenkap. Wenn dat aber all vörher finster ward, dennso möt wi irgendwo anners an Land gahn, denn im Dustern könt wi Jaspersenhafen nich binnenloopen. An Füermaken is up Halligeiland nich to denken, wil dat dor keen Holz nich vorhann' is, da wird uns nix übrigbleiben, mein Sohn Paul, als die heele Nacht herümtorennen, um de Blutzirklatschon nich infreeren to laten.«

»Wenn wir tüchtig rojen, dann sind wir noch vor Abend da,« erwiderte der Jüngling zuversichtlich. »Im Notfalle können wir uns übrigens aus dem Segel ein Zelt machen, das hält dann wenigstens den Tau ab.«

Sie mochten eine halbe Stunde gerojt haben, da machte sich von Westen her Wind auf. Schnell zogen sie die Remen ein und setzten das Segel.

»Hurra!« rief Towe. »Ein kurzer Schlag und ein langer Schlag, dann haben wir Robbenkap!«

Trotz der Brise blieb der Nebel so dicht wie zuvor. Es wehte stärker und stärker; das Boot legte sich soweit nach Lee über, daß das Wasser über die Reling herein stürzte. Das Segel wurde dicht gerefft; inzwischen hatte sich jedoch auch die See aufgemacht, das Boot arbeitete schwer und nahm so viel Wasser über, daß es weggesackt wäre, wenn Paul nicht unter größter Anstrengung mittelst einer alten Konservendose die gurgelnde Salzflut wieder ausgeschöpft hätte.

Die See erhob sich immer wilder, der Wind wurde zum Sturme. Es blieb nichts übrig, als das Boot platt vor dem Winde laufen zu lassen. Die beiden Maaten saßen nebeneinander in den Sternschoten und redeten kein Wort. Sie schauten voraus in den Nebel hinein, den ihre Blicke jedoch kaum einige Meter weit zu durchdringen vermochten.

Nach und nach wurde es finster. Die Nacht brach herein. Sie liefen wieder auf die Nebelinsel zu, die ihrer Schätzung nach etwa noch fünf Seemeilen entfernt sein mochte. Das kleine Boot kämpfte wacker mit den hohen Seen und nahm jetzt nur wenig Wasser über; es erklomm die mächtigen Wasserberge und glitt in die jenseitigen Täler wieder hinab wie ein Pinguin.

Die sturmverschlagenen Genossen waren fast erstarrt vor Kälte. Towe hielt die Ruderpinne; Paul drängte sich so dicht als möglich an ihn heran.

»Laß mich jetzt steuern!« schrie er ihm durch das Sturmgebraus ins Ohr. »Deine Hand muß ja schon ganz erfroren sein!«

»Nee, Sohn, lat mi man. Wi sünd all dicht unter Land, glöw ick. Hör'! Is dat nich Brandung?«

Es war der Donner der Brandung. Er übertönte sogar das Tosen des Sturmes und der Wogen. Er kam von vorn, das Boot raste gerade daraufzu. Towe hielt nach Süden ab, Paul bediente das Segel. Der

Orkan faßte jetzt das winzige Fahrzeug von der Seite und warf es so weit nach Lee über, daß das Segel Wasser schöpfte. Im nächsten Moment rollte eine mächtige Woge heran und begrub es unter sich. Als Paul wieder an die Oberfläche kam, sah er sich allein und inmitten der betäubenden Brandung, die wie ein weißgrünes Feuermeer um ihn lohte, toste und zischte. Wohl ruderte und rang er mit Armen und Beinen, allein er war ein willenloses Spielzeug der rasenden Flut, die ihn jetzt in die Tiefe warf und dann wieder hinaufriß in das weiße Chaos. Wild um sich greifend, erfaßte er ein treibendes Holzstück – einen der Bootsremen. Zweimal wurde er dem Strande zugetragen, zweimal wieder zurückgerissen; schon meinte er, daß alles vorbei sei, da warf ihn ein mächtiger Roller weit hinauf an das Land. Instinktiv klammerte er sich an das Gestein, um von dem zurückweichenden Wasser nicht wieder in die See gespült zu werden; dann raffte er sich auf und rettete sich so schnell er konnte aus dem Bereiche der Wogen.

Es war stockfinstere Nacht. Sein einziger Gedanke war, Schutz vor dem kalten Winde und dem Schnee- und Schloßentreiben zu finden. Blindlings stolperte er landeinwärts. Plötzlich erhielt sein Kopf einen harten Stoß; er war gegen einen Felsen gerannt. Er taumelte zur Seite und stürzte in ein tiefes Loch, nicht auf Gestein, sondern auf eine weiche und trockene Masse. Er blieb stilliegen, denn weder Wind noch Schnee erreichten ihn hier.

Jetzt gedachte er Towes, seines treuen Schiffsmaaten. Der war sicherlich ertrunken; hatte ihn selber doch nur ein Wunder dem Rachen der See entrissen. Er weinte bitterlich und schluchzte sich endlich in den tiefen Schlaf der äußersten Erschöpfung.

17. Kapitel.

*»Es ist nicht unmöglich, daß ihnen etwas zugestoßen ist«. – Heiks Klipper. – Die
suche an Land. – Die Höhle. – »Ich hoffte schon, daß du ein Schwein wärest«. –
»Towe war also wieder mal der Retter des Vaterlandes«. –
Schlechte Kost.*

Das so schnell heraufgezogene Unwetter und das Ausbleiben der
beiden Gefährten erfüllte die an Bord der Hallig Zurückgebliebenen
mit großer Sorge. Am meisten ängstigte sich Dora. Sie fragte den
Schiffer immer wieder aufs neue nach den Aussichten, die die
beiden in ihrem kleinen Boote und bei solchem Sturme wohl hätten,
und dieser versuchte nach Kräften, sie zu beruhigen und ihr alle
Angst auszureden. Er sagte, er wäre überzeugt, daß sie nicht daran
dächten, unter solchen Umständen das Einlaufen in den Hafen zu
versuchen und wohl längst irgendwo auf der Insel Zuflucht
gefunden hätten. An Proviant fehle es ihnen nicht, das Segel gebe
ein treffliches Zelt ab, und so würden sie aller Wahrscheinlichkeit
nach am nächsten Vormittag wohlbehalten wieder an Bord der
Hallig erscheinen.

Diese in zuversichtlichem Tone gesprochenen Worte verfehlten
ihre Wirkung nicht, und leichteren Herzens begab das junge
Mädchen sich zur Ruhe.

Schnell, wie es gekommen war, ging das Unwetter auch wieder
vorüber. Der folgende Morgen war so ruhig und klar, als gäbe es gar
keine Stürme und keinen Nebel in der Welt. Den ganzen Vormittag
schauten Dora und die übrigen Halligleute nach den beiden Seglern
aus, aber weder im Hafeneingang, noch drüben an der Landungsstelle des Strandes ließen diese sich blicken. Auch der Nachmittag
verstrich unter vergeblichem Harren und Hoffen, und als die Nacht
wieder finster über dem Hafenkessel und dem Schiffe lag, da waren
die Trostgründe, mit denen der Schiffer sich und die anderen zu
beruhigen suchte, nicht mehr zuversichtlich.

»Es ist nicht unmöglich, daß ihnen etwas zugestoßen ist,« sagte er
zu Heik Weers. »Sind sie morgen früh noch nicht hier, dann müssen
wir an Land gehen und nach ihnen suchen.«

»Dat is ganz schön, Keppen Jaspersen,« erwiderte der alte Matrose,
»aber ohne Boot an Land gehen, dat soll nicht so ganz leicht sein.

Zum Schwimmen is mich das Wetter zu kalt, sonst tät' ich dat sacht. Ich hab' keine Bang' um uns' Maaten. Towe is en fixen Kerl, der sich ümmer un äwerall to helpen weet, un Paul is grad so een'; ick heww noch keen' ohle Matros' kennt, mit dem de Jung' dat nich jederzeit aufnehmen könnte.«

»Um an Land zu kommen, ist gerade kein Boot nötig,« entgegnete der Schiffer;»dazu genügt auch ein Floß. Sind sie morgenfrüh noch immer nicht da, dann zimmern wir eins zurecht. Kommt das Boot nicht wieder, dann brauchen wir ohnehin ein solches Verbindungsmittel mit dem Lande. Heute nacht wollen wir übrigens Ankerwache halten. Es weht eine leichte Brise, vielleicht kommen sie noch. Gazzi nimmt die erste Wache, meinetwegen bis neun. Sie gehen bis zwölf und ich von da ab bis zum Morgen.«

Die Nacht verging, die Vermißten aber kamen nicht. Dora lag schlaflos in ihrer Koje und machte sich schon vor Tagesanbruch mit ganz verweinten Augen in der Kombüse zu schaffen.

Auch Jaspersen war es schwer ums Herz, als er in den grauenden Tag hinausstarrte.

»Kann ich Paul nicht mit mir heimbringen,« sagte er zu sich selber, »dann mag auch ich Westerstrand nicht wiedersehen. Der Schmerz würde seinem alten Vater das Herz brechen. Und die arme Mutter! Möge Gott noch alles zum guten wenden!«

Mit Sonnenaufgang gingen sie an die Arbeit. Aus vier Fässern und einigen leichten Spieren wurde das Gerüst des Floßes hergestellt und das Ganze mit Planken bedeckt. Da die weggeschlagene Schanzkleidung noch immer nicht ausgebessert worden war, so machte das Zuwasserbringen des ungefügen Fahrzeuges keine Schwierigkeiten. Als es langseit lag, behauptete Heik, es sähe so schneidig aus, wie ein richtiger Klipper Mit sehr scharfen Linien gebauter, aufs beste aus gestatteter Schnellsegler, der in der Mitte des 19. Jahrhunderts den transozeanischen Handelsverkehr vermittelte.. Er zimmerte aus einigen Brettstücken noch ein Paar Paddel zurecht und erklärte dann das Floß für seeklar.

Ohne noch länger Zeit zu verlieren begab sich die ganze Gesellschaft, auch Fräulein Ulferts, an Bord des»Klippers«, und da das Wasser spiegelglatt war, so gelangte man auch bald und ohne Fährlichkeit zur Landungsstelle. Hier trennte man sich. Der Schiffer und das junge Mädchen sollten die Küste bis zur Mündung des von Paul entdeckten Baches absuchen, Heik erhielt den Auftrag, querlandein zu wandern, den Aussichtsberg zu ersteigen und von dort sorgfältig in die Runde zu spähen, und Gazzi wurde angewiesen, nördlich zu steuern und das Land bis zum Robbenkap abzustreifen. –

Die Suche dauerte lange Stunden; wir wissen, daß sie vergeblich bleiben mußte.

»Es nützt nichts,« sagte Jaspersen endlich zu dem ermüdeten Mädchen, »wir müssen's aufgeben. Auf dieser Insel sind sie nicht gelandet.«

»Auch nicht an der Nordseite?« fragte Dora.

»Dort am allerwenigsten; das hätte Towe bei dem Sturme niemals unternommen. Ich denke, sie werden die andere Insel angelaufen sein, die von dem Berge aus zu sehen ist.«

»Konnten sie bei dem schrecklichen Unwetter in dem kleinen Boote bis dorthin gelangen?«

»Ich hoffe es; beide sind gute und erprobte Segler. Habe ich Ihnen schon erzählt, daß Paul einer von der todesmutigen Besatzung des Rettungsbootes gewesen ist, das Towe Tjarks und mich dem Tode entriß, als mein Schiff, die ›Hammonia‹, bei Westerstrand aufgelaufen und in Stücke gegangen war?«

»Nein. Wieviel Unglück Sie doch schon gehabt haben! Bitte erzählen Sie.«

Und Jaspersen erzählte ihr von dem Schiffbruch und von der liebevollen Pflege, die er im Pfarrhause zu Westerstrand gefunden hatte. Er redete mit Wärme und Eifer und großer Ausführlichkeit, um sie nicht zu der Frage kommen zu lassen, die er im Grunde seines Herzens so sehr fürchtete, zu der Frage, ob er die Vermißten noch am Leben glaube. Scheute er sich doch, sich selber diese Frage zu beantworten, denn er wußte als erfahrener Seemann, daß bei dem Unwetter jener Nacht das Boot und seine Insassen nur durch ein Wunder dem schwarzen Verhängnis entronnen sein konnten.

Sie stellte diese Frage nicht, wohl aber wollte sie wissen, ob Menschen auf den andern Inseln auch Mittel und Wege finden würden, ihr Leben zu fristen. Das wollte der Schiffer nicht in Abrede stellen. Wenn sie dort gelandet wären, so zweifle er keinen

Augenblick daran, daß sie auch ihr Leben fristen und eines Tages zurückkehren würden. Janmaat wüßte sich immer zu helfen und in allen Lebenslagen, zu Wasser wie zu Lande, Rat zu schaffen.

»O, wer kommt da?« rief Dora plötzlich. »Ich glaube das ist Towe!« Es war jedoch nur Heik Weers. Er hatte keinerlei Spuren gefunden, wohl aber von der Höhe des Aussichtsberges die Insel gesehen, die ihm den größten Teil des Tages in Nebel gehüllt zu sein schien. Ein paarmal habe er ein Stück von ihr in Sicht gehabt, aber immer wieder habe sich der Nebel davorgezogen, obgleich die Luft sonst ganz klar war. Weit sei es nicht bis dorthin, das wisse er jetzt.

»Un nah mine Gissung (Schätzung) sitten se beid' up dat Eiland, vorutgesetzt, dat se nich nah Gottes Keller gahn sünd.«

Auf dem Rückwege hing jeder seinen Gedanken nach; kein Wort unterbrach das bedrückende Schweigen. An der Landungsstelle saß Gazzi bereits und wartete. Da auch er nichts zu berichten hatte, paddelten sie langsam zum Schiffe.

Kapitän Jaspersen nahm sich vor, mit der Auftakelung des Fahrzeugs fortzufahren, so gut dies nach dem Verluste von zwei Mann immer gehen mochte. Auch beschloß er, ehe die Heimreise angetreten wurde, jener Insel einen Besuch zu machen, obgleich er in seinem Innern die traurige Überzeugung hegte, daß, wenn Paul und Towe wirklich dorthin verschlagen sein sollten, sie doch an einem völlig wüsten Ort und in einem solchen Klima unmöglich auf so lange Zeit ihr Leben würden fristen können.

*

Als Paul nach langem Schlaf aufwachte, mußte er zuerst seine Gedanken sammeln. Der Ort, an dem er sich befand, war dämmerig, etwa wie das Logis an Bord der Hallig. Es dauerte eine Weile, ehe er sich darauf besann, was mit ihm vorgegangen war. Plötzlich richtete er sich auf und blickte um sich. Towe war nicht da. Der treue Schiffsmaat lag vielleicht zwischen den Felsblöcken am Strande, ein verstümmelter Leichnam, ein Spiel der grausamen Brandung, hin und her geworfen von jeder anrollenden und wieder abrollenden Woge!

Die Stätte, die ihm so unerwartet Schutz geboten hatte, war eine Höhle, oder vielmehr ein tiefes Loch, von einem Felsendache weit überragt und auf dem Boden hoch mit Seetang bedeckt, den die Flut bei schweren Stürmen hineingespült haben mußte. Es war jedoch ersichtlich, daß die Roller nur selten diese hochgelegene Vertiefung erreichten, denn der Tang war so trocken wie Zunder. Dazu hielt das Felsendach sowohl den Nebel, als auch die Schnee- und Regenfälle ab, die in jenen Breiten den größten Teil des Jahres so trostlos machen.

Nicht ohne einige Mühe kletterte unser Freund an der Wand des Loches empor ans Tageslicht. Die Sonne blendete ihn, die Augen schmerzten von dem Seewasser, dessen Salzkristalle ihm Haar, Gesicht und Hände dicht bedeckten.

Noch immer toste die Brandung um die Klippen, noch immer trafen die Wogen mit schweren Schlägen den zerklüfteten Strand. Zahllose Seevögel umschwirrten ihn schreiend; sie kreisten ganz nahe um seinen Kopf und sahen ihn mit ihren blanken Augen feindselig an, als wollten sie ihm das Recht, auf dieser Insel zu weilen, streitig machen.

Obgleich die Sonne nur geringe Wärme herabstrahlte, so erfüllte sie ihn dennoch mit neuem Lebensmut, und dankbar wendete er den Blick mit einem kurzen Stoßgebet nach oben. Dann ging er, sich nach Trinkwasser umzuschauen, denn er verspürte einen brennenden Durst. Dabei kam ihm sein verlorener Gefährte keinen Augenblick aus dem Sinne. Allenthalben auf dem Strande und den Felsblöcken lagen Tanghaufen in mannigfacher Gestalt; in jedem fürchtete er den leblosen Körper seines Freundes zu erkennen.

Die Nebelinsel war bei weitem nicht so bergig und unwegsam, wie das Halligeiland. Nach kurzem Gange hatte er eine mit Regenwasser angefüllte Felsvertiefung gefunden; er löschte seinen Durst, wusch sich das Salz aus Gesicht und Augen und wendete sich dann zum Strande zurück, um nach Towe zu suchen.

Auf dem Wege fand er das an Land geworfene Ruder ihres Bootes; es war unbeschädigt. Überall stieß er auf ganze Lager angeschwemmten Tanges, zum Teil hoch auf dem trockenen Lande, ein Zeichen für die Heftigkeit des Seeganges während der Nacht.

Etwa hundert Schritt von der Stelle, wo das Ruder gelegen hatte, sah er große Scharen von Vögeln in großer Aufregung über einer bestimmten Stelle kreisen. »O, mein Gott!« sagte er zu sich selber, »da wird der arme Towe liegen!«

Unter Furcht und Zittern ging er zögernd näher. Die Vögel schienen durch einen Tanghaufen angezogen zu werden. Er blieb stehen, um sich innerlich zu festigen und auf den schrecklichen Anblick vorzubereiten, denn er war fest überzeugt, demnächst vor seines Gefährten Leiche zu stehen.

Langsam, Schritt für Schritt, ging er weiter. Jetzt hatte er den Tanghaufen erreicht. Da – was konnte das sein? Seltsame Laute drangen an sein Ohr. Er lauschte. Seevogelstimmen konnten solche Töne nicht hervorbringen.

»Sollte ich etwa doch auf der Eberinsel sein?« sagte er zu sich selber.

Denn was er da hörte, waren Laute, wie sie in der Regel nur das bekannte Borstenvieh von sich zu geben pflegt.

Er lauschte mit gespanntester Aufmerksamkeit, dann trat er kühn ganz dicht an den Haufen heran und neigte sich darüber.

Außer dem Tange war nichts zu sehen; die Töne aber drangen aus dem Innern des Haufens hervor, daran war nicht zu zweifeln. Auch glaubte er, jetzt eine schwache Bewegung darin wahrzunehmen. Wenn da ein Schwein läge!

Bei diesem Gedanken wurde der Hunger, den er bereits eine Weile verspürt hatte, geradezu unerträglich. Er rannte zurück und holte das Bootsruder, um sich seiner als Waffe zu bedienen, wenn der Eber, oder die Sau, was immer es sein mochte, sich etwa kriegerisch zeigen sollte.

Mit der Rechten hob er das Ruder schlagbereit hoch empor, mit der Linken zog er die oberste Schicht des Tanges zurück. Ein wildes Aufgrunzen – aber nicht aus der Kehle eines Schweins; denn unter dem Tange lag Towe Tjarks, naß, in zerfetztem Zeug, aber so fest schlafend, als ruhe er in seiner warmen Koje an Bord der Hallig.

»Towe!« schrie Paul jubelnd. »Towe!«

Der Matrose richtete sich auf, rieb die Augen und blickte verwundert um sich. Plötzlich sprang er empor, schlang die Arme um den Jüngling und drückte ihn glückselig an seine Brust. Paul erwiderte die Umarmung mit gleicher Inbrunst, und die wild umherkreisenden Vögel schauten erstaunt auf ein Schauspiel nieder, desgleichen ihnen auf ihrer Nebelinsel noch niemals zu Gesicht gekommen war.

Towe fand zuerst wieder Worte.

»Min leewe Jung'!« rief er. »Ick dacht', du wärst lange dod un all min Söken nah di müßt nu vergewens blewen. Un äwer düssen groten Smerz bün ick inslapen.«

»Just so war's mit mir,« antwortete Paul. »Ich hätte darauf geschworen, daß du ertrunken seist, und da habe ich mich auch schlafen gelegt.«

»Un nu lewt wi alle beid' noch, un ausgeruht haben wir uns auch. Ob dat woll Water auf düsse Insel geben tut? Ick bün mächtig drög, wenn ich auch von buten naß aussehen tu'.«

»Wasser genug, aber zu essen habe ich noch nichts gefunden. Ich hoffte schon, daß du ein Schwein wärest.«

»Danke, sehr freundlich. Ick bün aber ümmer noch Towe Tjarks. Wat hest du dor?«

»Das Bootsruder. Hoffentlich finden wir das Boot auch noch.« – Paul führte den wiedergefundenen Gefährten zu dem Frischwasserbecken, wo dieser einen tiefen Trunk tat und sich das Salz vom Gesicht und aus dem struppigen Barte spülte. Dann gingen sie strandwärts, das Boot zu suchen. Beiden war's hohl im Magen; sie schauten mit begehrlichen Blicken nach den Vögeln, und warfen auch mit Steinen nach denen, die auf den Felsen saßen, ohne jedoch einen zu treffen. Pinguine, die sie leicht hätten erlegen können, waren nicht sichtbar. – Da gelang es Paul, einen Albatros zu beschleichen und mit dem Bootsruder niederzuschlagen.

»Da haben wir etwas zu Mittag,« sagte er, als er dem Vogel den Kopf abgeschnitten hatte.

»Hunger heww ick jo,« meinte Towe, die blutige Beute betrachtend, »aber so weit is dat mit mich noch nich, dat ich rohe Albatrosse verzehren könnt'; laß ihn man noch liegen.«

Paul war derselben Ansicht. Der Vogel sah durchaus nicht verlockend aus. Später, wenn ihr Hunger größer wäre, würden sie vielleicht nicht mehr so wählerisch sein. Sie schnallten ihre Leibriemen enger und gingen zum Strande hinab. Dabei berichtete Paul von der Höhle, in die ihn ein gütiges Geschick, allerdings mit einem Kopfstoß, hineingeführt hatte und von dem trefflichen Nachtlager, das er dort fand. Eine gute Unterkunft hatten sie also jetzt, um das übrige wollten sie sich vorläufig keine Sorgen machen. Es müßte ganz verdwars gehen, sagte Towe, wenn sie schließlich nicht doch noch mit heiler Haut und wehender Flagge davonkommen sollten.

Und als ein gutes Omen entdeckten sie gleich darauf hinter einer scharfen Biegung des Strandes das Boot. Es lag kieloben, hoch und trocken und außerhalb des Bereiches des gewöhnlichen Hochwasserstandes. Mit lautem Hurra eilten sie daraufzu und betrachteten es von allen Seiten.

Ihre Freude wurde aber erheblich gedämpft, als sie ein großes Loch im Buge wahrnahmen.

»Dor kannst du din Kopp dörstecken,« knurrte Towe. »Keen Mast is ok nich dor, keen Seil (Segel), keene Rem's, keen nix.«

»Schadet nichts, Towe,« entgegnete Paul, »das Boot ist da, das ist die Hauptsache, und wir müßten ja Pomuchelsköppe Pomuchel = Dorsch. sein, wenn wir's nicht wieder ausflicken und seetüchtig machen könnten.«

»Hast recht, Sohn,« sagte Towe. »Wi ward de Sak woll bestroppen. Wi hewwt zwar keen Holz un ok keen Werkzeug nich, aber wat makt warn kann, ward makt. Dat Boot is de Hauptsak, hest recht. Eenige Tid ward dat aber woll duern. Lat us dat Boot nu noch en beten wider rupholen; Vörsicht is beter as Nahsicht; un dunn gahn wi nah din Höhl'.«

Sie richteten das Fahrzeug auf und zogen es eine Strecke höher aufs Land, so daß selbst die höchste Flut und die stärksten Roller es nicht mehr zu erreichen vermochten; darauf schritten sie der Höhle zu, wobei sie nicht vergaßen, den erlegten Albatros mitzunehmen.

Towe war ganz erstaunt über das wettersichere und trauliche Obdach, das die Natur hier für sie eingerichtet hatte.

»Hier het de Jung' legen un slapen as de Sultan von Fez un Marokko, un ich mußt' da draußen unter den Hümpel Tang krauchen un frieren as 'n wilden Eber!« rief er in komischer Entrüstung. »Wo heet dat doch glick, Paul, dat von de ungleiche Verteilung.«

»›Ungleich verteilt sind die Güter des Lebens unter der Menschen flüchtig Geschlecht‹, – meinst du das?«

»Ja, dat meen ick. Un de Tang is manchmal ok ungleich verteilt. Din hier is as drög un week un warm as Eiderdunen, un min was natt un kolt un rök nah fulen Fischkram. Aber lat man, slapen heww ick doch.«

Paul lachte, dann sagte er:

»Ob wir diesen trockenen Tang wohl als Zunder verwenden und ein Feuer damit anmachen könnten? Du hast ja Stahl und Stein bei dir. Wir haben allerdings kein Holz, aber wenn es gelänge, einen tüchtigen Haufen Tang in Glut zu bringen, dann hätten wir auch Hitze genug, den Albatros gar zu kochen. Versuche dein Heil, ich balge inzwischen den Vogel ab.«

Pauls Arbeit war die leichteste, denn Towe schlug im Schweiße seines Angesichts Funken aus dem Steine, bis ihm die Finger erlahmten, aber der Tang wollte nicht Feuer fangen. Endlich gab er's auf und rief seinem Leidensgefährten zu, daß sie entweder den Albatros roh essen oder verhungern müßten.

»Ich warte noch bis morgen,« war die Antwort; »dazu bin ich noch nicht hungrig genug.«

Da auch keine Vogelnester mit Eiern auf dieser Seite der Insel am Strande zu finden waren, so mußten sie sich endlich mit knurrendem Magen auf das Lager strecken. Trotzdem waren sie herzlich zufrieden. Sie hatten gutes Wasser, gute Unterkunft und im Notfalle konnten sie sich mit rohem Vogelfleisch ernähren. Andere Schiffbrüchige hatten viel größere Drangsale auszustehen gehabt. Ihre Kleider waren im Laufe des Tages auf ihren Leibern getrocknet, an die Kälte hatten sie sich so ziemlich gewöhnt, hier in dem Loche spürten sie sie kaum, und als sie sich in den Tang eingewühlt hatten, war ihnen bald ganz behaglich und warm.

Paul schlief einige Stunden tief und fest, dann weckte ihn das laute Schnarchen seines Genossen. Aufblickend gewahrte er einen schwachroten Feuerschein an der Decke der Höhle, und zugleich verspürte er einen beißenden, unangenehm riechenden Qualm. Er sprang auf, kletterte aus dem Loche heraus und sah nun, daß der Haufen Tang, den Towe vergeblich zu entzünden versucht hatte, sich in voller Glut befand. Die Felsen im näheren Umkreise waren davon rot angestrahlt, und ein dicker bräunlicher Rauch wälzte sich langsam landeinwärts.

»Törn ut, Towe! törn ut!« schrie er in das Loch hinunter. »Wir haben ein prachtvolles Feuer!«

Towe erhob sich schnell, hustete, schalt auf den Rauch und fragte dann, indem er emporkroch, wer das Feuer angemacht habe. »Wer anders, als du?« antwortete Paul. »Deine Funken müssen doch wohl irgendwo gefangen haben, der Tang hat dann sachte weiter geschwelt, und nun siehst du, was draus geworden ist.«

»Towe war also wieder mal der Retter des Vaterlandes,« sagte der Matrose. »Nu leg' din Albatros up de Glut, deck' em mit Tang to und dann sollst du sehen, ehe eine halbe Stunde vergeht, haben wir den feinsten Braten.« – Gesagt, getan. Sie warteten gar nicht erst so lange, bis das Fleisch vollkommen gar war, sondern machten sich nach kurzer Zeit darüberher wie ein paar hungrige Wölfe.

»Ah!« rief der Matrose, als er den letzten Knochen abgenagt hatte, »nu is mich wieder wohl! Schön het dat verrökerte, tranige Fleesch just nich smeckt, aber ich bün satt, un man muß nich zuviel verlangen. Nu wüllt wi wedder intörn'.«

Sie schoben die Glut ein Stück weiter nach Lee, damit der Qualm nicht mehr in die Höhle ziehen konnte, deckten noch einen Haufen Tang darauf, um das Feuer zu erhalten, und legten sich dann aufs neue zum Schlafe nieder.

Viele Tage lang lebten sie von solchem in der Glut gerösteten Vogelfleisch. Diese Nahrung war kümmerlich und auch wenig zuträglich, aber sie hielt doch Leib und Seele zusammen. Zuweilen, wenn die Luft ausnahmsweise einmal klar war, konnten sie in blauer Ferne das Halligeiland liegen sehen, zumeist aber lagerte dichter Nebel über ihrer Insel. Ihre größte Sorge war, wie sie das Boot ausbessern könnten, da sie weder Holz noch Werkzeug hatten. Dazu war das Wetter fast unaufhörlich rauh und stürmisch, die Regengüsse löschten mehrmals das Feuer aus, und der Vorrat an trockenem Tang verminderte sich in bedenklicher Weise. Bald mußte es mit diesem Brennmaterial zu Ende sein.

Um so lange als möglich damit zu reichen, erlegten sie eine große Anzahl von Pinguinen, deren Nistplätze sie inzwischen entdeckt hatten, und rösteten alle auf einmal. In dem kalten Klima hielt das Fleisch sich lange, ohne zu verderben; sie brauchten nun das Feuer nicht immerwährend in Brand zu halten und konnten den Tang sparen. Zur Aushilfe hatten sie auch die Eier, die sie den Nestern entnahmen.

Towe war der erste, der zu murren begann und sich mit dieser Kost unzufrieden zeigte.

»Dat is nix nich für christliche Seefahrer,« sagte er verdrossen. »Wir müssen das Boot seeklar kriegen, oder wir gehen hier an Skorbut zugrunde. Dazu aber is mich mein Leben noch zu lieb, auch hab' ich Katje zu versorgen.«

»Katje ist in unserem Hause daheim gut genug versorgt,« entgegnete Paul, »aber fort müssen wir dennoch von hier. Wenn wir nur die Remen fänden, dann ließe sich wohl der Versuch machen. Sie müssen doch irgendwo an den Strand getrieben sein. Dann verstopfen wir das Loch im Boote mit Stücken von unseren Kleidern oder von dem Segel, das ich neulich aus der Brandung fischte und halten uns warm durch Rojen und Ösen Das in ein kleines Fahrzeug oder Boot eingedrungene Wasser ausschöpfen; auch ausösen..«

»Dat hört sick ganz good an, Sohn, aber wi hewwt de Rem's man nich, un wi könt ok dat Boot nich dicht maken, un stoppten wi ok all uns' Tüg rin. Nee, min Jung', wi möt wat anners utdenken.«

»Wie du meinst. Jedenfalls aber müssen wir nach den Remen suchen. Wir sind noch gar nicht auf der anderen Seite der Insel gewesen; vielleicht liegen sie da schon längst und warten auf uns.«

»Dat is nich unmöglich. Schaden kann dat nich, wenn wi dor ens herumsnökern. Mit Nichtstun erreichen wir nix nich, un in letzter Tid is uns' ganze Arbeit man bloß Nichtstun gewesen. Also morgen früh schall dat losgahn, denn wüllt wi um diese Perle des Ozeans ens herümlopen. Verlich finn' wi wat. Kann wesen, kann ook nich wesen.«

18. Kapitel.

Ein günstiges Vorzeichen. – Der Remen im Tang. – Das Wrack in der Fels-spalte. – »Hier sünd Millionen binnen!« – Abschied von der Nebelinsel.

Paul war am nächsten Morgen zuerst auf den Beinen. Während eines Teiles der Nacht hatte es wie gewöhnlich gestürmt, jetzt aber war das Wetter ruhig und so klar, daß er von einer Felsenhöhe am Strande die Halliginsel ganz deutlich sehen konnte. Die Entfernung erschien ihm gar nicht so sehr bedeutend, er hielt es durchaus nicht für unmöglich, die Strecke rojend zurückzulegen. Er lief sogleich zum Boot und betrachtete und betastete die schadhafte Stelle zum hundertstenmal.

Wenn wir nur Nägel hätten, sagte er zu sich selber, dann nagelten wir Segeltuch auf das Loch. Aber das Segel dürfen wir nicht zerschneiden, denn wer weiß, wozu wir es noch nötig haben.

Er schlenderte am Strande entlang und dachte traurig darüber nach, welch großen Einfluß der Mangel eines Brettstückchens und einiger Nägel zuweilen auf Menschenschicksale ausüben kann.

Da stieß sein Fuß an einen Gegenstand, der unter angespültem Tang begraben lag. Er bückte sich und griff danach. Es war die Konservenbüchse, die ihnen auf der Herfahrt als Ösfaß gedient hatte. Erfreut eilte er mit seinem Funde nach der Höhle.

Towe schlief noch immer. Paul rüttelte ihn wach und zeigte ihm das Blechgefäß, das auch der Matrose sogleich als ein sehr wertvolles Ding begrüßte, denn damit waren sie imstande, das Boot über Wasser zu halten, mochte das Leck auch noch so mangelhaft verstopft sein. Sie erblickten beide in dem Fund ein günstiges Vorzeichen und machten sich guten Mutes auf den Weg. Bei Menschen in ihrer Lage reicht eine Kleinigkeit hin, das Herz mit den kühnsten Hoffnungen zu erfüllen, aber eine Kleinigkeit genügt auch oft, es in düsterer Verzweiflung verzagen zu lassen. Sie wanderten längs des Südstrandes dahin und verzehrten unterwegs ihr Frühstück, das wie immer aus geröstetem Pinguinenfleisch bestand.

Plötzlich blieb Towe stehen, packte Paul am Arm und sah ihm wie verzückt ins Auge.

»Mensch!« rief er. »Wat bün ick för'n Döskopp!«

»Wieso?« fragte Paul verwundert.

»Ja, Mensch, en gräsigen Döskopp!« wiederholte der Matrose, und dann erklärte er sich deutlicher. Sie hatten ja Nägel in Hülle und Fülle, und auch Holz, so viel sie brauchten, und noch darüber. Da waren ja die Bodenbretter noch im Boot, festgenagelt natürlich. Wenn man die abriß, dann hatte man Nägel, und auch die zum Dichtmachen des Leckes nötigen Plankenstücke.

Paul begriff nicht, daß sie nicht schon längst auf diesen Gedanken gekommen waren; er wollte auf der Stelle umkehren und sogleich ans Werk gehen. Towe aber hielt ihn zurück. Morgen sei auch noch ein Tag. Bei diesem günstigen Wetter wollten sie zunächst nach den Remen suchen, und vielleicht fände sich auch der Mast, dann könnten sie zurücksegeln. Der Jüngling war's zufrieden. Er schlug jedoch vor, sich jetzt zu trennen. Towe sollte sich so dicht als möglich am Strande halten, während er so weit landeinwärts bleiben wollte, wie die bei schwerem Wetter anstürmenden großen Roller hinaufreichten. Dann konnte ihnen nichts von dem, was die See etwa ausgeworfen hatte, entgehen. Towe folgte dem Rat, und so wanderte jeder für sich allein weiter.

Allenthalben längs der Küste lagen Massen von Tang im Wasser, die stellenweise förmlich schwimmende Felder bildeten, und weit in die See hinausreichten. Als Paul seine Blicke über solch ein wogendes Feld schweifen ließ, sah er etwas daraus hervorragen, das wie ein Pfahl aussah, der in dem Tange stak. Er lugte scharf hinüber und sein Herz begann zu pochen. Es war einer der Remen. Er wollte Towe rufen, der aber war hinter einem entfernten Felsvorsprung verschwunden. Vom Strande bis zu dem Remen waren es mindestens dreißig Schritt. Wie sollte er dahin gelangen? In diesen Tangmassen konnte kein Mensch schwimmen.

Er setzte sich in Trab, um Towe seine Entdeckung mitzuteilen und mit ihm Rat zu halten, wie man sich des Remens bemächtigen könne.

Als er den Felsensporn erreichte, hinter dem der Matrose ihm aus Sicht gekommen war, da ward ihm ein Anblick, der ihm den Atem stocken ließ.

Vor ihm dehnte sich eine Strecke wild zerklüfteten Strandes aus. Eingekeilt in eine der Felsenspalten saß ein Wrack, behangen mit Tang und hie und da mit Muscheln bewachsen. Es ragte hoch aus dem Wasser. In seiner Nähe stand Towe Tjarks mit untergeschlagenen Armen, und so in Anschauen versunken, daß er den herankommenden Gefährten erst bemerkte, als dieser ihm auf die Schulter schlug.

»Was hast du denn hier?«

»En Schipp!« antwortete Towe nach einer langen Pause. »En Wrack! Junge, Junge! Wo lang mag de all hier sitten! Wi möt an Bord gähn.« – Das war jedoch nicht so leicht, da ein fast unzugängliches Felsgeschiebe, das überdies mit schlüpfrigem Tange bedeckt war, zuvor erklommen werden mußte. Endlich standen sie auf den Resten des ehemaligen Kampanjedecks.

Das Wrack erwies sich nur noch als das Achterende eines Schiffes, das vielleicht vor achtzig Jahren erbaut worden sein mochte, und die Hälfte dieser Zeit saß es vielleicht schon hier in dem Felsenspalt, der ihm gegen die wilden Wogen Schutz gewährt hatte, denn sonst wäre längst schon keine Spur mehr von ihm übriggeblieben. Was hier noch stand, war nur wenig mehr als ein Gerippe. Man konnte in den Kajütenraum hinuntersehen; vom Fußboden desselben waren nur noch wenige zerbrochene Planken vorhanden, und ganz in der Tiefe hörte man das Wasser branden und plätschern.

»Solche alten Kasten haben manchmal wertvolle Ladung gehabt,« sagte Towe. »Ich will ens dalgahn un sehn, ob da wat to holen is.«

»Sei vorsichtig!« mahnte Paul. »Das bißchen Plankenwerk, das man da unten noch sieht, ist gewiß ganz verrottet. Brichst du durch, dann soll dir's schwer werden, wieder an Deck zu kommen. Schade, daß wir keine Leine bei uns haben; an dem Segel sitzen noch Fall und Schot, die könnten wir jetzt brauchen.«

»Min Gewicht warn de Planken woll noch utholln,« entgegnete Towe und rutschte an einer Decksbalkenstütze in den düsteren Raum hinab. Diese Stütze sowohl, wie auch alles andere Holzwerk im Innern war mit Algenwucherungen bedeckt. Es war augenscheinlich, daß die See bei schlechtem Wetter aus dem unteren Raume bis zum Oberdeck heraufkochte und schäumte.

»Hast du was gefunden?« rief Paul hinab, als Towe bereits eine Weile verschwunden war.

»Noch nix nich,« lautete die Antwort. »Dat is nämlich bannig duster hier neeren. Töw man noch en beten.«

Paul hörte den Gefährten in der Tiefe umhertappen und stolpern, konnte ihn jedoch nicht erspähen. Endlich kam der Anruf:

»An Deck dor!«

»Jowoll! Wat is?«

»Ick heww hier wat! Komm dal!«

»Wie kommen wir aber nachher wieder hoch?«

»Büst du up eenmal so ängstlich? Komm man dal, ick heww hier wat funn'.«

Paul glitt an der Deckstütze hinab.

»Hierher!« rief Towe. »Aber Vorsicht! Dat is hier allens so glatt as up en Walfischpuckel!«

Diese Mahnung beherzigend, langte der Jüngling unter vielem Tasten und Straucheln bei dem Matrosen an, der in dem engen Raum am Achtersteven vor zwei kleinen, aber anscheinend sehr festen Kisten hockte, eifrig beschäftigt, die Algen und den Schlamm mit seinem Messer davon abzuschrappen.

»Wat meinst du woll, Paul, wat hier binnen is?« fragte er schmunzelnd.

»Das kann ich nicht wissen. Weißt du's?«

»Ja, min Jung', dat weet ick. Schätze sünd hier binnen, grote Schätze. Gold un Sülwer, gemünzt un in Barrens, is hier binnen.«

»Woher weißt du das?«

»Weil ich solche Kisten schon öfter an Bord gehabt hab'. Ick segg di, hier sünd Millionen binnen.«

»Sachte, Towe, sachte. Millionen wohl kaum.«

»Na, denn aber Hunnertdusende.«

»Komm, Towe.«

»Na, denn Dusende, oder wenigstens Hunderte; es soll mich nich drauf ankommen. Hunderte von Goldbarren mein' ich natürlich. Meineswegens auch Sülwerbarren. Aber weniger is dat nich, Paul. Dormit kann jeder von uns an mächtigen Hühnerhof begründen un en Eierexportatschonshandel in groten bedreewen. Junge, Junge, wat'n Utsicht!«

Paul lachte und riet dem Gefährten, seine Begeisterung zu zügeln und ein Reff in seine Phantasie zu stecken, damit er keine allzu große Enttäuschung erlebe. Towe war überzeugt, daß noch viel mehr solcher Kisten unterhalb des zerstörten Schiffsbodens im Wasser lägen und wohl heraufzufördern wären, wenn man die richtigen Anstalten dazu träfe. Sie beschlossen, morgen mit Leinen wiederzukommen, und kletterten aus dem nassen und dunklen Verliese ans Licht zurück.

Oben angelangt, brachen sie einige der morschen Plankenstücke los, um sie als Feuerungsmaterial zu verwenden. Sie luden sich soviel davon auf, als sie tragen konnten, und traten den Rückweg an. Der Remen stak noch immer im Tange, und Towe hatte eine große Freude, als Paul ihn darauf aufmerksam machte. Er warf sogleich die Holzbürde von sich, entledigte sich seiner Kleider, zog die Stiefel wieder an und lief ins Wasser, als befände er sich hier am Strande der Nordsee und wolle an einem schönen Sommertage ein Bad nehmen. Die See war nur flach; er arbeitete sich durch die Tangmassen hindurch bis zu dem Remen, dessen Blatt in einer Steinspalte festsaß, und kam mit dem kostbaren Funde glücklich, aber halberstarrt vor Kälte, wieder aufs Trockene. Bald darauf waren sie wieder daheim, und nach Verlauf einer weiteren Stunde hatte Towe das Feuer in bestem Gange.

Eine Weile saßen sie davor, freuten sich der hellen Flamme und wärmten sich daran, dann aber machten sie sich auf, um noch mehr Holz zu holen. Noch dreimal machten sie an diesem Tage den Weg nach dem Wracke, dann waren sie im Besitz eines Holzvorrats, der auf mindestens eine Woche reichte, auch wenn das Feuer Tag und Nacht brannte.

Zum erstenmal seit ihrem Hiersein wühlten sie sich an diesem Abend völlig durchwärmt in ihr Tanglager ein, und zum erstenmal hatte ihnen auch die Abendkost, gerösteter Albatros und Wasser, trefflich geschmeckt. Denn sie befanden sich in bester Stimmung und waren voll hoher Zuversicht. Der Tag war ein Glückstag gewesen. Sie wußten, wie das Boot auszubessern war, sie waren im Besitz eines Remens, und als sie das letztemal von dem Wracke zurückgekehrt waren, da hatten sie auch den Bootsmast zwischen dem Gestein des Strandes gefunden. Der Kisten mit den Schätzen gedachte bei all dieser Glücksfülle nur noch Towe.

Paul konnte kaum den Anbruch des Tages erwarten; in aller Frühe machte er sich schon auf, um erst den Mast und dann den Remen heranzuschleppen. Als er mit letzterem anlangte, empfing ihn Towe mit einer angenehmen Überraschung. Dem war es nämlich gelungen, eine Kaptaube zu erlegen; die hatte er in der Konserven-büchse gekocht und so eine Suppe bereitet, von der nun beide einmütig behaupteten, im ganzen Leben keine bessere gegessen zu haben. Paul widerrief dies allerdings bald darauf, weil ihm jene andere herrliche Suppe einfiel, die Fräulein Ulferts ihnen an Bord der Hallig vorgesetzt hatte.

Als das Morgenmahl verzehrt war, lösten sie das Fall und die Schot von dem Segel, und wanderten mit diesen Leinen abermals zum Wracke, um dort die Schätze zu heben.

Die Kisten erwiesen sich als außerordentlich schwer für ihre Größe. Doch hatten sie bald das Fall um die eine geschlungen, die dann nach einiger Mühe zuerst oben an Deck und dann unten auf den Felsen gelandet wurde.

Die zweite Kiste war noch schwerer, als die erste. Sie mußten beim Emporziehen alle Kräfte anwenden.

»Nimm einen Törn um den Balken da!« rief Paul. »Wollen uns ein bißchen verpusten!«

Towe schlang die Leine um den bezeichneten Teil der zerbrochenen Schanze, und nun beugten sich beide über die Öffnung, unter der die Kiste schwebte.

»Junge, Junge, dor is wat in, segg ick di!« sagte Towe. »Dat is nix als pures Gold – .«

Ein Krach! Die Leine war gerissen und die Kiste durch den Schiffsboden in das tiefe Wasser gestürzt. Die beiden Genossen sahen einander an.

»Süso,« sagte Towe.

»Ja,« sagte Paul.

»Min Mudder säd often to mi, Towe säd se, dat kümmt ümmer allens ganz anners; un se harr ok jedesmal recht. Ob wi ehr woll wedder kregen?«

»Die Kiste?«

»Ja.«

»Die kriegen wir nicht wieder. Schadet auch nichts. Wir werden an der andern schon genug zu schleppen haben.«

Towe brummte, wickelte den Rest der Leine zusammen und gab sich zufrieden. Die Kiste war mit eisernen Griffen versehen, die zwar von Rost zerfressen waren, aber dennoch aushielten, bis sie die Höhle erreicht hatten.

Während der Nacht wurde das Wetter wieder schlecht; die Feuerstelle aber lag unter einem Felsvorsprung und war auch sonst von Towe so mit Steinen umbaut worden, daß sie gegen Regen und Schnee gesichert war. Am folgenden Tage begann die Arbeit am Boote. Um dabei dem anhaltenden Unwetter nicht allzusehr ausgesetzt zu sein, schoben sie das Fahrzeug bis unter das Vordach der Höhle, wobei sie den Mast als Walze verwendeten. Bei diesem Werke zeigte sich wieder, was Seeleute selbst unter den ungünstigsten Verhältnissen zu leisten vermögen. Unsere beiden Unglücksgefährten besaßen außer ihren Messern kein Stück Werkzeug, und doch brachten sie es fertig, die Nägel aus einem der Bodenbretter zu ziehen, und einige Stücke dieses Brettes so herzurichten, daß das große Loch in den Bugplanken damit übernagelt werden konnte. Zur weiteren Abdichtung wurde Segeltuch verwendet. Als Hammer mußte ein Stein dienen.

Vierzehn volle Tage hatte Towe mit dieser Ausbesserung zu tun. Pauls Aufgabe war es in dieser Zeit, Feuerholz herbeizuschaffen, Seevögel zu erlegen und Pinguineier zu sammeln, damit es ihnen an des Leibes Nahrung und Notdurft nicht fehlte.

Endlich stand das Boot seefertig da. Noch einmal musterten die Freunde es mit scharfen Augen von allen Seiten, und Paul erteilte dem alten Schiffsmaaten uneingeschränktes Lob. Der Flicken da im Buge hätte jedem Zimmermann Ehre gemacht.

»Alle Achtung, Towe,« sagte der Jüngling. »Mit dem Stück Arbeit kannst du zufrieden sein.«

»Bün ick ook,« erwiderte der Matrose. »Mehr as sin Schülligkeit kann nüms nich doon.«

Jetzt hinderte sie nichts mehr an der Rückfahrt nach der Halliginsel, als das schlechte Wetter. Der Wind wehte hartnäckig aus Westen. Da es ihnen nicht an Feuerung fehlte, ertrugen sie diese Verzögerung ziemlich gleichmütig; das einzige, was sie jetzt nahezu unerträglich fanden, jetzt, wo sie Ägyptens Fleischtöpfe gewissermaßen schon in greifbarer Nähe hatten, war die ewige tranig duftende und tranig schmeckende Vogelkost. Selbst die in der Konservenbüchse gekochte Kaptaube hatte keinen Reiz mehr für sie.

Endlich trat der ersehnte Witterungswechsel ein. Der Wind flaute ab und ging nach Osten herum. Am Abend war das Wetter so still und schön, wie es in diesen Breiten nicht oft erlebt wird.

Unsere Helden spazierten vor der Höhle, die so lange ihr Heim gewesen war, und redeten von der Fahrt, die sie morgen anzutreten gedachten. Das Firmament war wolkenlos, die Sterne flimmerten klar, aber matt und bleich, denn ihr Licht wurde von dem blendendhellen Vollmond überstrahlt.

»Morgen abend um diese Zeit können wir schon an Bord der Hallig sein,« sagte Paul.

»Ja, Sohn,« nickte Towe stillvergnügt. »Ick freu' mi, Keppen Jaspersen weddertosehn, un ohl Heik Weers, un Gazzi.«

»Und Fräulein Ulferts,« fügte Paul hinzu.

»Ick heww ehr nich genannt, wil dat jo selbstverständlich is.«

Sie plauderten bis tief in die Nacht hinein, vom Feuer erwärmt und angestrahlt, und auch als sie längst schon im Tange lagen, war Paul noch eine Zeitlang wach und lauschte dem Rauschen der Brandung und dachte an alle, die seinem Herzen teuer waren.

»Törn ut dor, törn ut!« mit diesem Rufe rüttelte ihn Towe mit Tagesanbruch aus dem Schlafe. »Komm, Sohn, sag' adjüs zu uns' gute Höhle un zu die Nebelinsel, denn nu is dat sowit, nu möt wi dat Boot to Water bringen.«

Und ehe die Sonne noch über die Kimmung emporgestiegen war, lag das Boot segelfertig in einer kleinen Felsenbucht, beladen mit der Schatzkiste, der rußgeschwärzten Konservenbüchse und einem Vorrat von gerösteten Pinguinen. Sie setzten das Segel, stießen mit dem Remen ab und liefen mit günstigem Winde und frohen, hoffnungsvollen Herzen hinaus in die offene See, dem in blauer Ferne liegenden Halligeiland zu.

19. Kapitel.

Wie die Schiffsmaaten vom Fischen zurückkehrten. – Warum Heik seinen Freund Towe im Schlafe störte. – Der Inhalt der Kiste. – Gazzis Flucht und Ende. – Die »Hallig Hooge« verläßt den Jaspersenhafen.

Das waren bange und schwere Wochen für die kleine Besatzung an Bord der Hallig gewesen, seit Paul und Towe mit dem Boote verschwunden waren. Die Arbeit hatte nur geringe Fortschritte gemacht, weil es allen an dem rechten Mute dazu gefehlt. Kapitän

Jaspersen, Heik Weers und Dora hatten Beratungen über Beratungen abgehalten, wie man nach der Insel gelangen könnte, die da ab und zu im Osten in Sicht kam, und dann wiederum, wie ohne den Beistand jener beiden die Arbeit an Bord am besten und schnellsten zu bewältigen und dann das Schiff aus dem Hafenbecken zu bringen sei.

Der Grieche allein schien mit dem Stande der Dinge ganz zufrieden zu sein, insofern wenigstens, als er nicht viel zu arbeiten brauchte und immer genug zu essen hatte.

Das Schiff sah jetzt beinahe so verwahrlost und wüst aus, wie die Insel selber. Außenbords hatten sich unterhalb der Wasserlinien unzählige Langhalsen angesetzt, jene Muscheln, die an halsähnlichen Stielen hängen, mitunter lange Bärte bilden und hindernd auf die Fahrgeschwindigkeit der Fahrzeuge einwirken. Sie heißen eigentlich Entenmuscheln und sind in fast allen Meeren heimisch.

Jeden Tag fuhr einer mit dem Floß an Land und erstieg den Aussichtsberg, um nach der Insel auszulugen, auf der man die Gefährten vermutete. Lebten diese noch, dann unterließen sie sicher nicht, irgend ein Zeichen ihres Vorhandenseins zu geben. Wir wissen, daß es den beiden Unglücksgefährten nicht möglich gewesen war, ein solches aufzurichten. Wohl hatten sie das Segel, das sehr gut als Notflagge hätte dienen können, allein es fehlte ihnen an jeder Vorrichtung zum Aufheißen desselben, und als sie schließlich in den Besitz des Mastes und des Remens gelangt waren, da dachten sie nicht mehr an ein Notsignal, da hatten sie nur noch den einen Gedanken, das Boot wieder instandzusetzen und nach der Hallig zurückzukehren.

Wenn der Nebel den Ausschauenden daher wirklich einmal gestattete, das ferne Eiland zu erblicken, so entdeckten sie trotz des scharfen Schiffsteleskops dort nichts, woraus sie auf die Anwesenheit von Menschen daselbst hätten schließen können. Der dünne Rauch des Feuers wurde der dicken Luft wegen nicht sichtbar.

Daher erfolgte auf die erwartungsvolle Frage der an Bord Harrenden: »War etwas in Sicht?« stets nur die traurige Antwort:

»Nichts in Sicht.«

Kapitän Jaspersen hatte schon längst alle Hoffnung aufgegeben, Paul und Towe, oder auch nur einen von beiden, wiederzusehen. Er hielt es für nahezu unmöglich, daß Menschen ohne Obdach und ohne genügende Ernährung in einem so rauhen Klima längere Zeit ihr Leben fristen konnten. Und nun lastete es schwer auf seiner Seele, ohne Paul heimkehren und mit einer Trauerkunde das Pfarrhaus von Westerstrand wieder betreten zu sollen.

Eines Abends schlenderte der alte Heik langsam an Deck hin und her, seine Pfeife rauchend und verloren die beiden Masten betrachtend, die nun schon so lange da aufgerichtet standen, während für den dritten, den Fockmast und das dazugehörige Vorgeschirr noch so gut wie nichts geschehen war.

Er hatte heute wiederum den Weg nach dem Aussichtsberge gemacht und war mit dem trostlosen »Nichts in Sicht« zurück-gekehrt.

Nach einer Weile gesellten sich Fräulein Ulferts und Kapitän Jaspersen zu ihm. Es war heller Mondenschein, man konnte das zerklüftete Felsgestein rings um den schwarzen Strand deutlich erkennen, und die Schatten der drei hin und her Wandelnden zeichneten sich dunkel und scharf umrissen auf den Decksplanken ab. Heik brachte das Gespräch auf die Heimreise.

»Uns hat es bisher an Herz für die Arbeit gefehlt,« sagte der Schiffer, »wenn das so fortgeht, kommen wir niemals nach Hause. Wir müssen uns zusammenraffen und das Werk wieder tapfer angreifen. Das soll gleich morgen geschehen. Seit wir unsere Freunde verloren haben, ist alles liegen geblieben.«

»Veel anners ward dat ok woll nu nich warn,« entgegnete Heik.

»Warum nicht?« fragte das junge Mädchen, und sah ihn mit traurigen Augen an.

»Weil wir uns doch kein rechtes Herz fassen können, ehe wir Towe und Paul nich wiederhaben tun,« antwortete der alte Matrose. »Dat is der Grund, Fräulein. Wir haben kein gutes Gewissen, Fräulein, dat is die Krankheit, die uns in die Knochen liegt, un uns an der Arbeit hindern tut. Un en Wunner is dat nich. Warum haben wir auch nich den Versuch gemacht, unsere Maaten aufzufinden. Bei gutem Wetter und Westwind kämen wir in zwölf oder achtzehn Stunden mit dat Floß ganz leicht nach der andern Insel; natürlich müßten alle Mann tüchtig paddeln. Proviant un Wasser ward mitnahmen, und dann bleiben wir so lange drüben, bis mal gut Wetter und der Wind östlich ist. Und ich wette, Fräulein, daß wir unsere Schiffsmaaten während dieser Zeit dort finden, vorausgesetzt, daß sie lebendig an Land gekommen sind. Und warum sollten sie das nicht? Towe schwimmt wie ein Seehund, und Paul sicher auch. Sind sie aber an Land gekommen, dann finden wir sie auch. Towe kann jahrelang von Tang leben, wie 'ne Seekuh, wenn es sein muß und er nichts anderes zu essen kriegt, un wat Towe kann, dat kann Paul ok. Wat seggen Se, Keppen Jaspersen? Schall de Expeditschon makt warn?«

»O bitte, Keppen Jaspersen!« flehte Dora. »Das gäbe doch wieder Hoffnung!«

»Ich habe gewiß nichts dagegen,« erwiderte der Schiffer. »Wir dürfen jedoch nicht vergessen, daß eine solche Fahrt ein großes und gefährliches Wagnis ist und ich für aller Leben verantwortlich bin. Wir wollen erst noch einmal die Karte um Rat fragen.«

Sie begaben sich in die Kajüte und breiteten hier zum hundertstenmal die Karte des südlichen Indischen Ozeans auf dem Tische aus. Sie maßen die Entfernung und erwogen alle Möglichkeiten, und obgleich eine solche Reise auf dem Floße nicht anders als eine Tollkühnheit bezeichnet werden konnte, so beschloß man dennoch, sie zu unternehmen. Das gebrechliche Fahrzeug sollte noch durch eine Anzahl Fässer und Planken verstärkt und auch mit Mast und Segel versehen werden, und dann wollte man, falls das Wasser günstig wäre, schon in der nächsten Woche die Fahrt wagen.

Fräulein Ulferts wußte sich vor Freude kaum zu fassen. Sie war ganz fest überzeugt, daß sich die Freunde auf jener Insel befanden und sehnlichst darauf warteten, durch ihre Schiffsgenossen erlöst zu werden.

»Eine innere Stimme sagt mir, daß sie dort glücklich gelandet sind, und daß wir sie bald wiedersehen werden!« rief sie.

»Kann wesen, kann ook nich wesen,« sagte Heik. »Wir haben das Versprechen von Keppen Jaspersen, dat genügt mich. Ein Mann, ein Wort, nich wohr, Kaptein?«

»Gewiß, Heik, die Fahrt wird gemacht. Jetzt aber wollen wir die Kojen aufsuchen; morgen in aller Frühe soll es an die Arbeit gehen. Gute Nacht, Fräulein –«

Er unterbrach sich, erhob die Hand und lauschte.

»Horch! Wir werden angerufen!«

Alle stürzten an Deck hinauf.

»Hallig Hooge, ahoi!« schallte es laut über das Hafenbecken.

»Sie sind da!« rief Dora jubelnd, »sie sind da!«

»Hallo!« antwortete der Schiffer. »Wer is dat dor?«

Ein Boot kam über das mondbeglänzte Wasser auf das Schiff zu. In seinem Achterteil stand ein Mann und wrickte Wricken heißt: ein Boot mit einem über das Heck ausgesteckten Remen durch schraubenartige Drehungen desselben fortbewegen.. Ein anderer stand mitschiffs bei dem Maste, an dem das Segel niedergeholt war.

»Wi sünd Ehre Schippsmaaten, Keppen Jaspersen; wi kamt just von 't Fischen torügg,« antwortete die gar nicht zu verkennende Stimme Tome Tjarks'. »Laten Se uns en Lin' hewwen.«

Heik warf dem Boot eine Leine zu, und wenige Sekunden später standen Paul und Towe wieder an Deck der Hallig, von allen Seiten mit herzlichster Freude begrüßt.

Als die erste Erregung sich gelegt hatte, und Towe zu Worte kommen konnte, wendete er sich an den Schiffer.

»Dat Boot leckt mächtig un muß gau upheißt warn,« sagte er. »Vörher will ick aber nochmal dalgahn. Dor liggt nämlich en Fisch in, en bannig sworen Korl, de möt mit ein' von die Davitstaljen upheißt warn. Gewen Se mi en Stropp, dat ick de Talje anhaken kann.«

»Ein Fisch, Towe? Wat für een? Doch keen Walfisch?«

»Heißen Se ihm man an Bord, dennso werden Sie ja sehen, was für ein Diert dat is.«

Damit schwang er sich wieder in das Boot hinab, schlang den Stropp um die Kiste und hakte die Talje an. Paul und Heik heißten auf und bald standen alle um den schweren Behälter herum und betrachteten ihn mit neugierigen und verwunderten Blicken.

»De Fisch is in düsse Kist', Kaptein,« erklärte Towe vom Boot aus. »Wi hewwt em dor inspunnt, dormit dat he nich utrischen ded. Lassen Sie die Kiste in Ihre Kammer stellen, morgen wollen wir sie aufmachen und überholen. Un nu her mit de annere Talje, Heik! Dat Boot is halm vull Water un sackt weg, wenn't nich upheißt ward.« Das Boot hing bald in den Davits, die Kiste wurde achteraus geschafft. Dora deckte in Eile den Tisch, trug Salzfleisch, Brot und Tee auf, und unsere ausgehungerten Helden verzehrten ein Mahl, das sie geradezu königlich dünkte. Dabei warfen sie ihren mit allen Ohren lauschenden Schiffsgenossen nur ab und zu eine abgerissene Andeutung ihrer Erlebnisse hin; an längeren Mitteilungen hinderte sie ihre große Abspannung und Ermüdung, und so verargte es ihnen niemand, als sie unmittelbar nach dem Essen die so lange entbehrten Kojen aufsuchten, wo sie sogleich in tiefen Schlaf sanken.

Den andern ging es nicht so gut, die konnten wegen der schrecklichen Töne, die aus Towes Kammer drangen, kein Auge schließen. Endlich konnte Heik dies nicht länger ertragen; er ging zu Towe hinein und schüttelte ihn heftig.

»Nimm's nich übel, Maat, daß ich dir stören tu',« sagte er, »aber wir haben hier eine Dame an Bord, auf die mußt du Rücksicht nehmen. Du hast uns nich gesagt, wie eure Insel heißen tut, aber nach din Gegrunze to urteilen, ward dat woll de Eberinsel west sin.«

Towe drehte sich um, sagte kein Wort und schlief weiter. Heik kroch wieder in seine Koje und brummte dabei sehr vernehmbar vor sich hin, daß schiffbrüchige Bootsegler keine passende Gesellschaft wären für Leute, die gewohnt seien, an Bord von Schiffen zu schlafen.

Die andern saßen bereits fröhlich beim Morgenimbiß, als Towe und Paul am nächsten Morgen erwachten. Der Duft von gebratenem Speck brachte sie schneller auf die Beine, als Feuerlärm dies zu bewirken vermocht hätte. Sie wurden allseitig so lebhaft und aufrichtig willkommen geheißen, daß es selbst den Seebären Towe wie Rührung überkam; nur Gazzi sagte kein Wort, sein schwarzgelbes Gesicht verzog sich zu keinem Lächeln, teilnahmlos und gleichgültig verzehrte er sein Frühstück, und man brauchte kein großer Menschenkenner zu sein, um zu merken, daß er von Neid und Mißgunst gegen die beiden Zurückgekehrten erfüllt war.

»Na, ohl Gazzi, wat seggst du?« redete Towe ihn lustig an. »Freust di nich, mi weddertosehn? Ick freu' mi bannig äwer di, du sühst so lieblich ut, as 'ne natte Katt in Regenweder.«

Gazzi streifte ihn mit einem kurzen, scheuen Blicke seiner stechenden Augen, blieb jedoch stumm.

»Heute gibt's viel zu tun,« wendete sich der Schiffer an die Helden des Tages. »Solange ihr auf Urlaub wart, ist hier wenig geschafft worden; wir haben daher viel nachzuholen, je eher wir fertig sind, desto eher können wir uns auf die Heimreise begeben. Wenn euch also eure Vergnügungstour nicht noch in den Gliedern steckt, dann wollen wir das Werk mit Fäusten angreifen. Was sagt ihr?«

»Ick segg her mit de Arbeit,« entgegnete Towe. »Mi verlangt bannig nah Hus to kamen, ehe die Hühnerpreise wieder in die Höhe gehen. Geld werden wir jetzt ja wohl genug haben, was, Paul?«

»Bei der Abrechnung daheim werden wir alle vergnügte Gesichter machen können,« sagte der Schiffer, indem er dem Matrosen zugleich einen Wink gab, in Gazzis Gegenwart nicht unnötig von der mitgebrachten Schatzkiste zu reden.

»De Yankees seggen › more days, more dollars‹, un dat segg ick ook,« warf der alte Heik ein. »Ich fühl' mich hier ganz wohl un war' ok gor nich bös, wenn wir noch Jahr un Dag hier liggen täten.«

Nach dem Frühstück rief der Schiffer Paul und Towe in seine Kammer.

»Ich wollte wegen eures sogenannten Schatzes mit euch reden,« sagte er, den Fuß auf die Kiste setzend. »Der Kasten ist schwer, man kann daher annehmen, daß etwas Ordentliches drin ist. Ehe wir ihn jedoch öffnen, muß alles klargestellt sein, so daß hinterher kein Zweifel über das Eigentumsrecht aufkommen kann. Ihr habt ihn gefunden und mitgebracht, und alles, was darin ist, mag es nun Geld, Geldeswert oder was anderes sein, gehört euch beiden allein und ausschließlich. Verstanden? Von einer Verteilung soll keine Rede sein.«

»Wir sünd andrer Meinung,« entgegnete Towe. »Wat, Paul, sünd wi dat nich?«

»Ja,« bestätigte dieser. »Wir haben unterwegs schon alles verabredet. Erweist der Inhalt der Kiste sich des Verteilens wert, so erhalten alle an Bord den gleichen Anteil.«

»Der Entschluß gereicht euch zur Ehre,« sagte der Schiffer. »Nicht jeder würde so denken. Der Fund ist herrenlos, daher gebührt er euch; das ist unbestreitbar. Aber wie ihr wollt. Lauf und hole uns einen Kuhfuß, Paul, den Deckel aufzubrechen. Hoffentlich werden unsre Augen durch den Anblick der Schätze nicht geblendet.«

Obgleich die Eisenbeschläge des Kastens ganz verrostet waren, so setzten sie doch den Bemühungen des Schiffers noch hartnäckigen Widerstand entgegen, und es dauerte lange, bis der Deckel nachgab und der Inhalt sich zeigte.

»Junge, Junge!« rief Towe, sich mit weit geöffneten Augen vorbeugend. »Dorum hemmt wi us quält un afrackert? Dorum hemmt wi us högt un freut as de Schützenkönig von Husum? Dat ischo nix nich as Steenkram un Dreck!«

»Nicht voreilig, Towe,« sagte der Schiffer. »Steine sind es ja, es können aber auch wertvolle Steine in rohem Zustande sein. Gewöhnliche Steine werden nicht so sorgfältig verpackt. Ich bin überzeugt, daß eure Mühe und Arbeit mit dem Zeug nicht umsonst gewesen ist.«

»Wenn Se dat seggen, Kaptein, dennso glöw ick dat,« erwiderte Tome, »un ok Paul glöwt dat.«

»Gewiß,« sagte dieser. »Wie sollte ein Schiff dazukommen, gewöhnliche Steine, sorgfältig in Kisten verpackt, mit sich herumzuschleppen? Ich meine, wir werden es nicht bereuen, uns mit der Last herumgebalgt zu haben.«

»Dat meen ick ok,« rief Towe aufatmend. »Un nu wüllt wi den Schatz verteilen.«

Der Schiffer schüttelte den Kopf. »Lassen wir die Finger davon, bis wir daheim sein werden, dann könnt ihr beide damit beginnen, was euch gefällt. Keine Überstürzung. Gut Ding will Weile haben.«

»Dat is richtig,« pflichtete Towe ihm bei. »Wie sollen wir auch teilen, da wir doch noch gar nich wissen tun, wieviel die einzelnen Steine wert sind?«

Als Gazzi später erfuhr, daß die an Bord gekommene Kiste wertvolle Steine enthielt, da wurde er von einer unbezähmbaren Gier erfaßt und verlangte heftig eine sofortige Teilung, denn alle Mann hätten ein Recht daran, das wäre der Brauch auf allen Schiffen.

»Sie irren, Gazzi,« erwiderte der Kapitän. »Das mag der Brauch auf Seeräuberschiffen gewesen sein, wenn es sich um an Bord gebrachten Raub handelte. Auf deutschen Schiffen geht die Gemütlichkeit nicht so weit. Die Steine sind als herrenloses Gut in einem alten Wrack, dessen Herkunft unbekannt ist, gefunden worden und sind Eigentum derjenigen, die sie an Bord brachten. Hüten Sie sich also, sich daran zu vergreifen, es könnte Ihnen sonst übel ergehen.«

An jenem Abend berichteten unsere Bootsfahrer ihre Abenteuer auf der Nebelinsel. Gazzi hörte nur mit halbem Ohre zu, als Towe aber erzählte, wie die zweite Kiste wieder verloren ging, da fing er an zu schelten.

»Hat man jemals solche Dummköpfe gesehen!« rief er ganz außer sich. »Sie sehen die Kiste fallen, sie wissen genau, wo sie liegt und rühren keinen Finger, sie wieder heraufzuholen! O, wenn ich dabei gewesen wäre!«

»Sag' dat nich nochmal, Maat,« entgegnete Towe, »sonst steck' ich dich ein Reff in die Zunge. Wenn hier an düssen Disch en Dummkopp sitten doot, dennso büst du dat. Mark' di dat.«

Der Grieche schwieg und redete den ganzen Abend kein Wort mehr. Am Tage darauf aber machte er sich an Heik heran, und suchte ihn zu überreden, mit ihm nach der Nebelinsel zu segeln und den wieder ins Wasser gefallenen Schatz zu heben.

»Nee, min Jung',« antwortete der alte Matrose und lachte. »Nee, min Jung'. Dat sollte di woll gefallen. Alleen kriegst du de Kist' nich an Land, dorbi schall ick di helpen. Un wenn ick die hulpen heww, nahsten brukst du mi nich mehr, im Gegendeel, denn bün ick di just um een Mann toveel, un ehr ick mi dat denn versehen do, stickt mich din Metz mang de Rippen. Nee, Gazzi, dorut kann nix nich warn.«

»Wie du willst,« entgegnete der Grieche. »Es war bloß ein Vorschlag. Ich mache den Versuch auf jeden Fall. Du hast gehört, was der Alte gesagt hat: die Steine sind Eigentum derjenigen, die sie gefunden haben. Gut, ich werde noch mehr finden, als Towe und Paul, und dann alle für mich allein behalten.«

»Jawohl, Maat, dat doo du man ok, un lat di dat good bekommen. Aber de Boot, de kriegst du nich, de brukt wi sülben.«

Damit ging er zum Schiffer und teilte diesem die Absicht des Griechen mit. Infolgedessen wurde das Boot während der nächsten Nächte scharf bewacht. Towe war jedoch dafür, daß man den Griechen gewähren lassen solle.

»Ümmer weg mit em,« sagte er. »Er kriegt den Kasten in seinem ganzen Leben nich wedder hoch, und wir werden uns wohler fühlen, wenn wir seine unangenehme Gegenwart los sind. Wir haben ein feines Feuer hinterlassen, dor kann ho sick an warmen, wenn dat mitdewil nich utgahn is. Also lat em loopen.«

»Ich hätte nichts dagegen,« sagte der Schiffer, »aber wir können das Boot nicht entbehren, und auf dem Floße hinzupaddeln, dürfte er keine Lust verspüren. Er wird den törichten Gedanken auch wohl inzwischen aufgegeben haben.«

So schien es auch wirklich zu sein, denn obgleich man anscheinend das Boot fortan ganz aus den Augen ließ, machte Gazzi keinen Versuch, mit demselben davonzugehen, obgleich Towe inzwischen das Leck im Buge nach allen Regeln der Kunst ausgebessert hatte. Die nächtliche Bewachung des kleinen Fahrzeugs wurde daher auch bald aufgegeben.

Man hielt jetzt wieder wie vordem täglich zehn volle Arbeitsstunden inne und hatte dafür auch nach Verlauf von vier Wochen die Genugtuung, die »Hallig Hooge« als richtigen Dreimastschoner begrüßen zu können, dem nur noch einige Segel fehlten.

Als Paul eines Morgens an Deck kam, um das Feuer in der Kombüse anzumachen – die Männer wechselten miteinander hierbei ab, um Fräulein Ulferts diese Arbeit zu ersparen – da sah er, daß das Boot aus den Davits verschwunden war. Er lief zurück und schaute in des Griechen Kammer hinein. Auch der war nicht da. Jetzt weckte er den Kapitän.

»Gazzi hat sich mit dem Boote davongemacht,« berichtete er.

»Also doch. Wie ist das Wetter?«

»Dick von Daak.«

»Sieh mal nach dem Glase, Paul.«

Der Jüngling tat wie ihm geheißen.

»Nun, wie ist's damit?«

»Das Quecksilber ist gefallen.«

»Dann möge Gott ihm beistehen, wir können's nicht. Weht es draußen?«

»Nicht viel, aber was da von Wind vorhanden ist, kommt aus Westen, steht also gerade auf die Nebelinsel zu. Er hat mithin alle Aussicht, hinzukommen.

»Hoffentlich schafft er's; verdient hat er es allerdings nicht.«
Die Sonne ging hinter einer schweren dunklen Wolkenbank auf. Die ganze Natur, selbst die Felsen an Land, sahen nach Sturm und kommendem Unwetter aus.

»He het sick för sine Jagd nach dem Glück keen' verheißungsvollen Morgen utsöcht,« sagte Towe, als er nach dem Frühstück auf dem Kampanjedeck stand, und die Nase prüfend in den Wind reckte.

»Ich denk' mich, wenn er düssen Sonnenaufgang sehn tut, dennso wird er woll sacht irgendwo up Halligeiland wedder ünnerkrupen. Dor geit' all los! Junge, Junge, wo dat hult! Ick möcht' jetzt nich in de Boot sitten, wat Paul? Wi hewwt för 'ne Wil noog dorvon.«
Ein Brüllen erscholl von der See her, dann brach der Sturm mit furchtbarer Gewalt los. Der Wind pfiff und kreischte zwischen den Felsen, und verfing sich dermaßen in dem Hafenbecken, daß sogar die geschützt liegende Bark unter dem ersten Anlauf weit nach der Backbordseite überholte.

»Hoho!« sagte Towe. »Gazzi, min Söhn, wat seggst du nu? Möchtest du jetzt doch nicht lieber wieder an Bord von de ohle Hallig sein, mang dine gooden Schippsmaaten?«
Da kam der Schiffer eilig von achtern her.

»Macht das Floß klar!« rief er. »Zwei Mann gehen mit mir an Land! Heik und Towe! Bei dem Wind kann kein einzelner Mensch im Boote die See halten; wir müssen versuchen, ihm beizuspringen, wenn ihm etwas zugestoßen ist. Paul bleibt an Bord und gibt acht auf die Bark.«

»Jawoll, Kaptein.«
Das Floß war bald an Land gepaddelt und ohne Verzug machten die drei sich auf den Weg nach dem Robbenkap, denn nur in jener Gegend konnte das Boot bei diesem Winde angetrieben sein, wenn es Unglück gehabt hatte. Kaum lagen die hohen Felsketten, die den Jaspersenhafen umschlossen, hinter ihnen, da faßte der Sturm sie mit ganzer Macht, und sie mußten alle Kraft aufbieten, nicht umgerissen und in die Klüfte hinuntergeschleudert zu werden, an deren Rändern sie dahinzuschreiten hatten.
Der offene Ozean kam bald in Sicht. Sie blieben im Schutz einer Wand stehen und schauten hinaus über die brausende und brüllende Weite, auf der die weißbeschäumten Seen hintereinander

herjagten und in donnernder Brandung gegen den Strand anstürmten.

»Auf solcher See kann kein Boot existieren,« sagte der Schiffer. »Ich fürchte, der arme Gazzi ist nicht mehr am Leben und schläft bereits tief unten in Gottes Keller den langen letzten Schlaf.«

»Dat is noch nich so ganz gewiß, Kaptein,« entgegnete Towe. »Gazzi was man en leegen Keerl, aber en Boot kunn he regieren so good as de beste von us. Ick will nich seggen, dat he in düssen Wind veel Utsicht hemmen doon deit, ick weet aberst, dat uns' lütt Boot sick ok bi slecht Weder fein holln deit un licht to handhaben is.«

»Dorüm büst du ok mit dat lütt Boot kentert,« brummte Heik Weers in bärbeißigem Spott.

»Dor hest du all wedder mal vörbidrapen, ohl Heik,« erwiderte Towe gleichmütig. »Nee, min Jung', wi sünd mit dat lütt Boot kentert, wildat wi di nich als Ballast an Bord hadd harrn. Süso, weetst nu Bescheed?«

Sie setzten ihren Weg fort. Als sie in die Nähe des Strandes gekommen waren, blieb Towe plötzlich stehen.

»Dor liggt de Boot, hoch un drog!« rief er. »As hüt morgen de Sünn so düster upgahn ded, dor wüßt ick fortsens, dat dat mit uns' Gazzi to Enn' wer. Gott sei seiner Seele gnädig!«

Das Boot lag kieloben und war weit aufs Land hinaufgeworfen. Obgleich jede der heranrollenden Seen es mit Schaum und Gischt übersprühte, so veränderte es dennoch seine Lage nicht, da ein hoher' Wall von Tang es seewärts umgab und als Wasserbrecher diente.

»Es hat sich einen guten Platz ausgesucht,« sagte der Schiffer, herzugehend. »Es scheint auch ganz heil davongekommen zu sein. Wir wollen es ein Stück weiter heraufholen, der Sicherheit wegen, und dann müssen wir uns nach Gazzi umsehen. Er kann ebensogut heil und gesund an Land gekommen sein, wie das Boot.«

Sie brachten das Fahrzeug aus dem Bereiche der Seen, und machten sich dann auf die Suche nach seinem ehemaligen Insassen. Zunächst lenkten sie ihre Schritte nach dem Robbenkap, und musterten dabei mit scharfen Blicken jeden Steinwinkel, jeden Riß und jedes Loch.

»Nix zu sehen,« sagte Heik nach einer Weile. »Er wird draußen in See schon weggesackt sein.«

»Er kann auch verwundet und hilflos hier irgendwo auf dem Strande liegen,« erwiderte der Schiffer. »Laßt uns rufen, alle Mann zugleich.«

Und durch das Getöse der Brandung und des Windes erscholl es: »Gazzi ahoi!« und immer von neuem: »Gazzi ahoi!«

Aber keine Antwort ließ sich vernehmen, so angestrengt sie auch lauschten. Sie suchten noch eine lange Zeit und ließen noch oft den Ruf ertönen, der die Anwesenheit der Retter verkünden sollte; es war jedoch alles vergebens. Endlich schickten sie sich zur Rückkehr an.

Da erspähte der Schiffer einen mit den Wogen herantreibenden Gegenstand, in dem man bald den Mast des Bootes erkannte. Er kam langsam näher; sie warteten, bis sie ihn aus dem Wasser fischen und landen könnten, denn seine Wiedererlangung war für sie ein wertvoller Gewinn.

Endlich warf eine See ihn auf die Klippen. Heik und Towe liefen in die Brandung, ihn vollends aufs Trockene zu holen, ehe das zurückströmende Wasser ihn wieder davonführen konnte. Jetzt gewahrten sie, daß auch das Segel noch daranhing. Sie wunderten sich darüber, daß es so schwer heraufzuziehen war.

»Dat is irgendwo unklar,« sagte Towe, und riß mit Macht an der Leinwand. Gleich darauf rief er: »Mein Gott! Dor is he!«

In den Falten des Segels, die Schot um den Leib geschlungen, kam Gazzi an die Oberfläche, kalt und starr. Sie trugen ihn an Land und versuchten, ihn ins Leben zurückzurufen, allein alle Mühe war vergebens.

»Er ist tot,« sagte der Schiffer. »Es bleibt uns nur noch übrig, ihn zu begraben; da dies aber in diesem Felsboden nicht geschehen kann, so müssen wir gutes Wetter abwarten und ihn dann in die See versenken. Bis dahin wollen wir ihn, mit Tang und Steinen bedeckt, hier liegen lassen.«

Towe erwiderte, er wisse eine tiefe Stelle in einer Bucht gleich hinter dem Robbenkap, und mache daher den Vorschlag, ihn dort zu bestatten, dann hätte man das traurige Stück Arbeit hinter sich. Der Schiffer war damit gern einverstanden. Sie wickelten den Leichnam in das Segel und trugen ihn an den von Towe bezeichneten Platz; hier taten sie noch einige schwere Steine in die

Umhüllung und befestigten alles mit der Schot. Nach einem kurzen Gebete, das jeder für sich sprach, senkten sie den Toten in die See, in der so unzählige Menschenkinder, gute und böse, ihre letzte Ruhestätte gefunden haben.

Obgleich der Grieche an Bord der Hallig nichts weniger als beliebt gewesen war, so warf sein jähes Ende dennoch einen Schatten über die kleine Gemeinde, und es dauerte einige Tage, ehe man sich davon wieder frei fühlte. Erwähnt wurde er von niemand, denn da man nichts Gutes von ihm zu reden wußte, so gedachte man seiner in der Unterhaltung lieber gar nicht mehr.

Einige Wochen nach dem Tode des Griechen war die »Hallig Hooge« seeklar und lag mit untergeschlagenen Segeln und gefüllten Wassertanks bereit, mit dem ersten günstigen Winde die Heimfahrt anzutreten.

Der Ertrag der Pelzrobbenjagd war, trotz des ersten Eifers, nur ein geringer gewesen; man hatte schließlich doch Wichtigeres zu tun gehabt. Die Wiederherstellung des Bootes war, als ganz unnötig, unterblieben, denn alle verfügbaren Bretter waren zur Ausbesserung der Schanzkleidung verwendet worden.

Sonst aber befand sich das Schiff in so gutem Zustande, wie es unter den obwaltenden Umständen kaum erwartet werden konnte. Man hatte eine lange Trosse ausgebracht, und an einem der am Hafeneingang liegenden Felsen befestigt. Ging der Wind herum, dann brauchte man nur den Anker aufzuhieven und an der Trosse zu ziehen, bis das Schiff durch die Enge war, und dann stand unseren Freunden, nach langer Haft in dem engen Hafenbecken der entlegenen Felseninsel, die weite Welt wieder offen.

Jeden Morgen schon ganz in der Frühe, schaute Kapitän Jaspersen nach dem Wetter aus, in der Hoffnung, einen günstigen Wind vorzufinden. Da aber in jenen Breiten vorwiegend westliche Winde wehen, und zwar nahezu neun Monate aus den zwölfen des Jahres, so mußte er jeden Morgen enttäuscht seine Koje wieder aufsuchen. Endlich, des Harrens müde, beschloß er, an dem ersten schönen Tage hinauszulaufen, wenn der Wind nicht gar zu ungünstig wäre.

Eines Abends, als das Barometer besonders hoch stand, und die Luft fast windstill war, eröffnete er seinen Gefährten, daß er am nächsten Morgen das Schiff durch die Enge zu bringen gedächte, wenn Wetter und Wind dies nur irgend gestatteten.

Darob große und freudige Erregung unter den Getreuen.

Mit dem ersten Tagesgrauen waren alle Mann an Deck und auch Dora schon in der Kombüse.

Paul warf von der Back aus einen langen Blick in die Runde. Die Felsen standen schwarz und still, und schwarz und still breitete sich auch der Wasserspiegel des Hafenbeckens aus. Wieviel Erinnerungen knüpften sich an diesen Ort!

Und setzt sollte es nach Hause gehen, nach Hause! Auf seinen früheren Seereisen hatte er sich nie so nach der Heimat gesehnt, wie jetzt. Die frische, fröhliche Seefahrt hatte einen solchen Wunsch kaum aufkommen lassen. Diesmal aber war es nur zum kleinsten Teil eine Seefahrt, zum größten Teil nichts als eine Verbannung, eine Gefangenschaft gewesen. Allerdings eine Gefangenschaft, die sich ertragen ließ. Aber doch eine Abgeschlossenheit von der ganzen übrigen Welt. Und jetzt sollte es nach Hause gehen. Sie hatten mit aller Kraft auf diesen Moment der Befreiung hingearbeitet; jetzt war er gekommen, und doch vermochte er kaum daran zu glauben.

»Hiev' Anker!« kam das Kommando des Kapitäns.

Alle eilten ans Spill, sogar Dora beteiligte sich an der schweren Arbeit, die lange Kette einzuhieven und den mächtigen Anker aus dem Grunde zu brechen, wo er so lange Monate gelegen und sich eingefressen hatte.

»Klickklack, klickklack« gingen die Pallen, und Glied um Glied kam die Kette durch die Klüse und über das Spill herein. Alle paar Minuten mußte Paul von der Back auf das Deck hinabspringen, um die sich hinter dem Spill anhäufende Kette achteraus zu ziehen.

Endlich stand die Kette außerhalb der Klüse auf und nieder.

»Fasthieven!« rief der Schiffer. »Hol' ein die Lose von der Trosse!«

Die schlaff im Wasser hängende Trosse wurde um die Winsch genommen und steifgeholt. Darauf begann das Hieven aufs neue, und endlich, nachdem sich alle bis zur Erschöpfung angestrengt hatten, hing der Anker unter dem Buge. Er wurde mit dem Kattblock unter den Kranbalken geheißt, wo er zunächst hängenblieb, um später mit dem Fischtakel gefischt, auf die Back gebracht und hier befestigt zu werden.

Jetzt ging es wieder an die Winsch, um die Trosse, die, wie wir wissen, vor dem Hafenausgang an einem Felsen festgemacht war, einzuhieven. Langsam dem Zuge folgend, glitt das Schiff der Enge zu. Als die Trosse ihre Schuldigkeit getan hatte, und losgeworfen werden mußte, war noch so viel Fahrt in dem Schiffe, daß es mit dem Boote leicht durch die schmale Fahrstraße des Ausgangs geschleppt werden konnte, die zuvor wiederholt sorgfältig ausgepeilt worden war.

Während der Dauer des Schleppens, das durch alle vier Männer ausgeführt wurde, stand Fräulein Ulferts am Ruder und steuerte das Schiff mit sicherer Hand nach den ihr vorher eingeprägten Merkzeichen durch die klippenreiche Enge hindurch, bis es die freie See erreicht hatte, und die lange, sanfte Dünung wieder zu spüren begann.

Wenige Minuten darauf waren die Männer wieder an Bord. Die Fallen der Fock und des Großsegels wurden um die Winsch genommen und beide Segel zugleich geheißt. Ein leichter Südostwind füllte die Leinwand – die »Hallig Hooge«, ehemals Bark, jetzt Dreimastschoner, hatte ihre Fahrt nach Kapstadt angetreten.

Bald lag die Insel mit dem gastlichen Jaspersenhafen weit hinter ihr, so einsam, wie zuvor, ein Tummelplatz der kalten Sturmwinde, und der Regen- und Schloßenböen, die nach kurzer Zeit alle Spuren der Menschen, die hier nahezu ein Jahr lang ihr Leben gefristet hatten, verwischt haben werden.

Von einer Meeresströmung war nichts zu merken. Vielleicht hatte Kapitän Jaspersen recht, wenn er meinte, daß jene Strömung, die die Bark damals nach der Insel und in das Hafenbecken hineinbrachte, auf vulkanische Ursachen zurückzuführen gewesen sei, und daß das Wasser nicht so gewaltsam durch das enge Felsentor geströmt wäre, wenn es nicht irgendwo einen unterirdischen Auslaß in dem Felsenbecken gefunden hätte.

»Beten Sie um gutes Wetter, Fräulein Ulferts,« sagte der Schiffer zu dem jungen Mädchen, als er das Ruder übernahm, nachdem er das Segel am Besan hatte heißen helfen; »ich habe die Fahrt gewagt im Vertrauen auf die leichten Winde, die wir um diese Zeit hier wohl erwarten können. Schweres Wetter halten unsere Masten nicht aus, die eigentlich doch nichts als Notmasten sind. Es war nur eine Ironie, als wir die Hallig einen Dreimastschoner nannten; sie ist mit der neuen Takelung, die uns so schwere und langwierige Arbeit kostete, doch nur ein armes, verkrüppeltes Ding, das sich, aus der Entfernung gesehen, mit seinem kümmerlichen Segelwerk und dem großen Unterschiff komisch genug ausnehmen mag.«

»Sie alle haben redlich und treu geschafft, da wird der Lohn Ihrer Arbeit nicht ausbleiben,« antwortete Dora.

»Ick bün dicke tofreden mit uns' Dreemastschoner,« sagte Towe, der die Persenning auf dem Scheinlicht vermittelst starker Latten neu befestigte; »mehr as sin Schülligkeit kann nüms nich doon.«

20. Kapitel.

Die brennende Brigg. – Der Mann in der Boje. – In Kapstadt. – Zwei Kabeltelegramme. – Glückliche Menschen. – »Hallig ahoi!«

Obgleich zwischen dem vierzigsten und fünfzigsten Grad südlicher Breite westliche und nordwestliche Winde vorzuherrschen pflegen, so hatte die Hallig doch das seltene Glück, mit leichter südöstlicher Brise bis in die Nähe des Kaps der Guten Hoffnung zu kommen. In zwei oder drei Tagen mußte man die Tafelbai erreichen.

Eines Abends gegen sieben Glasen, kam über dem Steuerbordbuge eine Brigg in Sicht. Keppen Jaspersen betrachtete sie durch den Kieker, und rief dann plötzlich: »Allmächtiger, ich glaube, da ist Feuer an Bord!«

Er reichte Heik das Glas.

»Ja, Kaptein,« sagte dieser, »dor is Füer an Bord.«

Es fragte sich nun, ob die Hallig der Brigg auflaufen sollte, oder ob diese auf die Hallig abhalten würde. Es wurde sehr schnell dunkel, die Brigg war bald nicht mehr zu sehen, aber an der Stelle, wo sie sich befinden mußte, zeigte sich ein helles Licht, das bald an Glanz und Größe zunahm.

»Wir müssen ihr zeigen, wo wir sind,« sagte der Schiffer und holte zwei Magnesiumlichter aus der Kajüte. Er steckte eins in Brand und, nachdem es erloschen war, das andere, so daß beinahe zehn

Minuten lang der grelle Schein die Finsternis und die leichtbewegte See in weitem Umkreise erleuchtete. Die Brise war flau, die Hallig hatte nur geringe Fahrt; Towe, der am Ruder stand, hielt, auf die Weisung des Schiffers, direkt auf die Brigg ab, und letzterer ließ alle zwei Minuten eine Rakete steigen, um den Leuten auf dem brennenden Fahrzeuge den Mut zu beleben und ihnen zu zeigen, daß die Helfer sie nicht im Stiche lassen wollten. Inzwischen war auch der Mond sichtbar geworden, so daß die Hallig von der Brigg aus deutlich wahrgenommen werden mußte.

Als die Hallig näher herankam, erkannte ihre Besatzung, warum die Brigg den Helfern nicht entgegengesegelt war. Die ganze vordere Hälfte stand in Flammen; das Schiff lag mit dem Buge gegen den eben etwas auffrischenden Wind, Wanten, Stagen und Pardunen waren bis zur Höhe des Vormars in prasselndes Feuer gehüllt; die Lohe schlug züngelnd nach hinten, und braunroter, funkendurchsprühter Qualm wälzte sich in dichten Massen nach Lee zu über die See, die von der roten Glut mit blutigem Schein übergossen wurde; auch der Himmel über dem Schiffe war gerötet. Seine eigentlichen Schrecken aber erhielt das furchtbare Schauspiel durch die Reihe von Köpfen, die über die Reling des Achterdecks der herankommenden Hallig entgegenschauten.

»Gütiger Himmel!« rief Dora, die bei Towe am Ruder stand, »ich sehe zwei Frauen unter ihnen!«

»Brigg ahoi!« dröhnte jetzt der Anruf des Schiffers über das Wasser. Die Leute auf dem brennenden Schiffe schwenkten die Arme und ließen ein lautes Durcheinander von Stimmen hören.

»Deutsche sind's nicht,« sagte Jaspersen und fragte dann, ob jemand dort drüben Englisch verstünde. Die Antwort konnte niemand verstehen, man hörte nur schreien und sah ein verzweifeltes Winken. Boote waren nirgends zu sehen; der Ort mitschiffs, wo die Boote zu stehen pflegen, war ein Flammenmeer; auch in den Davits zeigte sich nichts.

Kurz entschlossen ließ der Schiffer das einzige Boot, das der Hallig zur Verfügung stand, zu Wasser bringen, und dann das Schiff unter verkleinerten Segeln bis dicht an das Heck der Brigg laufen. Jetzt sprangen Towe und Paul ins Boot, rojten an das brennende Fahrzeug heran und hakten an dessen Luvgroßrüst fest. Towe rief den Leuten an Deck zu, die Frauen zuerst herabzugeben. Man verstand ihn, aber es währte eine ganze Weile, ehe die widerstrebenden und kreischenden Weiber über die Seite zu bringen waren; eine stürzte dabei ins Wasser, wurde jedoch von Paul noch glücklich erwischt und ins Boot gezogen. Nachdem noch acht Mann von der Besatzung aufgenommen waren, brachten unsere beiden Halligleute diese Ladung an Bord ihres Dreimastschoners. Noch einmal machten sie sich auf die Fahrt, um den Rest der Mannschaft zu holen. Die Leute stürzten sich mit solcher Hast herab, daß sie das Boot beinahe zum Kentern brachten. Endlich hatte der letzte das Schiff verlassen.

Da tönte Kapitän Jaspersens eherne Stimme herüber.

»Gau, Towe, gau, Paul! Um Gottes willen, gau! De Brigg geiht in de Luft!«

Zwei der fremden Seeleute hatten bereits die Remen gefaßt, Towe stieß mit dem Bootshaken von der Brigg ab, und das Boot schoß in fliegender Eile der Hallig wieder zu. Hier war alles in ängstlicher Erregung. Die Geretteten kletterten an Bord.

»Schnell, Kinder, schnell!« rief der Schiffer unaufhörlich und in größter Besorgnis. »Schnell an Deck, Towe, Paul! Lat dat Boot man achteransleppen, wi hewwt jetzt keen Tid tom Upheißen! Gau an Bord, gau an Bord! Lat de Remen in de Boot liggen, Paul!«

Aus seinen Rufen und seinen Gebärden sprach eine Angst, wie die Halligleute sie noch nie zuvor an ihm wahrgenommen hatten. Paul und Towe drängten die in ihrer Hast wirr durcheinander stolpernden Leute fast mit Gewalt aus dem Boote, und hinter dem letzten Geretteten schwangen auch sie sich über die Reling.

Das Deck der Hallig wimmelte von den durcheinander rennenden Fremdlingen. Der glutrote Feuerschein beleuchtete die Gesichter so hell, daß jeder Zug, jede Linie derselben zu erkennen war.

»Junge, Junge!« sagte Heik Weers zu Towe. »Nu hewwt wi up eenmal menschliche Gesellschaft, un mehr as toveel! Dat sünd Franzmänner, soveel ick man ut ehr Gesnack vernehmen kann.«

Er irrte nicht, die geretteten Seefahrer waren Franzosen. Ihr Kapitän hatte sogleich nach seiner Ankunft an Bord Keppen Jaspersen mitgeteilt, daß die Brigg zu zwei Drittel mit Sprengpulver beladen sei, das in den Goldminen von Südafrika verwendet werden und in Port Elisabeth gelandet werden sollte; und diese gefährliche Ladung müsse nun jeden Augenblick Feuer fangen. Dies war die Erklärung für die ungewöhnliche Aufregung und Angst unseres braven Schiffers.

Die aufgegeit gewesenen Gaffelsegel wurden wieder ausgeholt, und die Hallig suchte mit möglichster Eile aus der gefahrdrohenden Nähe des brennenden Fahrzeugs zu entkommen, wobei die auffrischende Brise ihr behilflich war.

Kaum zehn Minuten mochten vergangen sein, seit das Boot von seiner letzten Fahrt zurückgekehrt war, da flog die Brigg in die Luft.

Ein Feuerstrom schoß zum Firmament empor und zugleich gab es einen Donnerschlag, wie ihn nur wenige der an Bord Befindlichen jemals zuvor vernommen hatten.

»Junge, Junge!« sagte Towe zu Paul. »Nüms kann weeten, wat allens up See passeeren doon deit! Ick denk' mi, so ungefähr möt ok de Rupptatschon in de Sundasee west sin, von de Keppen Jaspersen us vertellen ded.«

Die Luft schien von Blitzen erfüllt; das waren die glühenden Stücke der Planken, Masten und Spieren, die nach allen Richtungen durch die Finsternis geschleudert wurden. Die Erschütterung des Wassers wirkte so heftig auf das Schiff, daß viele der Leute an Deck niederstürzten. Hätte das wackere Fahrzeug sich noch auf der Stelle befunden, wo es beigedreht gelegen, so wäre es unfehlbar durch die brennenden Trümmer in Brand gesteckt, oder aber durch die herabstürzenden schweren Massen zum mindesten schwer beschädigt, und vielleicht abermals zum Wrack gemacht worden.

Der Zuwachs, den die Hallig durch die Geretteten erhielt, unter denen sich auch acht französische und italienische Goldgräber befanden, belief sich auf zwanzig Köpfe. Der Kapitän und die beiden Frauen wurden in der Kajüte, die Männer im Logis untergebracht. Da das Schiff sich nicht mehr weit von Kapstadt befand, so verursachte die Ernährung dieser Menge Menschen unsern Helden weiter kein Kopfzerbrechen, aber ein Gruseln überkam sie doch, wenn sie an die Möglichkeit dachten, daß sie dieses Rettungswerk etwa tausend Meilen vom Lande hätten ausführen müssen.

Noch eine andere Lebensrettung war ihnen auf der kurzen Strecke bis ans Ziel der Fahrt vorbehalten.

Am Tage darauf kam ihnen eine große eiserne Boje in Sicht, die von ihrer Verankerung in irgend einem Hafen losgerissen sein mußte. Vielleicht hatte sie auch ein Fahrzeug aus dem Schlepp verloren. Der Wind war wieder so flau, daß das Schiff nur soeben durchs Wasser ging. Als es dicht an der Boje vorbeilief, bemerkten sowohl die Halligleute, als auch die über die Reling guckenden Franzosen, daß sie beschädigt war. Eine Armeslänge über der Wasserlinie befand sich ein Loch von etwa zwei Fuß im Durchmesser. – Fräulein Ulferts und Kapitän Jaspersen und auch der am Ruder stehende Paul beschauten sich das Ding. Plötzlich hörten sie einen dumpfen Schrei aus dem Loche hervordringen. – Anfänglich wollten sie ihren Ohren nicht trauen, da aber nicht nur sie alle drei, sondern auch die in der Nähe stehenden Franzosen den Schrei vernommen hatten, so ließ der Schiffer die Segel aufgeien und das Boot zu Wasser bringen, in dem dann Towe mit zwei von den französischen Matrosen an die Boje heranrojte.

»Is dor wen binnen?« rief Towe in das Loch hinunter.

»Ay, ay!« Gleichbedeutend mit: »Yes, yes!« Sprich: Ai, ai (deutsch). antwortete eine hohle Stimme auf englisch. »Helft mir heraus, ehe ich hier ertrinke!«

Es war in der Boje so dunkel, wie in einem Teerfaß, so daß man nichts erkennen konnte. Towe ließ zurückrojen, um eine Leine zu holen; er machte einen Paalsteek (feste Schleife) hinein, ließ die Leine in die Boje hinab und rief: » Look out!«

» All right!« antwortete die Stimme. » Hoist away (heiß' auf)!«

Towe und die Franzosen zogen aus Leibeskräften und brachten nicht ohne große Mühe einen Mann aus dem Loche heraus, der so naß war, wie eine Wasserratte. Sie schafften ihn an Bord, und nachdem er einen Blechpott heißen Kaffee getrunken und einige Beschüten gegessen hatte, erzählte er dem Schiffer und seinen Getreuen, was ihm widerfahren war.

In der vergangenen Nacht war er von einem Schoner, der nach Madagaskar segelte, über Bord gefallen. Man hatte ihm einen Rettungsring zugeworfen, den er auch erwischte. Das Boot aber, das ihn auffischen sollte, konnte ihn in der Dunkelheit nicht finden, und so hatte der Schoner seine Fahrt ohne ihn fortgesetzt.

Als der Morgen graute, sah er in einer Entfernung von etwa zweihundert Meter die große Boje treiben. Er steuerte darauf zu, da er aber nirgends einen Halt gewinnen konnte, kletterte er in das Loch, in der Absicht, mit dem halben Leibe darin hängenzubleiben, wie einer, der aus dem Fenster sieht. Allein die Ränder des Loches waren so scharf, daß er sich dort nicht halten konnte und in das Innere hinabgleiten mußte.

Es waren anderthalb Fuß Wasser in der Boje, und alle Augenblicke schütteten die Spritzwellen noch mehr dazu, so daß er wohl voraussehen konnte, was mit ihm werden würde, wenn der Wind auffrischen und die See höhergehen sollte. Er wäre einem schrecklichen Schicksal anheimgefallen, wenn ein günstiges Geschick die Hallig seinem engen Gefängnisse nicht so nahe gebracht hätte, daß man an Deck seine erstickten Hilferufe vernehmen konnte.

Er dankte seinen Rettern mit bewegten Worten und wurde dann zu den übrigen Geborgenen nach vorn geschickt.

Drei Tage später lag die »Hallig Hooge« zu Kapstadt im Dock.

Sie war wie ein Wunder angestaunt worden, als der Schleppdampfer sie durch die große Schar der im Hafen ankernden Schiffe bugsierte. Die drei Notmasten und ihre Auftakelung erregten allgemeines Erstaunen, und die vier Mann an Deck – die Geretteten waren am Tage zuvor an Land geschafft worden – vernahmen manchen anerkennenden Zuruf und manches bewundernde Wort.

Hohes Lob ward ihnen auch von den Kapitänen und den anderen Fachleuten zuteil, die das Schiff im Dock aufsuchten, um es zu besichtigen und sich seine Schicksale erzählen zu lassen. Die meisten hätten es nicht für möglich gehalten, daß eine Besatzung von fünf Mann, von denen der eine während der Zeit, wo die Hauptarbeit, die Herstellung und Aufrichtung der Masten, verrichtet wurde, mit gebrochenem Bein in der Koje zubringen mußte, ein solches Riesenwerk ausführen könnte.

Da standen die drei Masten, zwar in ihren aus Tauen und Ketten hergestellten Laschungen mehr oder weniger gelockert, aber von den Wanten, Pardunen und Stagen noch so festgehalten, daß sie bei nicht zu argem Wetter vielleicht noch auf weitere tausend Meilen ihren Dienst hätten versehen können.

Sogleich nach seiner Ankunft hatte Kapitän Jaspersen an die Reederei des Schiffes folgendes Kabeltelegramm abgesandt: »Hallig Hooge geborgen, mit Notmasten binnen gebracht. Ganze Besatzung ausgestorben, auch Kapitän und Steuerleute. Gelbes Fieber. Fräulein Ulferts allein noch am Leben und an Bord. Unterschiff vollständig seetüchtig. Teeladung fragwürdig. Was soll geschehen?«

Die auf demselben Wege eintreffende Antwort lautete: »Dank für Bergung. Schiff docken und mit neuer Barktakelung versehen lassen. Teeladung möglichst günstig losschlagen. Fracht für Hamburg oder sonstigen nordischen Hafen an Bord nehmen. Fräulein Ulferts mit nächstem Dampfer hierherkommen, wo Fürsorge getroffen werden wird, oder dort an Bord bleiben, ganz nach Belieben. Bergegeld wird hier berechnet und ausgezahlt. Hoffen, Sie bald begrüßen zu können.«

Drei Monate später segelte die »Hallig Hooge« als stolze Bark mit der Flutströmung die Elbe hinauf, und nach abermals drei Monaten feierte Towe Tjarks mit Katje im Pfarrhause zu Westerstrand seine Hochzeit.

Der Bergelohn hatte für jeden der beteiligt Gewesenen eine namhafte Summe abgeworfen, der Schatz von der Nebelinsel aber war zu einer Sammlung von Gestein und Erzen zusammengeschrumpft, die zwar wertvoll für die Wissenschaft war, beim Verkauf aber nicht mehr als tausend Mark eingebracht hatte, welche Summe dem jungen Ehemann einstimmig zuerkannt und trotz seines Sträubens überwiesen wurde.

»Meinswegens,« hatte er endlich gesagt, »ick nehm' dat Geld, abersten bloß unter die Bedingung, dat Heik Weers de Hälft' dorvon kriegt un sick dormit an min Eiergeschäft beteiligt. Will he dat nich, dennso verschenk' ick de düsend Mark an de erste beste fromme Stiftung.«

Worauf Heik sich brummend einverstanden erklärte.

Dora fand im Pastorhause liebevolle Aufnahme und ein dauerndes Heim. Der Anteil, den ihr Vater an der »Hallig Hooge« besessen hatte, war auf sie übergegangen, sie konnte daher als eine nicht unbemittelte junge Dame gelten.

Nach Jahresfrist war wiederum eine Hochzeit im Pfarrhause; Kapitän Jaspersen führte Pauls Schwester Gesine heim.

Paul selber wurde zu rechter Zeit Steuermann, und als er nach nicht zu langer Frist auch das Kapitänspatent erworben und die Führung eines Schiffes erhalten hatte, da heiratete er Dora Ulferts, »sin Gespenst«, wie Towe zu Heik sagte, als er sich mit dem zum Hochzeitsmahl auf den Weg machte.

Der Hühnerhof blüht, und das Eiergeschäft geht gut. Heik hat sein Häuschen ganz in der Nähe von Towes Gehöft, und wie einst auf der öden Insel im südlichen Indischen Ozean, so erschallt auch heute noch oft von einer dieser Behausungen zur andern der dröhnende Anruf:

»Hallig ahoi!«

Titelliste Taschenbuch-Literatur-Klassiker

Bd. 1 *Abenteuer und Fahrten des Huckleberry Finn*, Mark Twain, Bd. 2 *Andersens Märchen*, Hans Christian Andersen, Bd. 3 *Anton Reiser*, Karl Philipp Moritz, Bd. 4 *Aus dem Leben eines Taugenichts*, Joseph Freiherr v. Eichendorff, Bd. 5 *Bahnwärter Thiel*, Gerhard Hauptmann, Bd. 6 *Bambi Eine Lebensgeschichte aus dem Walde*, Felix Salten, Bd. 7 *Bauern, Bonzen und Bomben*, Hans Fallada, Bd. 8 *Bel Ami*, Guy de Maupassant, Bd. 9 *Bergkristall*, Adalbert Stifter, Bd. 10 *Candide oder der Optimismus*, Voltaire, Bd. 11 *Caspar Hauser oder Die Trägheit des Herzens*, Jakob Wassermann, Bd. 12 *Dantons Tod*, Georg Büchner, Bd. 13 *Das Bildnis des Dorian Grey*, Oscar Wilde, Bd. 14 *Das Dschungelbuch*, Rudyard Kipling, Bd. 15 *Das Fräulein von Scuderi*, ETA Hoffmann, Bd. 16 *Das Gemeindekind*, Marie v. Ebner-Eschenbach, Bd. 17 *Das Heptameron*, *Margarete v. Navarra*, Bd. 18 *Märchenbriefbuch der heiligen Nächte*, Max Dauphtendey, Bd. 19 *Das Marmorbild*, Joseph v. Eichendorff, Bd. 20 *Das Schloss*, Franz Kafka, Bd. 21 *Das Urteil*, Franz Kafka, Bd. 22 *David Copperfield*, Charles Dickens, Bd. 23 *Der abenteuerliche Simplizissimus*, Grimmelshausen, Bd. 24 *Der arme Spielmann*, Franz Grillparzer, Bd. 25 *Der eingebildete Kranke*, Moliere, Bd. 26 *Der ewige Spießer*, Ödön v. Horváth, Bd. 27 *Der Fürst*, Nocolò Machiavelli, Bd. 28 *Der Glöckner von Notre Dame*, Victor Hugo, Bd. 29 *Der goldene Esel, Apuleius, Bd. 30 Der goldene Topf*, ETA Hoffmann, Bd. 31 *Der Graf von Monte Christo*, Alexandre Dumas, Bd. 32 *Der grüne Heinrich*, Gottfried Keller, Bd. 33 *Der kleine Häwelmann und andere Märchen*, Theodor Storm, Bd. 34 *Der kleine Lord*, Frances Hodgson Burnett, Bd. 35 *Der letzte Mohikaner*, James Fenimore Cooper, Bd. 36 *Der Prozess*, Franz Kafka, Bd. 37 *Der Sandmann*, ETA Hoffmann, Bd. 38 *Der Schimmelreiter*, Theodor Storm, Bd. 39 *Der Schuss von der Kanzel*, Conrad Ferdinand Meyer, Bd. 40 *Der Seewolf*, Jack London, Bd. 41 *Der seltsame Fall des Dr. Jekyll und Mr. Hyde*, Robert Louis Stevenson, Bd. 42 *Der Stechlin*, Theodor Fontane, Bd. 43 *Der Sturmheidhof (Sturmhöhe)*, Emily Brontë, Bd. 44 *Der Tor und der Tod*, Hugo v. Hofmannsthal, Bd. 45 *Der Weg ins Freie*, Arthur Schnitzler, Bd. 46 *Der zerbrochene Krug*, Heinrich v. Kleist, Bd. 47 *Deutsches Märchenbuch*, Ludwig Bechstein, Bd. 48 *Deutschland. Ein Wintermärchen*, Heinrich Heine, Bd. 49 *Die Abenteuer der sieben Schwaben*, Ludwig Aurbacher, Bd. 50 *Die Burg von Otranto*, Horace Walpole, Bd. 51 *Die drei Musketiere*, Alexandre Dumas, Bd. 52 *Die Elixiere des Teufels*, ETA Hoffmann, Bd. 53 *Die Geschichte meines Lebens*, Georg Ebers, Bd. 54 *Die Insel Felsenburg*, Johann Gottfried Schnabel, Bd. 55 *Die Judenbuche*, Annette v. Droste-Hülshoff, Bd 56. *Die Kameliendame*, Alexandre Dumas, Bd. 57 *Die Kartause von Parma*, Stendhal, Bd. 58 *Die Kreutzersonate*, Lew Tolstoi, Bd. 59 *Die Leiden des jungen Werther*, Johann Wolfgang v. Goethe, Bd. 60 *Die Leute von Seldvyla I*, Gottfried Keller, Bd. 61 *Die Leute von Seldvyla II*, Gottfried Keller, Bd. 62 *Die Marquise*, George Sand, Bd. 63 *Die Marquise von O.*, Heinrich v. Kleist, Bd. 64 *Die Memoiren der Fanny Hill*, John Cleland, Bd. 65 *Die Ratten*, Gerhard Hauptmann, Bd. 66 *Die Räuber*, Friedrich v. Schiller, Bd. 67 *Die Regentrude*, Theodor Storm, Bd. 68 *Die Reisen des Baron zu Münchhausen*, Bd. 69 *Die Schatzinsel*, Robert Louis Stevenson, Bd. 70 *Die Verlobten*, Allessandro Manzoni, Bd. 71 *Die Verwandlung*, Franz Kafka, Bd. 72 *Die Verwirrungen des Zöglings Törleß*, Robert Musil, Bd. 73 *Die Waffen nieder*, Berta von Suttner, Bd. 74 *Die Wahlverwandtschaften*, Johann Wolfgang v. Goethe, Bd. 75 *Don Carlos*, Friedrich v. Schiller, Bd. 76 *Eduards Traum*, Wilhelm Busch, Bd. 77 *Effi Briest*, Theodor Fontane, Bd. 78 *Egmont*, Johann Wolfgang v. Goethe, Bd. 79 *Ein Held unserer Zeit*, Michail Lermontoff, Bd. 80 *Einsichten und Ausblicke*, Gerhard Hauptmann, Bd. 81 *Emilia Galotti*, Gottold Ephraim Lessing, Bd. 82 *Erinnerungen aus galanter Zeit*, Giacomo Casanova, Bd. 83 *Erzählungen*, Wilhelm Busch, Bd. 84 *Es waren zwei Königskinder*, Theodor Storm, Bd. 85 *Essays*, Michel de Montaigne, Bd. 86 *Franz Sternbalds Wanderungen*, Ludwig Tieck, Bd. 87 *Fräulein Else*, Arthur Schnitzler, Bd. 88 *Frühlings Erwachen*, Frank Wedekind, Bd. 89 *Gedanken*, Blaise Pascal,

Bd. 90 *Gefährliche Liebschaften*, Pierre-Ambroise-François Choderlos de Laclos, Bd. 91 *Gegen den Strich*, Joris-Karl Huysmany, Bd. 92 *Geschichte des Fräuleins von Sternheim*, Sophie v. La Roche, Bd. 93 *Geschichte vom braven Kasperl und dem Annerl*, Clemens Brentano, Bd. 94 *Geschichten aus dem Wienerwald*, Ödön v. Horváth, Bd. 95 *Glanz und Elend der Kurtisanen*, Honore de Balzac, Bd. 96 *Glück und Unglück der berühmten Moll Flanders*, Daniel Defoe, Bd. 97 *Götz von Berlichingen*, Johann Wolfgang v. Goethe, Bd. 98 *Gullivers Reisen*, Jonathan Swift, Bd. 99 *Heidis Lehr und Wanderjahre*, Johann Spyri, Bd. 100 *Heinrich von Ofterdingen*, Novalis, Bd. 101 *Hiob Roman eines einfachen Mannes*, Joseph Roth, Bd. 102 *Immensee*, Theodor Storm, Bd. 103 *Iphigenie auf Tauris*, Johann Wolfgang v. Goethe, Bd. 104 *Italienische Märchen*, Clemens Brentano, Bd. 105 *Ivannhoe*, Walter Scott, Bd. 106 Jahrmarkt der Eitelkeiten, William Makepeace Thackeray, Bd. 107 *Jane Eyre*, Charlotte Brontë, Bd. 108 *Jugend ohne Gott*, Ödön v. Horvath, Bd. 109 *Jürg Jenatsch*, Conrad Ferdinand Meyer, Bd. 110 *Kabale und Liebe*, Friedrich v. Schiller, Bd. 111 *Kasimir und Karoline*, Ödön v. Horvath, Bd. 112 *Kinder- und Hausmärchen*, Gebrüder Grimm, Bd. 113 *Kleiner Mann, was nun*, Hans Fallada, Bd. 114 *König Alkohol*, Jack London, Bd. 115 *Krambambuli*, Marie Ebner-Eschenbach, Bd. 116 *Lausbubengeschichten*, Ludwig Thoma, Bd. 117 *Lavinia - Pauline - Kora*, George Sand, Bd. 118 *Leben und Lüge*, Detlev von Liliencron, Bd. 119 *Lebensansichten des Katers Murr*, ETA Hoffmann, Bd. 120 *Lenz. Der hessische Landbote*, Georg Büchner, Bd. 121 *Lieutenant Gustl*, Arthur Schnitzler, Bd. 122 *Lord Jim*, Joseph Conrad, Bd. 123 *Luise*, Johann Heinrich Voß, Bd. 124 *Madame Bovary*, Gustave Flaubert, Bd. 125 *Märchen*, Wilhelm Hauff, Bd. 126 *Maria Stuart*, Friedrich v. Schiller, Bd. 127 *Max Havelaar*, Multatuli, Bd. 128 *Meister Floh*, ETA Hoffmann, Bd. 129 *Michael Kohlhaas*, Heinrich v. Kleist, Bd. 130 *Minna von Barnhelm*, Gotthold Ephraim Lessing, Bd. 131 *Moby Dick*, Hermann Melville, Bd. 132 *Nathan, der Weise*, Gotthold Ephraim Lessing, Bd. 133-1 und 133-2 *Nils Holgersson wunderbare Reise*, Selma Lagerlöf, Bd. 134 *Niels Lyne*, Jens Peter Jacobsen, Bd. 135 *Nußknacker und Mausekönig*, ETA Hoffmann, Bd. 136 *Oliver Twist*, Charles Dickens, Bd. 137 *Onkel Toms Hütte*, Herriett Beecher Stowe, Bd. 138 *Peter Schlemihls wundersame Geschichte*, Adalbert v. Chamisso, Bd. 139 *Peterchens Mondfahrt*, Gerdt v. Bassewitz, Bd. 140 *Pinocchio*, Carlo Collodi, Bd. 141 *Reinecke Fuchs*, Johann Wolfgang v. Goethe, Bd. 142 *Rheinmärchen*, Clemens Brentano, Bd. 143 *Rinaldo Rinaldini*, Christian August Vulpius, Bd. 144 *Robinson Crusoe*; Daniel Defoe, Bd. 145 *Romeo und Julia*, William Shakespeare Bd. 146 *Schach von Wuthenow*, Theodor Fontane, Bd. 147 *Schachnovelle*, Stefan Zweig, Bd. 148 *Schatzkästlein des rheinischen Hausfreundes*, Johann Peter Hebel, Bd. 149 *Schelmuffskys Reisebeschreibung*, Christian Reuter, Bd. 150 *Schloss Gripsholm*, Kurt Tucholsky, Bd. 151 *Siebenkäs*, Jean Paul, Bd. 152 *Sternstunden der Menschheit*, Stefan Zweig, Bd. 153 Tao te king, Laotse, Bd. 154 *Till Eulenspiegel*, Hermann Bote, Bd. 155 *Tolldreiste Geschichten*, Honorè de Balzac, Bd. 156 *Tom Jones, Geschichte eines Findelkindes*, Henry Fielding, Bd. 157 *Tom Sawyers Abenteuer und Streiche*, Mark Twain, Bd. 158 *Troquato Tasso*, Johann Wolfgang v. Goethe, Bd. 159 *Traumnovelle*, Arthur Schnitzler, Bd. 160 *Trost der Philosophie*, Boethius, Bd. 161 *Über den Umgang mit Menschen*, Adolph Freiherr v. Knigge, Bd. 162 *Uli der Knecht*, Jeremias Gotthelf, Bd. 163 *Uli der Pächter*, Jeremias Gotthelf, Bd. 164 *Ungeduld des Herzens*, Stefan Zweig, Bd. 165 *Ut oler Welt*, Wilhelm Busch, Bd. 166 *Vater Goriot*, Honorè de Balzac, Bd. 167 *Väter und Söhne*, Ivan Sergejeviç Turgenev, Bd. 168 *Verlorene Illusionen*, Honorè de Balzac, Bd. 169 *Von der Freiheit eines Christenmenschen*, Martin Luther – Bd. 170 *Von der Ursache, dem Prinzip und dem Einen*, Bruno Giordano, Bd. 171 *Vor Sonnenuntergang*, Gerhard Hauptmann, Bd. 172 *Walden oder Leben in den Wäldern*, Henry D. Thoreau, Bd. 173 *Wilhelm Meisters Lehrjahre*, Johann Wolfgang v. Goethe, Bd. 174 *Wilhelm Meisters Wanderjahre*, Johann Wolfgang v. Goethe, Bd. 175 *Wilhelm Tell*, Friedrich v. Schiller